JN260962

淡海万葉の世界

藤井五郎

天の原徳備志阿野於頭田豆於秋
萬草楢改民前野遊橋於り 所持者不見
武石くゝ神布流
皇太子命御秋　　明皇舊門守大會
　　　　　　　　　　柳田大久會
悠草秋小保殷類於ナ分若ハ有奇人嫌誠
求志香目八方

船岡山の万葉歌碑（八日市市）

淡海万葉の世界

目次

淡海万葉の世界——概　観

万葉の故地と古代交通路

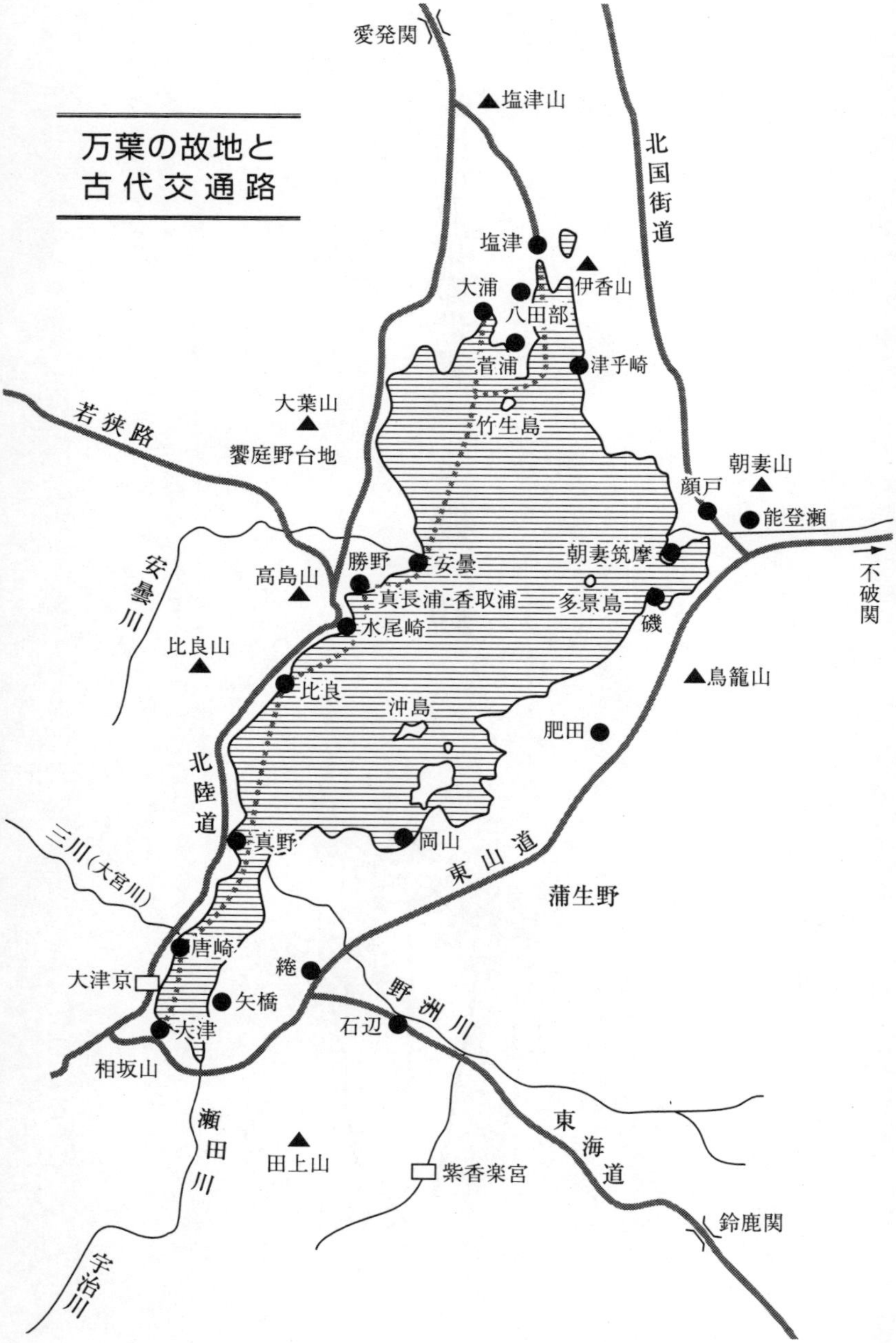

国中《くんなか》―近江

近江《おうみ》の国は、日本列島のほぼまん中にあって、中央には満々と水をたたえた琵琶湖《びわ》をひかえ、そのまわりを高さ一〇〇〇メートル前後の山々に取り囲まれた、いわゆる「湖盆《こぼん》」と呼ばれる一つのまとまった地形をなしている。

そしてその周囲は山城《やましろ》・丹波《たんば》・若狭《わかさ》・越前《えちぜん》・美濃《みの》・伊勢《いせ》・伊賀《いが》の七カ国がとりまいている。すなわち、湖南は信楽《しがらき》山地によって伊賀・山城（南部）の国と、湖西は比叡《ひえい》山地とその北に連なる比良山系が若狭・丹波・山城（北部）の三カ国と、湖北は三国山・乗鞍岳《のりくら》など野坂山地によって越前・若狭の国と、湖東は伊吹山・霊仙山《りょうぜん》・御在所《ございしょ》山を主峰とする鈴鹿《すずか》山系が美濃・伊勢の国とそれぞれ接し、昔の近江の国はそのまま今の滋賀県となっている。

このように近江は、まわりを山々に取り囲まれているために、隣接する国との往き来や物資の輸送は、すべて四境の峠を越えて行われてきた。しかも近江国は、東日本と西日本、表日本と裏日本を結ぶ重要な位置にあったために、早くから交通の要衝として発達し、政治・文化・経済・軍事の面において大きな役割を果たしてきた。

交通の要衝

近江の国中《くんなか》を通る道は実にたくさんある。なかでも湖東地方を走る東海道・東山道《とうさん》（中仙道）・北国街道は、畿内《きない》大和と北陸や東国をつなぐもっとも重要な交通路であり、また湖西地方を南北に走る一本の西近江路（北陸道《ほくりく》）は、北陸と大和を結ぶ最短路として注目された要路であった。そのため、これらの道が、諸国に通じる国境《くにさかい》には関所がそれぞれ設置された。いわゆる伊勢の鈴鹿《すずか》関・美濃の不破《ふわ》関・越前の愛発《あらち》関である。奈良時代にはこれらを「三関《さんかん》」といって、北陸・東国地方から畿内を守る要害としたのである。その後、平安時代になって愛発関は廃止され、それに代わって、近江から山城国に入る関門として逢坂《おうさか》関が置かれた。このように近江は、古代日本の交通の要《かなめ》にあって、しかも畿内の東玄関でもあった。

西近江路はまた大和と若狭、北陸地方をつなぐ要路であっただけではなく、もっと重要なことは大陸、特に朝鮮半島にも通じる国際的なメインルートの一つであったということである。

大陸文化の伝播路

古代日本における海外からの渡来経路として、だいたい次の二つのルートが考えられていた。その一つは、北九州から瀬戸内海を通り、大阪湾から大和へ入る瀬戸内海ルートであり、もう一つは、日本海沿岸を通って若狭湾に入り、近江を経て大和に達する日本海ルート（若狭ルート）である。

この二つのルートのうち、日本海ルートは特に朝鮮半島東南部と北陸地方との間を結ぶ海上の道として、古くから文化的交流の密接に行われていたルートで、いわばそれは渡来文化の伝播《でんぱ》路でもあった。

新聞やラジオ、放送のなかった古代にあたっては、文化の伝播《でんぱ》ということは、そこにはかならず物といっしょに多くの人間が渡来したことを意味しており、またそれは人種的交流の面からみても、相互に深いつながりのあったことはいうまでもない。いうなれば、古代における朝鮮と日本は同一の文化圏にあったとみなすことができるのである。

そして日本海側における渡来の一つの拠点になっていたところが、若狭湾沿岸の地域である。若狭湾は、日本海側のほぼ中央にあって、リアス式海岸をつくっている陥没湾である。

早くから日本海ルートの海上交通の要衝であり、大陸文化流入の取り入れ口として重要な役割を担ってきたことは、広く知られているところである。

古代、対馬《つしま》海流にのって海を渡り、若狭湾沿岸に上陸した人々は、まず山越えで近江に入り、ここを経由地として畿内に進出したり、あるいは東海地方へと進出したのである。

日本列島の各地に渡来の人たちが移住してきたのは、いったいいつ頃からであろうか。その時期については、相当古い時代にまで遡《さかのぼ》らなければならないが、少なくとも紀元前三世紀頃（弥生《やよい》前期）には、大陸との接触がかなり活発化しており、西日本に稲作が伝わってきていることから考えて、この頃にはすでに多くの人が、彼我の間を自由に往き来していたにちがいない。弥生前期から奈良朝後期に至るまでのおよそ千年余りの間、いくども大量の人間が渡来していることは事実である。

こうして、大陸や朝鮮半島から渡来した人々は、稲作農耕をはじめ製鉄・機織・建築・土木・造船等の新しい知識や先進的な技術をもたらし、古代日本文化の形成に多大の感化と影響を与えたことは明らかなところである。

これら渡来集団のなかには、古代朝鮮の新羅《しらぎ》・百済《くだら》・高句麗《こうくり》といった国の王侯や貴族たちも含まれていたことは『古事記』や『日本書紀』などの記録に明らかである。

ところで、このように渡来人とのつながりの非常に深い近江の地に住みついた人々は、豊かな自然に恵まれた環境の中で新しい知識や技術によって原野を開発し、農耕を営み、経済的基盤をつくって、しだいに勢力をかためていった。そして彼らの中から、地方の豪族となった者、また中央の政治に参加して権力を握った者、あるいは皇族と親近関係を結んで地位を強めていった者が少なくなかった。

そして千数百年を過ぎた今日においても、渡来人と深いかかわり合いをもつ伝承や説話、風習などがいまなお近江の各地に生き続けており、渡来人にゆかりの深い地名や社寺が、あちこちに散在して、古代朝鮮文化の面影を濃厚にとどめているのを見ることができる。近江はまさに渡来文化の宝庫である。

このように、古代から近江は政治・経済・軍事にわたり、地理的に重要な位置を占めていたため、近江にはたびたび都が造営された。すなわち、古くは景行・成務・仲哀の三天皇の志賀高穴穂宮《しがたかあなほのみや》（大津市坂本穴太《あのお》町）をはじめ、天智天皇の大津宮《おおつのみや》（大津市錦織附近）、聖武天皇の紫香楽宮《しがらきのみや》（甲賀郡信楽町黄瀬）。孝謙・淳仁天皇の保良宮《ほらのみや》（大津市石山寺国分寺）ほかに比良宮（滋賀郡志賀町比良附近）があげられる。なかでも天智天皇の近江朝（六六七～六七二）は、大陸文化の影響を強く受けて、文学が大きく進展する時期で、いわゆる「近江朝文学」の最盛期であった。

そこで、七世紀の中頃における日本と朝鮮の関係について、少し見てみることにする。

七世紀中期の外交

当時、朝鮮半島では、百済と新羅の外交関係は険悪な状態のなかにあり、両国の争いはたえなかった。新羅と唐の連合軍に攻められた百済は、敗北の色が濃くなると同盟国である日本に救援を求めてきた。斉明天皇六年（六六〇）のことである。救援の要請にこたえて日本は朝鮮に出兵するのであるが、新羅・唐の連合軍によって、白村江《はくすきのえ》（百済）の海戦（天智二年・六六三）で潰《かい》滅的な打撃を受け、日本へ引き揚げるという結果におわった。

こうした敗戦による政情の不安や国内の豪族の動揺、そしてさらに外寇《こう》への防備という要因も加わって、都は大和の飛鳥から近江の大津に移された。

敗戦によって、祖国を失った百済の人たちは、海を渡って日本に亡命してきた。亡命者のなかには、王族をはじめ要人、学者、技術者、僧侶など数多く含まれていた。そのなかの鬼室集斯《きしつしゅうし》は「学識頭《ふみのつかさのかみ》」（今の文部大臣か大学学長クラス）として、沙宅紹明《さたくじょうみょう》は「法官大輔《のりのつかさのおほきすけ》」（今の法務次官クラス）に任命され、いちはやく朝廷に迎えられた。そしてこれらの人々によって、宮廷内は新しい気風がみなぎり、文芸面においても、かつてない賑わいをみせたのである。

漢詩文の隆盛と倭歌

こうした日本の朝鮮に対する外交上のしくじりにもかかわらず、多数の学識者を迎え入れたことは、近江朝にとって予想もしなかったことであり、またそうしたなかで、新しい文学としての漢詩文が近江の土地で誕生するのも、これまた大きな収穫でもあった。

当時の近江朝の文運を物語るものとして『懐風藻《かいふうそう》』（七五一成立）がある。これはわが国最古の漢詩集で、その序文にこう述べている。「庠序《しょうじょ》（学校）を建て」、「文学の士を招き」「置醴《ちれい》（酒宴）の遊びを開き」「宸翰《しんかん》文を垂《た》らし（天皇自身詩文を作られ）、賢臣頌《しょう》（頌歌）を献る」（抜萃）というありさまだった。このような画期的な繁栄をもたらしたのは、ほかならぬ漢詩漢文の受容によるところがすこぶる大きかったからである。

一方、わが国古来の伝統的な倭歌は、漢詩文の勢いにうながされて、あたかもそれと競《きそ》うかのように、頌歌の場が積極的に設けられた。それはこれまでの「記紀歌謡」に見られた没個性的な歌から脱して、抒情的でしかも個性豊かな和歌の世界へと変わっていく時期であった。

こうした歌壇の動向のなかで、近江朝を舞台に登場したのが、万葉時代の初期を代表する才媛歌人の額田王《ぬかたのおおきみ》である。

万葉時代

『万葉集』は、現在伝わるわが国最古の歌集で、全二十巻からなり、約四五〇〇余首の歌がおさめられている。万葉集は、いまからおよそ一三〇〇年前の時代に詠まれたものである。そのもっとも古い歌は、仁徳天皇（在位三一三〜三九九）の皇后盤姫《いわのひめ》の作とされ、いちばん新しい歌は、淳仁天皇の天平宝字三年（七五九）の正月に詠んだ大伴家持《おおとものかやもち》の作である。その間、約四五〇年ということであるが、仁徳天皇から推古天皇（在位五九二〜六二九）までは、歌数も作者も少なく、しかも古歌は、実際にその制作年代が明らかでない。作歌年代のはっきりわかるのは、舒明天皇（在位六二九〜六四一）以後約一三〇年間である。この期間が、いわゆる「万葉時代」である。

さて、『万葉集』は内容による分類として、相聞《そうもん》、挽歌《ばんか》、雑歌《ぞうか》の三つに分けられている。相聞歌とは、男女・親子・兄弟などの間にかわされた贈答歌のことで、主として恋歌であり、挽歌とは、柩《ひつぎ》を挽《ひ》く時うたう歌という意味で、人の死を悲しんだ歌のことである。雑歌とは、相聞、挽歌以外の種々の事象をよんだ歌である。

万葉の作者としては、天皇・皇后をはじめ貴族、宮廷歌人、僧侶、農漁民、役民といった層にわたり、その地域も全国各地にまで及んでいる。

万葉の歌体には、長歌・短歌・旋頭歌《せどうか》・仏足石歌《ぶっそくせきか》などさまざまの形態があり、そのなかでもいちばん多い形式が短歌である。歌の表記については、当時、片仮名も平仮名もまだできていなかったので、すべて外来の漢字の音《おん》や訓《くん》を借りた、いわゆる「万葉仮名」を用いて書かれている。

ところで、『万葉集』の歌数約四五〇〇余首あるなかで、地名の出てくる歌が、大和を中心に近畿が圧倒的に多く、そのうち近江を詠んだ詩はおよそ百八首を数える。歌数の上では、大和・摂津《せっつ》の国に次いで多い。近江の土地で生まれた万葉歌の多くは、天智朝のものであり、次いで天武・持統・文武朝にかけての作品が多い。

歌の題材についても、多種多様で、行幸従駕《じゅうが》の歌、近江荒都の悲歌、蒲生野遊猟の歌、羇旅《きりょ》の歌、役民の歌、その他民謡的なものなどにわたっている。

万葉歌の魅力

それでは万葉歌の魅力は、いったいどこにあるのであろうか。万葉の歌は、今からおよそ一三〇〇年前の時代に、それぞれの土地の風土のなかで生まれた歌が多く、そこには、万葉びとの素朴な願いや悲しみがなんの飾るところもなく、率直に、おおらかに歌われていることである。また万葉のことばの奥にひそむ古代人の心が、いまもなお生き生きと感じられるところに、万葉歌の大きな魅力がある。

犬養孝氏はかつて万葉を読むものの心得として、「万葉の心を、より正しく、より生き生きと、理解するためには万葉歌をできるだけ、歌の生まれた昔にひきもどして、風土の中におきなおしてみるとき、歌の心はわれわれの心の中によみがえってくる。」ともいわれた。

この心で万葉をみるには、なによりもまず、万葉の故地をたずね歩くことである。そこにこそ、はじめて万葉の心は、私たちの心のなかに生き生きとよみがえり、その実相をあらわし、万葉の風土は現代に生きているという実感をもつのである。だれひとり会うこともない峠道に、岸辺にうち捨てられた小舟のかげに、大伽藍《がらん》を偲《しの》ばせる数々の礎石に、今もなお歌の心がひっそりと息づいているのをしみじみ感じるのである。耳をすませば、すぐそこに万葉びとの足音や笑い声までが聞こえてきそうである。そして、歌の背景になっているさまざまな世界を、歌のなかで深く探るのもこれまた、『万葉集』のもつはかり知れない魅力の一つである。

大津京とその周辺

相坂を
うち出でて見れば
淡海の海
白木綿花に
波立ち渡る

巻十三—三二三八

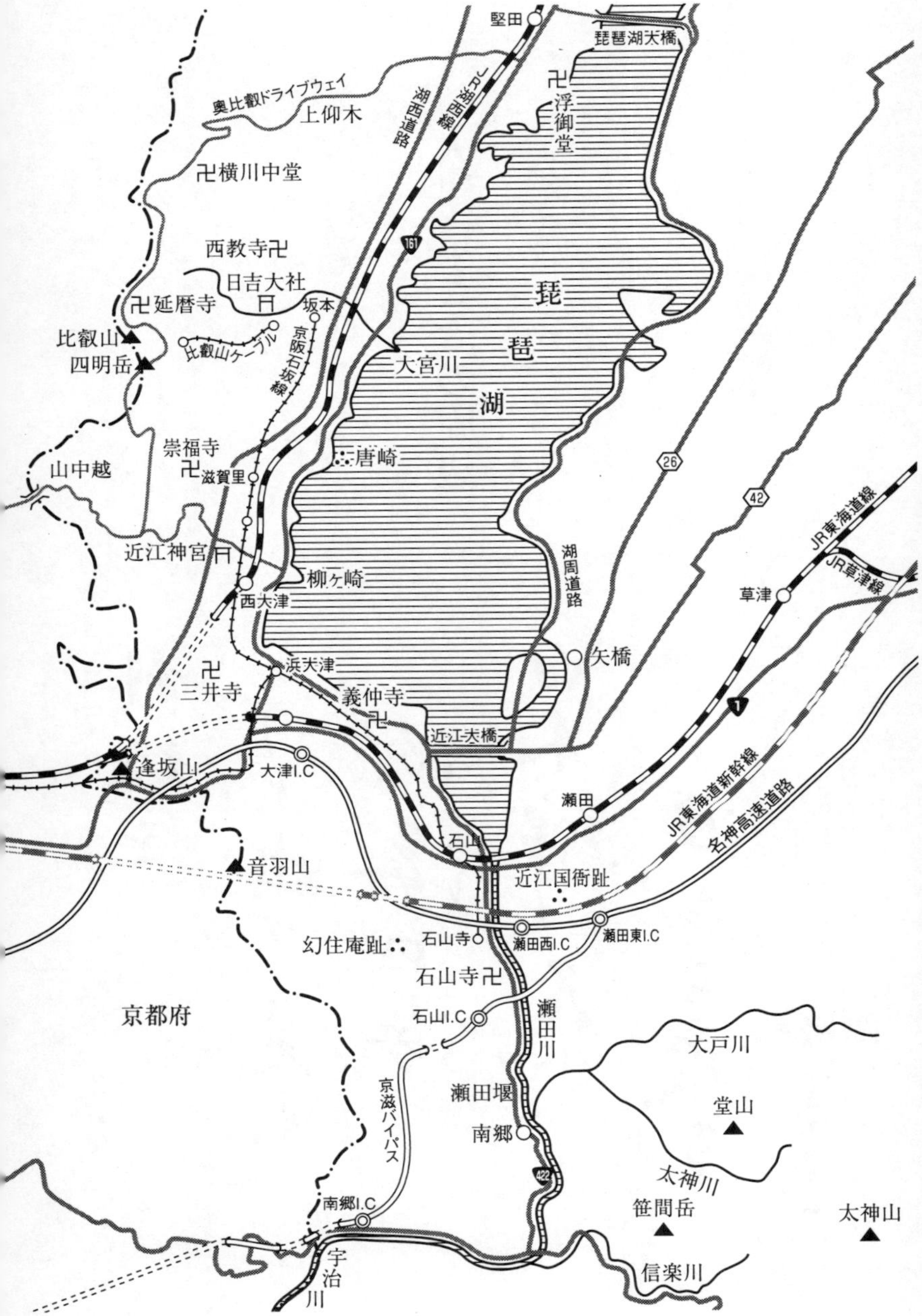
堅田
琵琶湖大橋
奥比叡ドライブウェイ
上仰木
湖西道路
JR湖西線
浮御堂
横川中堂
161
西教寺
日吉大社
延暦寺
坂本
比叡山
四明岳
比叡山ケーブル
京阪石坂線
琵
琶
湖
大宮川
崇福寺
山中越
唐崎
滋賀里
26
42
JR東海道線
近江神宮
柳ヶ崎
湖周道路
JR草津線
西大津
草津
矢橋
浜大津
三井寺
義仲寺
1
近江大橋
逢坂山
大津I.C
瀬田
JR東海道新幹線
名神高速道路
石山
音羽山
近江国衙趾
幻住庵趾
石山寺
瀬田西I.C
瀬田東I.C
石山寺
京都府
石山I.C
瀬田川
大戸川
京滋バイパス
瀬田堰
堂山
南郷
422
太神川
笹間岳
太神山
南郷I.C
宇治川
信楽川

田上山

藤原宮の役民《えだちのたみ》の作る歌

やすみしし　わご大王《おほきみ》　高照らす　日の皇子　荒栲《あらたへ》の　藤原がうへに　食《を》す国《くに》を　見《め》し
給はむと　都宮《みあらか》は　高知らさむと　神《かむ》ながら　思ほすなべに　天地《あめつち》も　寄りてあれこそ
石走《いはばし》る　淡海《あふみ》の国の　衣手《ころもで》の　田上山《たなかみやま》の　真木さく　檜《ひ》の嬬手《つまで》を　もののふの　八十氏《やそうじ》
河《がは》に　玉藻《たまも》なす　浮かべ流せれ　其《そ》を取ると　さわく御民《みたみ》も　家忘れ　身もたな知らず
鴨《かも》じもの　水に浮きゐて　わが作る　日の御門《みかど》に　知らぬ国　寄《よ》し巨勢道《こせぢ》より　わが国
は　常世《とこよ》にならむ　図負《ふみお》へる　神《あや》しき亀も　新代《あらたよ》と　泉《いづみ》の河に　持ち越せる　真木《まき》の嬬《つま》
手《で》を　百足《ももた》らず　筏《いかだ》に作り　泝《のぼ》すらむ　勤《いそ》はく見れば　神《かむ》ながらならし　（巻一―五〇）

右「日本紀」に曰はく、「朱鳥《あかみとり》七年癸巳の秋八月、藤原宮の地に幸《いでま》す。八年甲午の春正月、藤原宮に幸す。冬十二月庚戌の朔《つきたち》の乙卯、藤原宮に遷居《うつ》る」といへり。

わが大君、藤原の地で国をお治めになろうと、宮殿をお建てになろうと、神としてお思いになるにつれて、天地もお仕えしているので、近江の国の田上山の檜《ひのき》の木の角材を、宇治川に藻のように浮かべて流している、それを陸揚げしようと忙しく立ち働く役民も、家を忘れ、自分のことなどもすっかり忘れて、鴨のように水に浮かんでいて、—自分たちの造る宮殿に、見知らぬ国をも、よしこせ（帰服させる）という名の巨勢道《こせじ》から、わが国が常住不変の国になるであろう、という甲羅《こうら》に模様のある不思議な亀も、新しい時代を祝って出てくる、—その出づという名の泉川《いづみ》に運んできた、檜の角材を筏につくって、川を遡らせているのであろう、競《きそ》うように働いているのを見ると、ほんとうにわが大君は、神としておいでになるようだ。

（左註の口語訳は略す）

この歌は、藤原京の造営にあたって、諸国から労役にかり出された役民たちが、近江の田上山から伐《き》り出した用材を、大和の藤原の地に運搬する情景をみてよんだものである。この歌の題詞には「役民作歌」となっているが、この歌には少しも働く人の嘆きがよまれていないので、作者はむしろ役民自身ではなく、第三者のだれかが役民に仮託してつくったものとされている。一説には、持統女帝（天智の皇女、天武天皇の后）が宮廷歌人の柿本人麻呂に献歌を命じたものだとされている。いずれにしてもそうとう歌に堪能な人が作ったものであろう。

さて、藤原宮は朱鳥《あかみとり》八年（六九四）、持統女帝によって大和三山の間に造営された都城で、東に香具山《かぐ》、西に畝傍《うねび》山、そして北に耳成《みみなし》山を望み、西南に飛鳥《あすか》川の流れる景勝の地にある。この地は、古くは「藤井が原」と呼ばれていたところで、現在の奈良県橿原《かしはら》市高殿町である。中国の長安の都を模して造られたものといわれ、和銅三年（七一〇）の平城京遷都までの十六年間、すなわち持統・文武・元明天皇の三代にわたる都であった。

大津京とその周辺

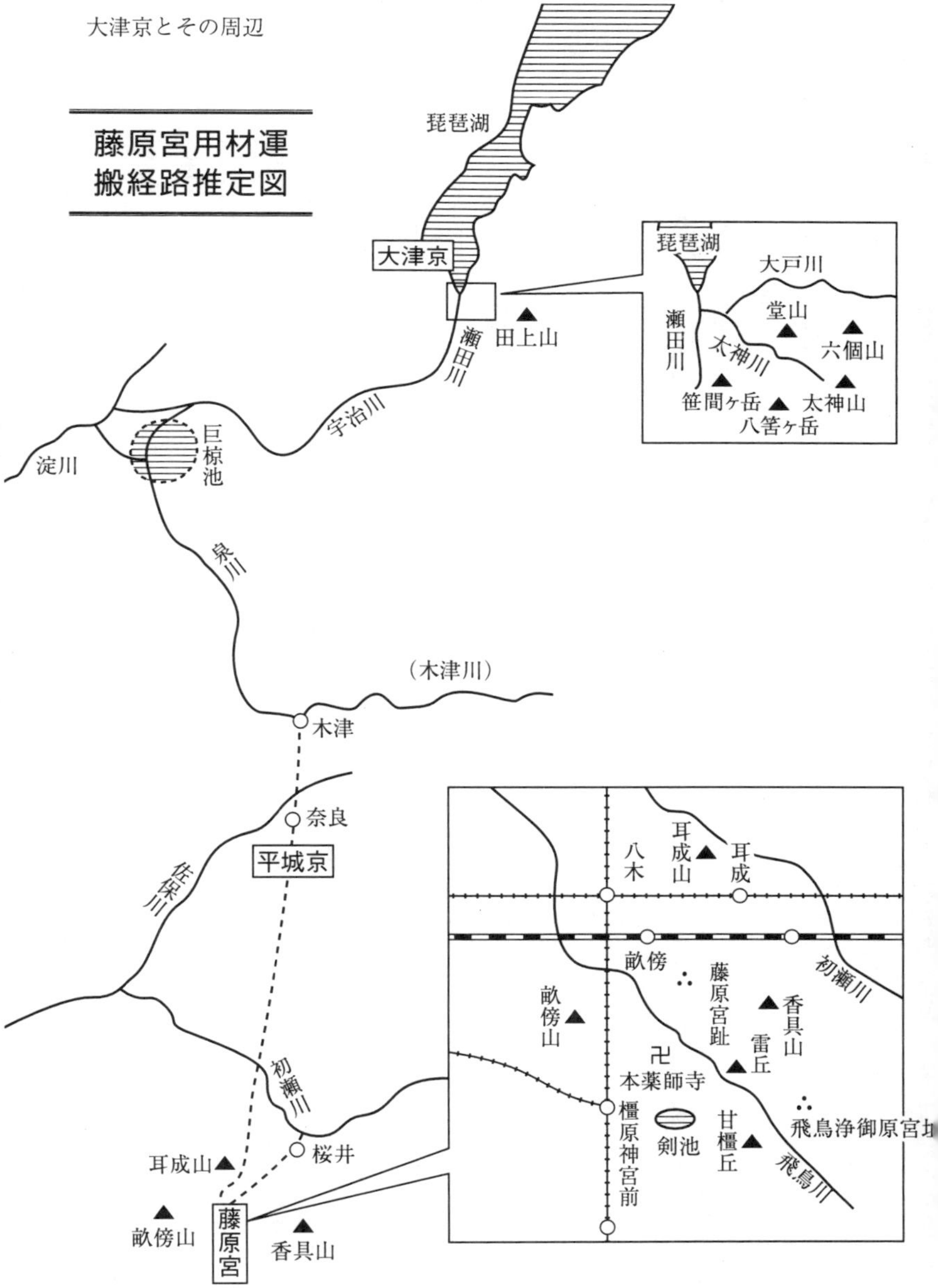
藤原宮用材運搬経路推定図
琵琶湖
大津京
田上山
瀬田川
宇治川
巨椋池
淀川
泉川
（木津川）
木津
奈良
平城京
佐保川
初瀬川
桜井
耳成山
畝傍山
香具山
藤原宮
琵琶湖
大戸川
瀬田川
太神川
堂山
六個山
笹間ヶ岳
太神山
八筈ヶ岳
耳成山
八木
耳成
畝傍
藤原宮跡
畝傍山
香具山
初瀬川
雷丘
本薬師寺
橿原神宮前
剣池
甘樫丘
飛鳥浄御原宮址
飛鳥川

藤原宮造営と田上山

藤原宮造営に際して、田上山の木材が用いられた。まず伐り出した用材は大戸《おおど》川―瀬田川―宇治川と流し、巨椋《おぐら》池でいったん筏《いかだ》に組んで、泉川（いまの木津川）に運び、木津川を遡って、木津の里（山城―大和を結ぶ交通の要所）で陸揚げし、ここから陸路、牛馬にひかせ、奈良山（般若坂《はんにゃざか》）を越えて大和に入った。藤原の造営地までは、中ツ道（中津道）を南下して運んだものか、それとも佐保川、初瀬川の流れを利用して運んだものか、その辺のことは明らかでないが、いずれにしても、この歌は都城造営に際しての、用材の出所や運搬の経路など知る上で興味の深い歌である。

『日本書紀』のなかから、藤原宮造営の経過を記した箇所を拾ってみることにする。

現地視察　持統四年（六九〇）十月二十九日、高市皇子、藤原の宮地《みやどころ》を観《みそなは》す。公卿百寮《まへつきみつかさつかさおほみとも》従なり。

検　　分　同年十二月十九日、天皇、藤原に幸して宮地を観す。公卿百寮皆従なり。

地 鎮 祭　五年十月二十七日、使者を遣して新益京《しんやくのみやこ》を鎮《しづ》め祭らしむ。

「大路」視察　六年一月十二日、天皇、新益京の路《おほち》を観す。

地 鎮 祭　六年五月二十三日、浄広肆《じょうこうし》難波王等《なにわのおほきみら》を遣して、藤原の宮地を鎮め祭ならしむ。

検　　分　六年六月三十日、天皇、藤原の宮地を観す。

遷　　都　八年十二月六日、藤原宮に遷《うつ》り居《おは》します。

註　新益京とは藤原宮のことである。

役民の悲しみ

しかし、こうした大規模な藤原造都の裏には、これら無名の人びとの、夜を日につぐ過酷な労働と犠牲があったことを忘れるわけにはいかない。彼らのなかには不安と苦しみに耐えられず逃亡するもの、あるいは帰路の食糧もつきて野たれ死にするものの数は多く、無事故郷に帰りついたものは数えるほどだった。藤原京の建設中に起こった、これらさまざまな出来事について、史書は何もふれていないが、『万葉集』の歌のなかにこうした悲惨な情景を描いた歌を見出すことができる。それは柿本人麻呂が、「香具山《かぐやま》の屍《かばね》を見て、悲慟《かなし》びて作る歌」と題して、

草枕旅の宿《やどり》に誰が夫《つま》か国忘れたる家待たまくに　（巻三―四二六）

旅先で故郷も忘れて横たわっているのは、いったい誰の夫《おっと》であろうか。家の者が待っているであろうに。

と詠んだ歌がそれである。藤原宮に近い香具山の麓で行き倒れているものは、いったいどこの、どういう人たちであろうか。作者が「旅の宿りに」「国忘れたる」とうたっていることからすると、都の者とは考えられない。おそらく地方の農民であろう。それでは、香具山の死者は何のために都に出てきたのか。労役にかりたてられたものなのか、あるいは貢納物などを運んできたものなのか、その点さだかではない。いずれにしても、きびしい労働に疲れ果てて、見知らぬ土地で死んでいったあわ

れな人間と、この者の帰りを待ちわびている家族の身の上に、人麻呂は深い同情の涙を流すのである。

こうした出来事が、藤原宮の頃にあってから、十数年たった和銅三年（七一〇）三月に、都は藤原宮から平城京（現在の奈良市の西郊）に移った。

奈良遷都の直後に、京《みやこ》の世相をえがいた『続日本紀《しょくにほんぎ》』の中に、次のような記録がある。

和銅四年（七一一）九月、「諸国の役民、造都に労《つか》れて奔亡《ほんぼう》なお多し。禁ずといえども止《や》まず。今、宮垣いまだ成らず」

和銅五年正月の詔《みことのり》に、「諸国の役民、郷に還《かえ》るの日、食糧絶え乏しく、多く道路に饉《う》えて、溝壑《こうがく》（溝と谷）に転《てん》じ填《うずま》ること、其の類《たぐい》少なからず」

和銅五年十月、「諸国の役夫及び運脚の者、郷に還る日、粮食《りょうしょく》乏しくして、達することを得るに由《よし》なし」とある。この事実から推測すると、先の藤原宮造営の工事の際にも、右に揚げた記事とほぼ同じような出来事が、当然あったものと想像される。そして当時、こうした餓死と逃亡の続出が大きな社会的問題となり、時の朝廷ではその収拾に、頭をいためていた。

話が横道にそれたので、本題にもどることにする。

田上山作所

さて、「藤原宮役民作歌」にでてくる田上山は、通称湖南アルプスと呼ばれている山群の一つである。海抜五九九メートルの太神山《たがみやま》（田神山）を主峰とする矢筈ヶ岳・笹間岳・堂山・六個山を総称してつけた山の名である。

田上山は、山一面が花崗岩でおおわれ、以前は水晶や黄玉《トパーズ》石など種々の鉱物が採掘された。山麓の枝町には、これらの鉱物類を展示した「田上鉱物博物館」がある。現在田上山はハゲ山になっているが、古代にはこの山のあたり一帯は、樹木が繁茂し木材の主産地としてよく知られていた所である。このほかに近江には、良材を多量に産出した山として、湖西の高島山（後述）があった。藤原宮、平城宮の造営や南都諸大寺の建立に際し、その用材を近江に求めた。その理由としては、良材が採れたというだけではなくて、近江が大和に近いということ、しかも水運の便が良いことで、陸路で運ぶより水路（瀬田川）を利用する方が、はるかに大きな輸送力があったということである。

大和への用材運搬経路については、すでに「藤原宮役民の歌」のなかでみてきたとおりである。『正倉院文書』のなかに、田上山には「田上山作所」、湖西の高島山には「高島山作所」という名がでてく

湖南アルプスより大津方面を望む

る。「山作所」というのは今の製材所のことである。ちなみに、同文書の天平宝字六年（七六二）正月の条をみると、「右自田上山作所進上、檜皮幷雑材如件」云々とあり、また同文書によると、平城京の造営や東大寺大仏殿の建立の時に、その用材を近江に求めたとある。

木材の集荷地—石山院

これら木材の集荷場として使われたところが、瀬田川沿岸の石山である。ここに「石山院」と呼ぶ役所を設置して、木材の調達と監督にあたった。

その後、聖武天皇の頃に良弁僧正（六八九—七七三）によって、この「石山院」の跡に創建されたのが現在の石山寺だと伝えられる。石山寺は近江八景の一つ「石山の秋月」として、また西国三十三所の霊場として広く知られた名刹である。またこの寺は『源氏物語』の作者紫式部がここで筆をとった「源氏の間」と呼ぶ部屋がある。ついでながら、石山寺の開祖良弁僧正は、湖西の滋賀郡志賀町比良の出身とも、若狭（福井県）の鵜ノ瀬とも伝えられる。

壬申の乱から藤原遷都まで

近江の大津宮で天智天皇がなくなったのは、今からおよそ千三百年前の天智十年（六七一）十二月のことである。天皇の死後、その子大友皇子（のちの弘文天皇）と叔父の大海人皇子《おおあま》（天智の実弟）との間に、皇位継承をめぐって激しく対立し、大津京は不穏な空気に包まれた。そして翌年（六七二）六月、大和の吉野にのがれていた大海人皇子ははやくも兵を挙げた。いわゆる壬申《じんしん》の乱（六七二）である。

大海人皇子の率いる軍勢は、伊勢から美濃、近江に兵を進め、各地で大友皇子の軍と激戦し、一カ月たらずでついに大津宮は大海人皇子の軍によって陥落した。戦いに敗れた大友皇子は、長等山麓で自害した。時に年わずか二十四歳であった。勝利をおさめた大海人皇子は、直ちに都を近江から大和の飛鳥浄御原《あすかきよみはら》（奈良県高市郡明日香村）に移した。

翌年（六七三）の二月、大海人皇子は即位して天武天皇となり、正妃《むかひめ》（皇太子妃鸕野《うの》皇女。のちの持統天皇）を立てて皇后とした。天武天皇は兄天智の遺業をうけて、中央集権の政策をうちだし、新しい律令国家体制を確立した。天武天皇は十五年にわたる治世の間に、部曲《かきべ》の廃止（六七五）、浄御原令の作成に着手（六八一）、八色《やくさ》の姓《かばね》の制定（六八四）、冠位六十階の公布（六八五）、「記紀」編さんの着手等々の業績を残し、六八六年九月、飛鳥の宮で亡くなった。

天武天皇の死後、鸕野皇后はすぐさま亡き夫君の遺志をついで称制となり、草壁皇子（天武の第二皇子）を助けて政治にあたった。そして天武帝の死から一カ月も経たないうちに、大津皇子の謀叛《むほん》事件が起こった。大津皇子は天武天皇の第三皇子、しかも母は鸕野皇后の姉にあたる大田皇女である。大津皇子という人は、『日本書紀』、『懐風藻《かいふうそう》』などによると、体は大きくて、たくましく、度量が広く、文武にすぐれており、性質は自由奔放で、規則に拘束されず、礼節を重んずる、信望の厚い人物のようであった。彼は謀叛《むほん》の罪によって、ただちに逮捕され、その翌日には磐余《いはれ》の池のほとりで処刑された。年二十四歳の若さであった。大津皇子は、奈良県の西部二上山《にじょうざん》の雄岳《おだけ》の頂上に葬られた。

この事件の真相については、くわしいことはわかっていないが、川島皇子（天智の子）の密告した

天智・天武天皇関係系図

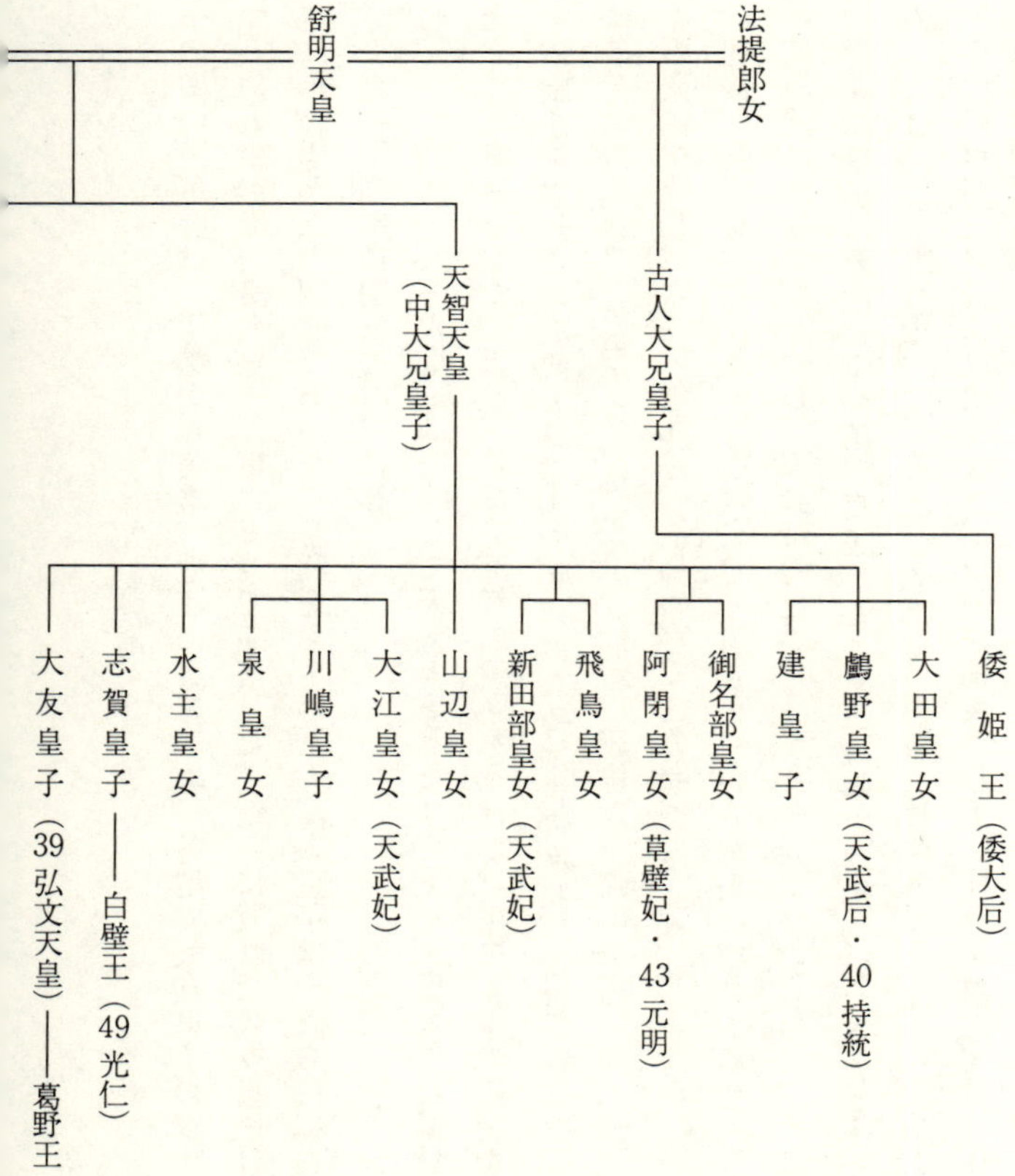
法提郎女
舒明天皇
古人大兄皇子
天智天皇（中大兄皇子）
倭姫王（倭大后）
大田皇女
鸕野皇女（天武后・40持統）
建皇子
御名部皇女
阿閇皇女（草壁妃・43元明）
飛鳥皇女
新田部皇女（天武妃）
山辺皇女
大江皇女（天武妃）
川嶋皇子
泉皇女
水主皇女
志賀皇子
白壁王（49光仁）
大友皇子（39弘文天皇）
葛野王

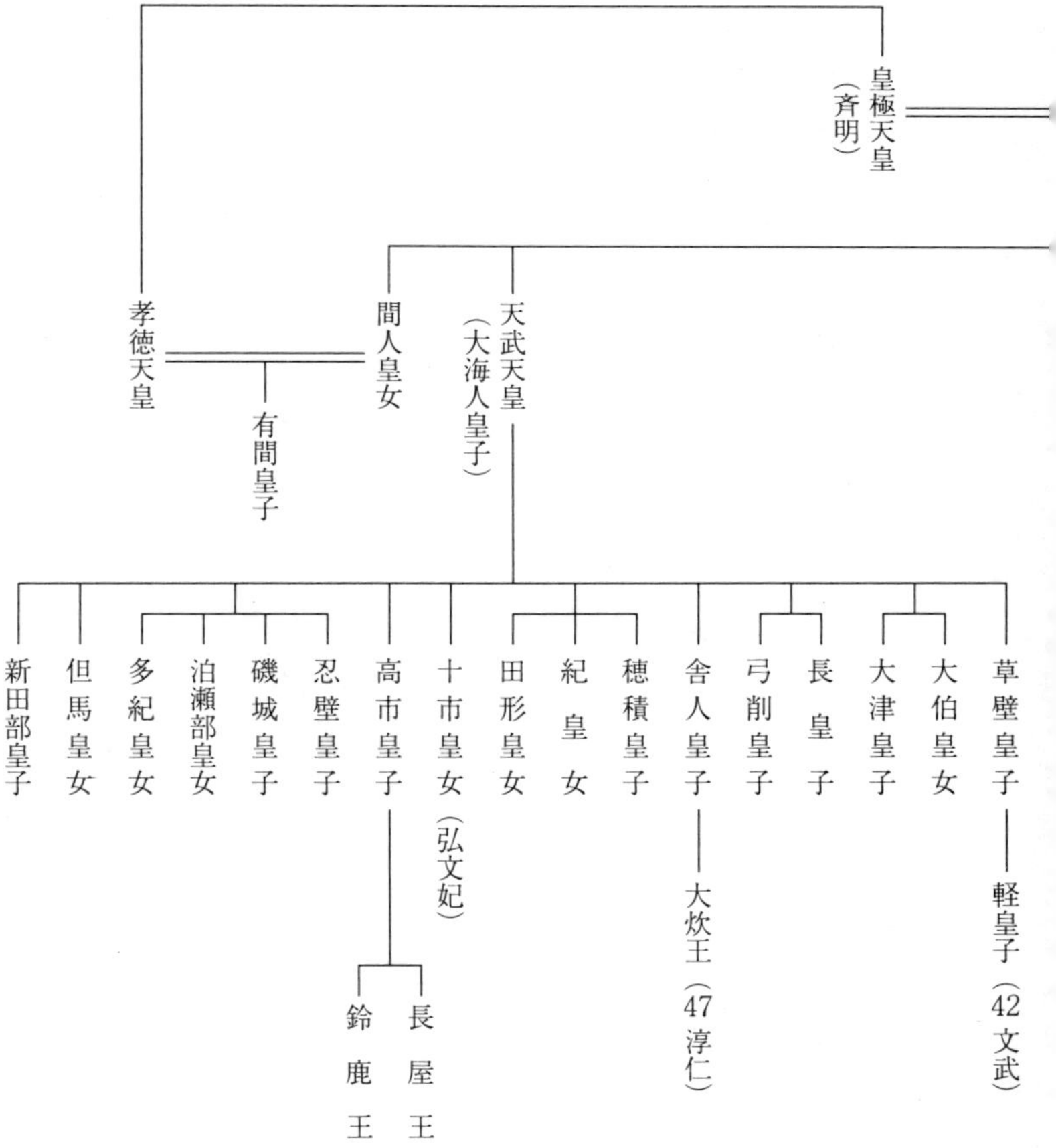
皇極天皇
（斉明）
孝徳天皇
間人皇女
有間皇子
天武天皇
（大海人皇子）
新田部皇子
但馬皇女
多紀皇女
泊瀬部皇女
磯城皇子
忍壁皇子
高市皇子
十市皇女
（弘文妃）
田形皇女
紀皇女
穂積皇子
舎人皇子
弓削皇子
長皇子
大津皇子
大伯皇女
草壁皇子
鈴鹿王
長屋王
大炊王（47淳仁）
軽皇子（42文武）

ことによって発覚したという説があり、また一説には鸕野皇后が自分の腹を痛めた草壁皇子を皇位につけたい一心から計画された陰謀である、とする見方もある。この事件は、かつて蘇我赤兄《そがあかえ》にそそのかされて、謀叛を計画した有間皇子《ありまみこ》が、中大兄皇子《なかのおおえ》の手によって、抹殺されたそのやり口とよく似ている。

草壁皇子は、生まれつき病弱だったために即位することもなく、三児を残して六八九年四月、二十八歳でこの世を去った。そこで草壁皇子の第一子、軽皇子《かるのみこ》（のちの文武天皇）が幼少（七歳）のために、鸕野皇后は翌四年（六九〇）一月に高市《たけち》皇子を太政大臣に任命し、自ら皇位についた。ここに持統女帝の時代がはじまるのである。

その年の秋、持統女帝は亡き夫君の遺志をついで藤原宮の建設に着手した。都城建設の工事は、即位したばかりの女帝にとって大事業となった。造営の経過については前述のとおりである。四年の歳月を費やして、持統八年（六九四）新都は完成した。藤原宮は、はじめ「新益京《しんやくのみやこ》」と呼ばれた。それは飛鳥京をさらに新たに益してゆく京という意味から名付けられた。持統女帝の有名な歌に、

春過ぎて夏来《きた》るらし白栲《しろたえ》の衣《ころも》乾《ほ》したり天《あま》の香具山《かぐやま》　（巻一—二八）

と歌っているのは、藤原宮に都が移された直後に作られたものであろうか。

物に寄せて思を陳《の》ぶ

木綿《ゆ》畳《ふたたみ》　田上山の　さな葛《かづら》　ありさりてしも　今ならずとも　（巻十二—三〇七〇）

田上山のさね葛のように、今あなたにあえなくても、かまわない。後で逢えるのなら。

この歌は、後であなたに逢える（結婚できる）なら、今逢えなくてもよい、という気持ちをさね葛に寄せてよんだものである。上三句は「ありさりて」にかかる序詞。さな葛は、さね葛ともビナンカズラともいって、茎は春から夏にかけてまっすぐに生長するが、秋になると茎はつる状に長く伸び、隣のつるとからみ合う性質のあるところから、「逢う」という言葉と結びつけるようになったらしい。さな葛のように、『万葉集』に出てくる植物を万葉植物といい、その種類は一五〇余種あって、食用、薬用、染料、衣服などの原料に広く利用されていたことは、万葉歌のなかで知ることができる。美しい自然のなかに生きてきた万葉びとにとっては、万葉植物は生活の一部であり、彼らの心のなかに深く生きているものであった。

相坂山（逢坂山）

雑歌《ざふか》

そらみつ　倭《やまと》の国　あをによし　奈良山越《こ》えて　山代《やましろ》の　管木《つつき》の原　ちはやぶる　宇治の渡《わたり》　瀧《たぎ》つ屋の　阿後尼《あごね》の原を　千歳《ちとせ》に　闕《か》くる事なく　万歳《よろづよ》に　あり通はむと　山科《やましな》の石田《いはた》の社《もり》の　すめ神に幣帛《ぬさ》取り向けて　われは越え行く　相坂山《あふさかやま》を　（巻十三―三二三六）

大和の国の奈良山を越えて、山城の管木の原や、宇治川の渡し場や滝の屋の阿後尼の原をいついつまでも通い続けようと、山科の石田の神に、幣《ぬさ》を捧げて私は越えて行く、相坂山を。

この歌は、大和から宇治、山科、追分を経て、逢坂越えて近江に至る道行きを詠んだものである。この歌だけでは、何の目的で近江にやってきたのかはっきりしないが、「万歳にあり通はむと」と言っているところをみると、作者はおそらく、近江に残してきた妻に一目逢いたくて、遠い路もいとわず通い続けていたものであろう。夫と離れて独りさびしく暮らしている遠妻に対する作者の切ない気持ちがうかがえる。

万葉時代は、夫は妻と別れて生活し、夜に妻の許へ通うという、いわゆる「妻問《つまど》い婚《こん》」の形式が行

われていた。それは格別めずらしいことではなかったようで、『万葉集』の防人《さきもり》の歌にも、

己妻《おのづま》を他《ひと》の里《さと》に置きおぼぼしく見つつそ来ぬる此の道の間《あひだ》　(巻十四―三五七一)

とあり、夫婦の別居婚の行われていたことを物語っている。

石田の杜

ところで、右の歌によってもわかるように大和から近江へ出る道は、奈良山(歌姫越)↓管木の原(綴喜《つづき》の原＝現在の田辺町か)↓宇治川の渡し場↓滝の屋の阿後尼の原↓山科の石田の森↓(追分)↓逢坂山といった道順で近江に至る。いわゆる昔の奈良街道である。滝の屋の阿後尼は現在その所在が不明である。山科の石田の杜は、天穂日命《あめのほひのみこと》神社のことで、別名を田中明神という。現在の京都市伏見区石田町(六地蔵と醍醐《だいご》のほぼ中間)にある。石田の杜は、古くから霊験あらたかな神として、

逢坂山周辺

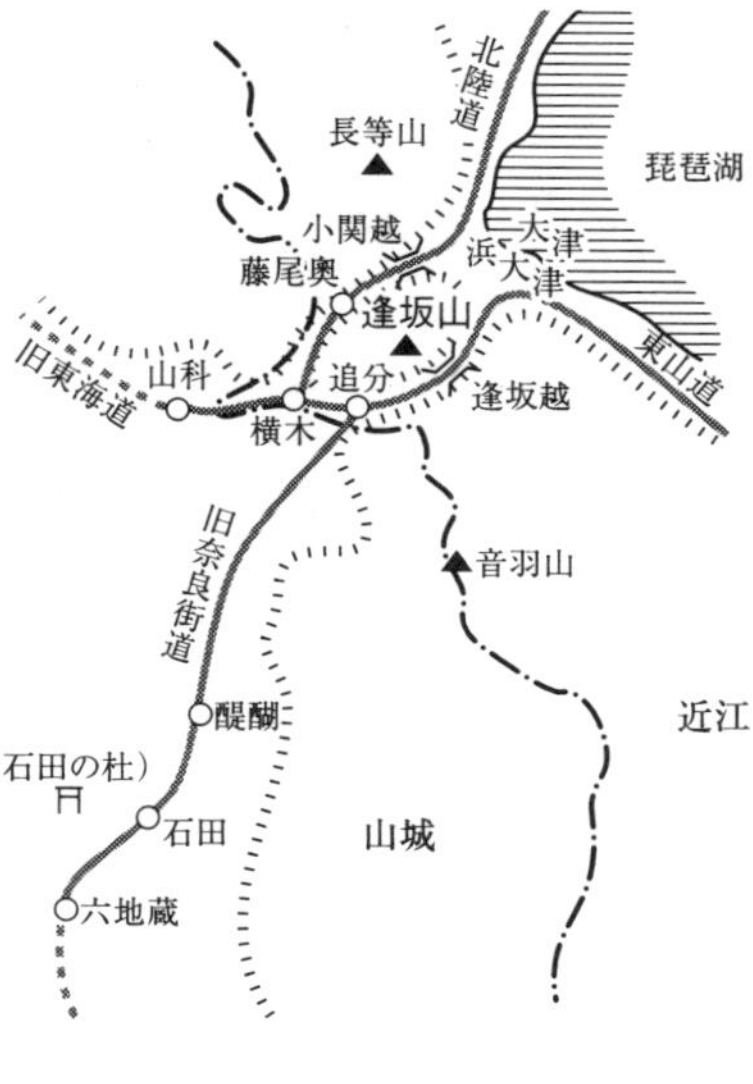

人々に崇敬されていた。石田の杜をよんだ類歌に、

山科の石田《いはた》の杜《もり》に布麻《ぬさ》置かばけだし吾妹《わぎも》に直《ただ》に逢はむかも　(巻九―一七三一)

山代《やましろ》の石田の杜に心おそく手向《たむけ》したれや妹《いも》に逢ひ難き　(巻十二―二八五六)

とあり、いずれも愛する女に会えますようにと祈願した歌である。

或る本の歌に曰はく

あをによし　奈良山過ぎて　もののふの　宇治川渡り　少女《をとめ》らに　相坂山に　手向草《たむけくさ》
糸取り置きて　吾妹子《わぎもこ》に　淡海《あふみ》の海の　沖つ波　来寄《きよ》る浜辺を　くれくれと　独りそわ
が来る　妹が目を欲《ほ》り　(巻十三―三二三七)

反　歌

相坂を　うち出《い》でて見れば　淡海《あふみ》の海　白木綿花《しらゆふはな》に　波立ち渡る　(巻十三―三二三八)

奈良山を過ぎて、宇治川を渡り、逢坂山に手向けの品として糸を供えて、近江の海の沖の波が寄せて来る浜辺を、おぼつかなく、暗い気持ちで独りでやって来る、妻に一目《ひとめ》逢いたくて。

逢坂山を越えて出てみると、眼前に近江の海が開けて、白い木綿花のように、真っ白に波が立っているのが見える。

右の長歌および反歌は、前の三二三六番の歌と連作になっていて、作者は同じ時に作ったものとみられる。作者はおそらく、身分の低い官吏で近江に住んでいた頃に、この土地の女と結婚したのであろう。そして、都が大津から大和の藤原宮に移されると、夫はひとり新都に赴任し、妻は近江に残って親と暮らしていたのではなかろうか。この歌ができたのは、その頃かと思われる。男は妻に一目逢いたくて、旅の労苦もいとわず、はるばる近江にやってきたのであるが、ふたりの間には、何か複雑な事情でもあったのか。彼は不安ともどかしさに心さわぎをおぼえ、湖岸をさまよい歩いた。

反歌は、懐かしい近江の海の美しさに、しばし心奪われてみとれていたが、はっと気がつくと切ない思いが、白波のように彼の胸に立ち騒ぐのである。

右の歌の特色は、枕詞が多く使われていることである。参考までにあげると、あをによし——奈良、もののふの——宇治、少女らに——逢坂山、吾妹子に——淡海、にそれぞれかかる。

白木綿花とは、白く美しいさまを花にたとえたもので、木綿花は木綿で造った造花。木綿は楮《こうぞ》の皮の繊維をさらしたものである。

中臣宅守の越前配流

中臣朝臣宅守《やかもり》と狭野弟上娘子《さののおとがみのをとめ》との贈答の歌

吾妹子《わぎもこ》に　逢坂山を　越えて来て　泣きつつ居《を》れど　逢ふよしも無し　中臣朝臣宅守
（巻十五―三七六二）

私の愛する人に逢うという名の逢坂山を越えて越前にやって来て、いつも泣いているけれど、あなたに逢うすべもないことだ。

この歌は、『万葉集』巻十五の目録に「中臣朝臣宅守の、蔵部《くらべ》の女嬬《にょじゅ》狭野弟上娘子を娶《ま》きし時に、勅して流罪に断じて、越前国に配《なが》しき。ここに夫婦の別れ易く会ひ難きを相嘆き、各々慟《いた》む情《こころ》を陳《の》べて贈答する歌六十三首」とある中の一首で、宅守《やかもり》が越前の配所より狭野娘子《さののおとめ》に贈った歌である。宅守は天平十一年（七三九）の春に流され、翌十二年にゆるされて帰京している。宅守は、なぜ配流の罪に問われなければならなかったのか。その辺の事情については不明であるが、この歌の前に、

世の中の常の道理《ことわり》かくさまになり来《き》にけらしすゑし種子《たね》から（傍点は筆者）（巻十五―三七六一）

という歌があり、自分が蒔《ま》いた種子がもとでと言っている。それはどんな種子なのか。この歌だけで

はわからないが、目録の中に「娘子を娶《ま》きし時」とあるのは、妻をめとった時に罪に問われたということであって、妻をめとったために罰せられたのではないということを意味する。あらぬ噂が広まったとか、ふたりの情事が露見したとかの原因ではなく、ほかの事が原因だったようである。男が流刑に処せられ、女は無罪だったとすれば、蒔いた種子は宅守自身にまつわる事件だったということになる。

狭野娘子という女性は、蔵部《くらべ》の女嬬《にょじゅ》の職で、掃除や点灯などを担当した女官である。

二人の贈答歌の中から数首をあげると、

宅守の歌

畏《かしこ》みと告《の》らずありしをみ越路の手向《たむけ》に立ちて妹が名告《の》りつ　（巻十五―三七三〇）

今日もかも都なりせば見まく欲《ほ》り西の御厩《みまや》の外《と》に立てらまし　（巻十五―三七七六）

娘子の歌

君が行く道のながてを繰《く》り畳《たた》ね焼きほろぼさむ天《あめ》の火もがも　（巻十五―三七二四）

帰りける人来《きた》れりといひしかばほとほと死にき君かと思ひて　（巻十五―三七七二）

いずれも愛別離苦の嘆きを歌ったものである。

淡海の海を望む

夏四月、大伴坂上郎女《いらつめ》の、賀茂神社を拝《をろが》み奉りし時に、便《すなは》ち相坂山を越え、近江の海を望み見て、晩頭《ゆふぐれ》に還り来て作る歌一首

木綿畳《ゆふたたみ》　手向《たむけ》の山を　今日越えて　いづれの野辺《のべ》に　廬《いほり》せむわれ　（巻六―一〇一七）

手向の山を今日越えて、どこの野辺に庵を作って宿ろうか、私たちは。

詞書によると、天平九年（七三七）夏四月大伴坂上郎女（大伴旅人の異母妹）が山城国（京都）の賀茂神社に参拝した後、逢坂山を越えて琵琶湖を眺望し、さらにその足で引き返して、夕方歌を作ったとある。しかし京都の賀茂神社から逢坂山までの十数キロの道のりは、昔の人がいくら健脚だからといっても、女の足では決して楽なものではなく、まして往復したとなれば、なおのことである。その上、京都まで引き返す理由は何もない。

そこで考えられることは、郎女の一行が逢坂山を越えて琵琶湖畔にやってきた頃は、陽《ひ》が沈みはじめ山麓から湖岸にかけて薄暗くなってきたので、「……いずれの野辺に庵せむわれ」とよんだと見た方が、夕暮れの旅の心細さと不安が実感としてよく出ているように思える。もし仮りに引き返したとしても、逢坂山を越えて山科《やましな》あたりまでやって来ると、日はとっぷり暮れてしまっているはずである。

だから山科の野辺で仮寝したともとれる。いずれにしても作者は、賀茂神社参拝に大和からはるばるやってきて、その帰り道に琵琶湖の風光を一目みようと足をのばしたのであろう。
賀茂神社には上賀茂、下賀茂の二社があり、ともに天武天皇の六年に山城国守に命じて造営されたものである。上賀茂は京都市北区上賀茂本山町にあって上賀茂神社（別称賀茂別雷《わきいかづち》神社）のこと。下賀茂は同市右京区下鴨糺の森にあって、下鴨神社（別称賀茂御祖《みおや》神社）のことである。賀茂の祭は四月の第二の酉《とり》の日に祭礼が行われた。いまの五月十五日である。

花に寄す

吾妹子《わぎもこ》に　相坂山の　はだ薄《すすき》　穂には咲き出でず　恋ひ渡るかも　（巻十―二二八三）

吾妹子に逢うという名の逢坂山のはだすすきが、穂を出して咲かないように、私は表に出さずに、あなたをひそかに恋い続けていることよ。

人目につく振舞などせずに、ひとり心の中であなたを恋慕っていることだ。ハダススキは「皮薄」と書き、まだ穂に出ないものをいう。穂の出たススキを花薄《はなすすき》とも旗薄《はたすすき》ともいって尾花のことである。
歌の初めより第三句までは「穂には咲き出ず」を導く序詞である。

逢坂山付近

近江と山城の国境《くにざかい》にある逢坂山（標高三二六メートル）は、古くは相坂山、合坂山と書き、東日本と西日本を結ぶ交通の要衝であった。逢坂（山）という名は、神功《じんぐ》皇后の頃、仲哀天皇の皇子で皇位をねらって兵をおこした忍熊王《おしくまのみこ》を討つべく武内宿祢の率いる神功皇后の軍がこの坂までやってきたところ、この坂で忍熊王の軍とぱったり合ったことから合坂山《あうさかやま》（逢坂山）と命名したと『日本書紀』にある。また孝徳天皇の大化二年（六四六）の条には「北は近江の狭狭波《さざなみ》の合坂山より以来《このかた》を、畿内国《うちつくに》とす」とあって、逢坂山を近畿《きんき》の北限としていた。奈良時代にすでに逢坂の峠道は開け、軍事的・経済的に重要な地点にあった。平安時代になると愛発関に代って逢坂山に関所が置かれ、鈴鹿関・不破関と並んで天下の三関といわれた。

ところで、山城から近江へ越えるには、東山道の

逢坂山関跡

逢坂越え（大関越）、と小関越えの二つの道があった。大関越えは旧東海道と奈良街道（山城路）とが分岐する追分《おいわけ》から逢坂山の南の鞍部《あんぶ》を通り、大津（打出浜付近）に出る道をいい、現在の国道一号線がほぼそれである。小関越えは山科から横木町を通り、藤尾奥町を経て逢坂山の北の鞍部から大津（長等公園付近）に出る道である。

小関の名は大関に対して付けられたもので、小関はまた古関に通じ、北陸へ向う古道として人の往来の多かった道であった。俳人の芭蕉もかつてこの山路を通り「山路きて何やらゆかしすみれ草」の一句を詠んでいる。

逢坂越（大関越）の道は、古くから東日本と西日本とを結ぶもっとも重要な交通路として発達した道である。それは昔も今も変わりがなく、逢坂山の峠道は今日でも、日本の主要な交通が集中している地点である。山峡を押し合うように国道一号線・名神高速道路・京阪電鉄京津線が走り、新幹線・東海道

関蝉丸神社　関の清水

線・湖西線は、逢坂山を隧道《ずいどう》によって往来している。

京阪電車大谷停留所から北へ約百メートル行った国道一号線わきの山かげには「逢坂山関址」の碑があるが、昔の関跡かどうかわからない。すぐ隣に昔の関所ならぬ逢坂検問所がある。

小倉百人一首に「これやこの行くも帰るも別れては知るも知らぬも逢坂の関」と詠んだ盲目の琵琶の名手蝉丸《せみまる》は、逢坂山に住んでいたと伝えられる。東海道沿いに蝉丸を祀る神社が三社ある。関清水明神下社（旧関清水町）、関明神上社（片原町）と、大谷町の山麓にある蝉丸神社（分社）である。下社の関蝉丸神社は、京阪電車上栄町駅のすぐ近くにあり、境内には紀貫之《きのつらゆき》が「逢坂の関の清水に影みえて今やひくらむ望月の駒」と詠んだ「関の清水」は今も残っている。

大谷駅から南へ約二百メートル行くと国道一号線東側に、走り井《はしい》餅ゆかりの月心寺がある。この寺は昭和二十年に橋本関雪画伯の別荘を寺にしたもので、境内には相阿弥《そうあみ》の作と伝えられる庭園や、名水「走井《はしりい》の井筒」があり、俳聖松尾芭蕉の「大津絵の筆のはじめは何仏」と詠んだ句碑がある。走り井の名は、古くから東海道を往き来する旅人に親しまれ、『蜻蛉日記《かげろうにき》』の中にその名がみえる。江戸時代になると、追分から大谷にかけての街道筋は茶店が並び、大津絵や算盤《そろばん》、縫い針、などが売られ、旅人の人気をよんでいた。

大津宮

近江大津宮に天の下知らしめしし天皇の代

天皇、内大臣《うちのおほまへつきみ》藤原朝臣に詔《みことのり》して、春山の万花《ばんくわ》の艶《にほひ》と秋山の千葉《せんえふ》の彩《いろどり》とを競憐《きほ》はしめたまふ時、額田王《ぬかたのおほきみ》、歌を以ちて判《ことわ》る歌

冬ごもり　春さり来れば　鳴かざりし　鳥も来《き》鳴きぬ　咲かざりし　花も咲けれど
山を茂み　入りても取らず、草深み　取りても見ず　秋山の　木《こ》の葉を見ては　黄葉《もみち》を
ば　取りてそしのふ　青きをば　置きてそ歎く　そこし恨めし　秋山われは　（巻一―一六）

冬が過ぎて春が来ると、冬の間鳴かなかった鳥もやって来て鳴いている。咲かなかった花も咲いているけれど、山は木々が茂っているので、分け入って取ることもせず、野は草が深いので手に取って見ることもしない。秋山の方は、木の葉を見ると、黄葉した枝は手に取ってその美しさを感嘆し、黄葉しない青い葉はそのままにして嘆息する。その点が残念に思われるが、私はそんな秋山の方こそ惹《ひ》かれるのです。

宮廷の詩宴

この歌が作られた事情は、右にあげた題詞にくわしく述べられているとおりである。近江朝廷において雅会が催された日のこと、天智天皇は側近の内大臣藤原鎌足に命じて、廷臣たちに春山と秋山の

美しさを競《きそ》わせた。その時、同席していた女流歌人の額田王《ぬかたのおおきみ》が歌によって、春秋の優劣を判定したのがこの長歌である。

この歌は二段に分かれている。「……草深み取りても見ず」までの前段は春山の花を論じ、後段は秋山の黄葉《もみぢ》について論じている。最後に作者は「秋山われは」と結んで、春山より秋山の方に心が惹かれるものであるとしたのである。判定の基準は、草木を手にとって賞美することができるか否《いな》かにおいている。作者はもちろん、秋山の黄葉の美しさに感嘆し、その美しさのなかにまた秋のもつ別の魅力を見出しているのである。

この歌について、中西進氏は「この春秋の表現は、そっくり天智・天武に当てはまる」ものであるという見方をされている。すなわち、春山は天智天皇を指し、秋山はのちの天武天皇、ときの大海人皇子《おおあまのみこ》を指している。額田王《ぬかたのおおきみ》という女性は、はじめ天智の実弟大海人皇子に嫁《とつ》いで、十市皇女《とおちのひめみこ》を生んだが、その後兄の天智に召されて宮中にあがった人である。しかし人妻となった額田王と大海人皇子との間には、まだ愛の絆《きずな》が断《た》ち切れてはいなかった。そのことは、都が大和から近江の大津に移されたその翌年（六六

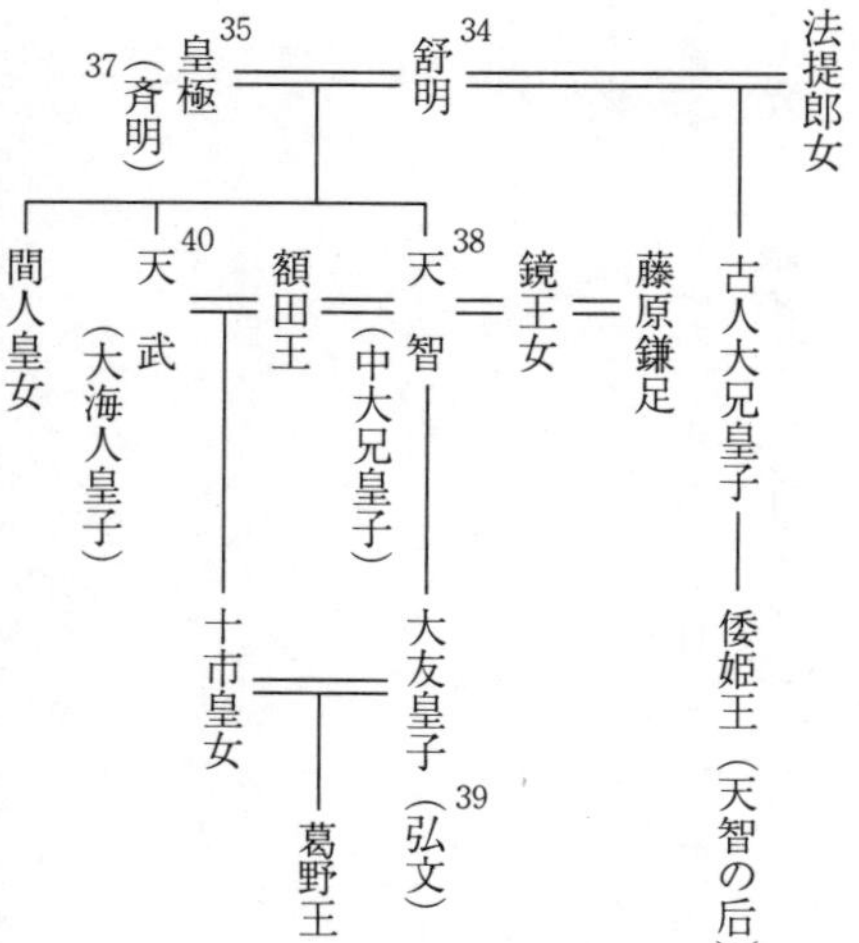

八）の春、蒲生野《がもうの》で盛大な薬猟《くすりがり》が催された時に、二人は恋歌をとりかわしていることでわかる。有名な贈答歌（巻一―二〇、二一後述）がそれである。一つの愛をめぐる兄と弟の葛藤《かっとう》が、のちの壬申《じんしん》の乱（六七二）をひき起こす遠因の一つとなったとみる説さえある。

ところで、額田王の出身地は近江の鏡山といわれているが、一説には大和の平群《へぐり》（今の奈良県生駒郡）とする説もある。ここでは近江説に従っておく。額田王の父は鏡王といって鏡造りを職業とする、いわゆる渡来人の裔で、早くから近江の地に移住していた有力な豪族であった。しかも額田王には鏡王女《かがみのおおきみ》（後述）といわれる姉がいた。鏡王女ははじめ天智天皇に召されたが、のち藤原鎌足の正妻になった。姉妹ともに万葉歌人としてその名が高い。

近江遷都

額田王の近江国に下りし時作る歌、井戸王《ゐのへのおほきみ》すなわち和《こた》ふる歌

味酒《うまさけ》　三輪《みわ》の山　あをによし　奈良の山の　山の際《ま》に　い隠るまで　道の隈《くま》　い積るまでに　つばらにも　見つつ行かむを　しばしばも　見放《さ》けむ山を　情《こころ》なく　雲の隠さふべしや　（巻一―一七）

反　歌

三輪山を　しかも隠すか　雲だにも　情《こころ》あらなも　隠さふべしや　（巻一―一八）

右二首の歌、山上憶良大夫の類聚歌林に曰はく、「都を近江国に遷す時に三輪山を御覧《みそこなは》す御歌《みうた》そ」日本書紀に曰はく、六年（六六七）丙寅の春三月辛酉の朔の己卯、都を近江に遷す」といへり。

美しい三輪の山よ。お前が奈良山の間に隠れるまで、道の曲がり角ごとに、思い残すことなく見て行こうと思う。そのお前を、無情にも雲が隠してよいものだろうか。そんなはずはない。

反　歌

なつかしい三輪山を、そんなにも隠すのか。せめて雲だけでも、思いやりの心があってほしいものです。そのように隠すということがあるものですか。

題詞によると、右の長歌は額田王の詠んだものとあり、反歌は井戸王の詠んだものとある。しかし、左註では天智天皇の御製《おおみうた》であるとする異伝をあげている。それは額田王が天皇に求められて代作したことを意味するもので、実作者は額田王その人である。『万葉集』にはそんな例がこの歌のほかにも数多くある。「秋の野のみ草刈り葺《ふ》き宿《やど》れりし宇治《うじ》の京《みやこ》の假廬《かりいほ》し思ほゆ」（巻一―七）や「熟田津《にきたつ》に船乗りせむと月待てば潮もかなひぬ今は漕《こ》ぎ出でな」（巻一―八後述）は、いずれも額田王が斉明天皇（女帝）の代作をしたものである。

さて、右の「味酒三輪山……」の歌は、三輪山との惜別をテーマにしたものであることは言うまでもない。長く住みなれた大和の国をあとにして、近江の新都に向う道中、奈良坂で三輪の山に別れを惜しみ、幾度も振り返っている一行の人々の気持ちがよく描かれている歌である。この奈良坂で、三輪の鎮魂儀式が一行の人たちによって荘厳に行われた、その時に詠んだ歌だといわれている。

三輪山は奈良盆地の南東部、いまの桜井市三輪町にある。山の高さは約四六七メートル、大神《おおみわ》神社（三輪明神）の神体山で、奈良盆地のどこからでも見ることができる秀麗な山である。古くから神霊の宿る山、神奈備《かんなび》山として、古く古代の人々の信仰を集めてきた。三輪山そのものが神体山であることから、大神神社には神殿がなく、拝殿だけであるのが特色である。

三輪山麓の海石榴市《つばいち》（いまの桜井市大三輪町金屋）は、万葉歌に「八十《やそ》の衢《ちまた》」とあるように、この地は諸街道が集まり、早くから交通の要衝として知られていた。しかも日本文化のふるさと、飛鳥《あすか》（明日香）の地に近いこともあって、人の往き来が激しく、交易の市《いち》が開かれていた。また歌垣《うたがき》がさ

古代の大和路

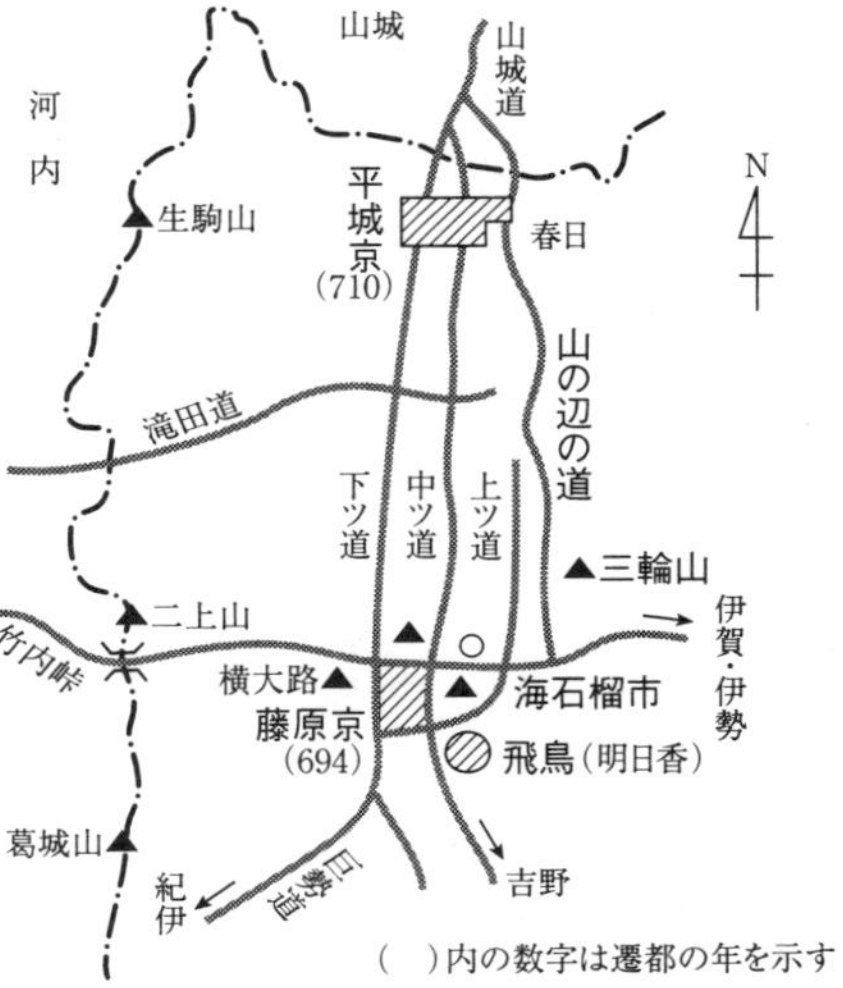

（　）内の数字は遷都の年を示す

近江朝関係年表

西暦	年号	主なる事項
六六三	天智 2	日本・百済連合軍、唐・新羅軍と白村江の戦いで大敗す。日本軍、百済の渡来人とともに帰国
六六四	3	壱岐・対馬・筑紫に防人・烽を置き、筑紫に水城を築く。
六六五	4	第五次遣唐使派遣。百済人四百余人を近江の神埼郡に移す。
六六六	5	百済人二千余人東国に移す。
六六七	6	都を近江（大津）に移す。
六六八	7	天智即位。崇福寺（志賀山寺）建立。
		蒲生野遊猟。高句麗滅ぶ。
六六九	8	山科遊猟。藤原鎌足没す。第六次遣唐使派遣。百済人七百余人近江の蒲生郡に移す。
六七〇	9	戸籍（庚午年籍）を作る。
六七一	10	大友皇子、太政大臣。近江令制定。大海人皇子ら吉野に隠退。天智天皇没す。
六七二	弘文 天武	壬申の乱。近江軍大敗。大友皇子（弘文）自害。大海人皇子、都を飛鳥浄御原に移す。
六七三	2	天武即位。鸕野皇女（持統）皇后となる

かんに行われたところでも有名である。「紫は灰指《さ》すものそ海石榴市《つばいち》の八十《やそ》の衢《ちまた》に逢へる児や誰」（巻十二―三一〇一）「たらちねの母が呼ぶ名を申さめど路行く人を誰と知りてか」（巻十二―三一〇二）と『万葉集』に歌う若い男女の問答歌は、歌垣のものである。

市《いち》や歌垣《うたがき》がさかんに行われた海石榴市は、また交通の分岐点でもあった。ここから北へ向かう古道は、山の辺《やまべ》の道と呼ばれ、穴師《あなし》、石上《いそのかみ》を通り過ぎ大和の北、春日《かすが》に至る。その道程《みちのり》は約二〇キロあり、万葉びとや外国の使者たちが通った道で、山の辺の道には古代の人々の心がしみつき、古い歴史が深く刻みこまれている。

額田王が近江の国へ下っていった道も、この山の辺の道であろう。

話が横道にそれるが――都が大和の飛鳥から近江に移された七世紀中期の対外事情について少し触れてみよう。

西暦六六〇年代の初頭は、朝鮮半島では百済の国が新羅・唐の侵略をうけて、存亡の危機に瀕《ひん》している時であった。当時、日本は百済と友好関係にあったので、百済はわが国に助けを求めてきた。これに対し、時の朝廷―斉明女帝（天智の母）―は百済の窮状を黙視することができず、百済救援を決意した。

そして斉明天皇の七年（六六一）一月、軍船をととのえて難波《なには》を船出した。船には斉明女帝をはじめ、中大兄皇子（のちの天智天皇）、大海人皇子（のちの天武天皇）、額田王らが同行した。瀬戸内海を西進し、途中伊予の熟田津《にきたつ》（今の愛媛県松山市）に碇泊、石湯（今の道後温泉）の行宮にとどまった後、筑紫《つくし》（九州の博多）に向かった。さきにあげた「熟田津に船乗りせむと……」の歌はその時に作ったものである。同年三月、船団は博多に到着。翌四月、本営を朝倉宮においた。しかし同年七月、斉明女帝は遠征なかばにして朝倉宮で急死された。年六十七歳であった。

天皇の死後、中大兄皇子は、援軍の総指揮をとることになった。

それから二年後の天智二年（六六三）の八月ついに援軍を朝鮮に派遣したが、日本・百済の連合軍は、「白村江の戦」で唐・新羅軍によって惨敗を喫する結果となり、翌九月に軍を引き揚げて帰国する。このとき、百済の人が日本へ大量に亡命してきた。このことは、『日本書紀』の天智天皇四年（六六五）の条に『百済の百姓《たみ》男女四百余人を以て、近江国の神前《かんざき》郡に居《お》く』とあり、また同八年（六六九）にも、『佐平余自信《さへいよじしん》・佐平鬼室集斯《さへいきしつしうし》等男女七百余人を以て、近江国の蒲生《がもう》郡に遷《うつ》し居く』と記録されているが、事実はもっと多く渡来してきたものと考えられる。そのなかには王族、高級官吏、学識者、技能者など

におの浜より大津京の地を望む

の頭脳集団が含まれていた。後年、これら亡命した人々の活躍によって、近江朝は華やかな大陸文化が開花することとなった。

敗戦の憂き目をみた日本は、唐・新羅軍の進攻に備えて、国土防衛の体制がとられ、西日本の各地に砦《とりで》が築かれた。いわゆる山城《やまき》と呼ばれる防塁である。『日本書紀』によると、「倭国《やまと》の高安城・讃岐《さぬき》国の屋嶋城・対馬《つしま》の金田城を築く」とある。なかでも高安城は、これまでまぼろしの城といわれてきたが、昭和五十三年六月その遺構が大阪と奈良の県境の山中に発見されて話題をよんだ。

そうして、ついに都は大和を離れて近江に移った。遷都の理由については諸説があるが、国土防衛という見地からなされたことには異論がなさそうである。高句麗と国交を親密にする上で、地理的条件がよいこと。近江の地が渡来氏族（百済系）の拠点でもあったこと。などの理由があげられている。しかし遷都が何の抵抗もなく行われたのではない。人民の強い反対を押し切って決行された。『日本書紀』は次のように記している。「都を近江に遷す。是《こ》の時に、天下の百姓《たみ》、都遷《うつ》すことを願はずして、諷《そ》へ諫《あざむ》く者多し。童謡《わざうた》亦衆《おお》し。日日夜夜《ひるよる》、失火の処多し」こうした不穏な空気の中で都が移された。時あたかも天智六年（六六七）の三月のことである。翌年の正月に、中大兄皇子は正式に即位して天智天皇となった。大津宮はそれからのち、壬申の乱（六七二）までの約五年間の短い運命であった。

天智天皇をめぐる二人の姉妹

額田王、近江天皇を思《しの》ひて作る歌一首

君待つと　わが恋ひをれば　わが屋戸《やど》の　すだれ動かし　秋の風吹く　（巻四―四八八）

あの人（天智天皇）のおいでを待って、恋しく思っていると、私の家の簾《すだれ》を動かして秋風が吹いて来ることよ。

鏡王女《かがみのおほきみ》の作る歌一首

風をだに　恋ふるは羨《とも》し　風をだに　来《こ》むとし待たば　何か嘆かむ　（巻四―四八九）

風だけでも心が動かされるということは、うらやましいことです。せめて風だけでも吹いて来るだろうと思って待っているなら、何を嘆きましょうか。

右の歌は、額田王と鏡王女との唱和の歌である。そしてこの歌はそれぞれ『万葉集』の巻八のなかの一六〇六～七番に重複して出ている。

前の歌は、額田王がひとり自分の部屋で天皇のお越しを待っていると、簾のゆれ動く気配がして、一瞬彼女は心をはずませる。しかしそれは背の君ではなく、秋風であることに気づいた時の、彼女の落胆ぶりが見えるようである。後の歌は、額田王の「君待つと」と詠んだのに和《こた》えて、姉の鏡王女が風だけでも吹いてくるのを待っているあなたの身がほんとうにうらやましい。私なんか、天皇にはうとんじられ、しかも夫（藤原鎌足）には先立たれた身です。あなたの気持ちなんかぜいたくなものです。とでもいわんばかりの口調がうかがえる。

前に述べたように額田王は、はじめ大海人皇子（のちの天武天皇）の愛をうけて、十市皇女を生み、のちに中大兄皇子（のちの天智天皇）に娶《め》された人である。一方、鏡王女という人は、はじめ天智天皇に愛されたが、のちに藤原鎌足の正室となった人である。彼女の出自《しゅつじ》については、額田王の姉であるという説と、天智天皇の異母の妹とみる説とがあって、さだかではないが、ここでは前者の説をとっておく。夫の藤原鎌足は、天智天皇のもっとも信任の厚かった重臣で天智を助けて蘇我氏を倒し、大化の改新（六四五）に大きな役割を演じた。天智天皇が自分の女（鏡王女）を鎌足にくれてやったのはほかでもない、彼に忠誠を誓わせることによって、天皇自身の権力を堅持するための手段でもあった。

この歌が詠まれたのは、天智八年（六六九）十月、鎌足が大津京で亡くなってから、天智十年（六七一）十二月、天智天皇の死去までの間に作られたものである。

天智天皇をめぐる二人の姉妹の愛の遍歴のなかに、女の哀《かな》しい宿命をみるようである。男から男へとうつされてゆく女のこうした生き方が、当時の女性の生きる道でもあった。姉妹の久しぶりの会話の中に、宮廷生活に生きる女たちのやるかたない思いがひしひしと感じられる。

鏡王女と天智天皇、藤原鎌足との間には、次のような贈答歌がある。

天皇、鏡王女に賜ふ御歌

妹《いも》が家も継《つ》ぎて見ましを大和なる大島の嶺《ね》に家もあらましを　天智天皇（巻二―九一）

あなたの家を、いつも見られたらよかろうに。大和の大島の嶺に、あなたの家があったらよかろうに。

鏡王女、和《こた》へ奉《まつ》る御歌

秋山の樹《こ》の下隠《かく》り逝《ゆ》く水のわれこそ益《ま》さめ御思《みおもひ》よりは　鏡王女（巻二―九二）

秋山の木蔭を隠れて流れてゆく水の水かさの増さるように、私の方こそ思いがまさることでしょう。あなたが思って下さるよりは。

内大臣藤原卿、鏡王女と娉《よば》ふ時、鏡王女の内大臣に贈る歌

玉くしげ覆《おほ》ふを安み開けて行かば君が名はあれどわが名し惜しも　鏡王女（巻二―九三）

（かくすのがやさしいので）夜が明けてから帰られたならば、あなたの名の立つのはとにかくとして、私の名が立つのは惜しく思われます。

内大臣藤原卿、鏡王女に報へ贈る歌

玉くしげみむろの山のさなかづらさ寝《ね》ずはつひにありかつましじ　藤原鎌足（巻二―九四）

（三輪山のさなかづらの名のように）あなたと一緒に寝ないことには、どうにも耐えられないでしょう。

後の歌は藤原鎌足が鏡王女に求婚した時の歌である。

近江荒都の悲歌

近江の荒れたる都を過ぐる時、柿本朝臣人麿の作る歌

玉襷《たまたすき》　畝火《うねび》の山の　橿原《かしはら》の　日知《ひじり》の御代《みよ》ゆ　生《あ》れましし　神のことごと　樛《つが》の木のいや
つぎつぎに　天《あめ》の下《した》　知らしめししを　天《そら》にみつ　大和《やまと》を置きて　あをによし　奈良山
を越え　いかさまに　思ほしめせか　天離《あまざか》る　夷《ひな》にはあれど　石走《いはばし》る　淡海《あふみ》の国の
楽浪《ささなみ》の　大津《おほつ》の宮に　天《あめ》の下　知らしめしけむ　天皇《すめろき》の　神の尊《みこと》の　大宮は　此処《ここ》と聞
けども　大殿《おほとの》は　此処と言へども　春草の　繁《しげ》く生ひたる　霞立ち　春日の霧《き》れる　も
もしきの　大宮処《おおみやどころ》　見れば悲しも（巻一―二九）

反歌

ささなみの　志賀の辛崎《からさき》　幸《さき》くあれど　大宮人《おほみやびと》の　船《ふね》待ちかねつ（巻一―三〇）

ささなみの　志賀の大わだ　淀《よど》むとも　昔の人に　またも逢はめやも（巻一―三一）

畝傍山の橿原の地で、即位された神武天皇の御代から、お生まれになった歴代の天皇が、次々に天下を治めてこられた大和の国を捨てて、奈良山を越え、何と思われて遠く離れた田舎であるのに、近江の国の大津の都で、天下を治められたのであろうか。その天智天皇の皇居の趾は此処だと聞くけれど、宮殿の趾は此処だというけれど、春の草が生い茂り、霞が立って紫にけむる皇居の趾を見ると、物悲しく思われることよ。

反歌

ささなみの志賀の唐崎は、変わることなく今もあるけれども、昔ここで遊んだ大宮人の船はいくら待っても、見ることができない。

ささなみの志賀の大わだは、人恋しく、淀《よど》んでいるけれども、昔の大宮人に再び逢うことができようか。

題詞によれば、この歌は、人麻呂が近江の荒都を通りかかった時に詠んだ歌とある。人麻呂の中期の作品である。

大津京趾は、現在の大津市錦織《にしこおり》町付近であったことが確認されている。（後述）人麻呂が、『万葉集』にこの歌を残してから約一三〇〇年がたつ。壬申の乱（六七二）によって近江朝廷が滅びたあと、人麻呂が再び大津の地を訪れたのは約二〇年のちのことである。

「大宮は　此処と聞けども　大殿は　此処と言へども」と、探し求めるのだが、目《ま》のあたりに見たものは「春草の　繁く生ひたる」草むらと化した宮趾であった。「大宮処　見れば悲しも」と人麻呂は深い悲しみにしずむのであった。彼は青年の日を近江朝に仕えていた群臣の一人であり、骨肉相争った壬申の動乱の中に生きた一人であった。それは彼にとって、生涯忘れることのできないにがい経験であった。それだけに荒都に寄せる人麻呂の胸のうちは、複雑なものがあり、沈痛な思いがあった。

人麻呂が、荒れた都を通ったのはいつの頃か。また何のために訪れたのか。『日本書紀』には何も触れていない。しかしこの歌が『万葉集』の持統天皇の所に収められているので、持統天皇の初期に作ったものとみられている。作歌事情については、①持統三年（六八九）頃、人麻呂が官命をうけて、東国または北国へ使いした折に、近江に立ち寄ったとみる説（沢瀉久孝氏）②持統三、四年（六八九―九〇）頃、持統女帝が志賀に行幸した時に、供奉した人麻呂が応詔したものとみる説（北山茂夫氏）がある。北山説の方が、近江を訪れた理由として一番ぴったりしているように思われる。志賀行幸の理由は、夫の天武天皇が亡くなった後、持統女帝は亡き父天智帝の追善供養と、壬申の乱で死んでいった近江朝の人々の鎮魂のために、志賀の崇福寺《すうふくじ》（天智の創建になる寺）に参拝したものとみられる。

大津市役所前の万葉歌碑

長歌のなかで人麻呂が「いかさまに　思ほしめせか」と詠んでいるのは、当時、民衆の反対を押し切ってまで、何故に畿外の地の近江に都を移されたのか、人麻呂には、亡き天智帝の心のうちがわからなかったのである。それはまた、同時代の人々の共通した気持ちでもあった。

反歌二首は、いずれも人麻呂が宮趾から湖辺の唐崎に来て詠んだものである。唐崎はかつて大宮人が舟遊びに興じた所で、港であった。ささなみの志賀の唐崎は、昔と少しも変わるところはないが、大宮人の姿をいくら待っても、もはや逢うことはあるまい。と昔の面影を偲び、湖畔をさまよい歩く人麻呂の姿が、ほうふつと眼にうかんでくる歌である。作者の詠んだ位置を、長歌・反歌いずれも大津宮趾とする説があるが、どうも賛成できない。

「志賀の大わだ」は、現在の大津市柳ヶ崎から比叡辻にかけて湾入している湖岸一帯をさしたものであるろうか。唐崎は、大宮人が湖上遊覧した折の船着場であった。比良や高島への行幸（後記）の御船も、たぶんここから舟出したのであろう。唐崎については、後の項で述べる。

崇福寺跡（志賀の山寺）

高市古人《たけちのふるひと》、近江の旧堵《きうと》を感傷《いた》みて作る歌二首　或る書に云はく、高市連黒人《たけちのむらじくろひと》といへり

古《いにしへ》の　人にわれあれや　ささなみの　故《ふる》き京《みやこ》を　見れば悲しき　（巻一―三二）

自分が昔の人であるというのか。そうでもないのに、ささなみの荒れた古都を見ると、どうしてこうも悲しいのであろう。

ささなみの　国つ御神《みかみ》の　心《うら》さびて　荒れたる京《みやこ》　見れば悲しも　（巻一―三三）

ささなみの国の地主神の心がすさんで、荒れてしまった古都を見ると悲しいこと。

さきの人麻呂の「近江荒都の歌」に続いてこの歌がある。題詞に作者は高市古人とあり、題下の注には高市連黒人とある。高市古人の名がみえるのは、『万葉集』中この歌だけであるから、一般に黒人の作とみられている。高市黒人は、人麻呂と同時代の人で持統・文武両朝に仕えた宮廷歌人である。旅の歌にすぐれ、『万葉集』に十七首の歌を残している。この歌が、人麻呂の作歌と相前後して並べてあるのは、それぞれ作歌の時期や事情がほぼ同じものとみているからであろう。

持統朝の頃、古人（黒人）が使者として近江に赴いたものか、国司として北国へ下る途中、大津に立ち寄ったものであるか、その辺の事情は明らかではない。

前に述べたように、人麻呂はその昔、大津宮に仕えたことがあり、しかも壬申の乱を身をもって体

験した歌人であるのに対し、黒人ははじめの歌のなかで「古の人にわれあれや」という言い方からみて、大津京とのかかわりが薄かったのではないかと思われる。人麻呂も黒人も、近江の旧都に対する思いは、それぞれ違っていても、読者の胸に悲哀感が伝わってくる歌である。

第二の歌は、住んでいる土地が栄えるということは、その土地の国つ神（地祇《ちぎ》）が守護しているからだと昔の人は信じていたようで、神から見放されれば国は滅びてしまうことになる。沢瀉久孝氏は「上代人にとって神と国とは一つである。抽象的に云へば神であり、具体的に云へば国である」と言っている。さざなみの大津宮がこのように荒れ果ててしまったのは、近江の国つ神にも見放されたからだと、当時の人々は恐れをいだいていたに違いない。黒人の歌には人麻呂の歌ほどの切実さが感じられない。

高市連黒人の近江の旧《ふる》き都の歌一首

如是《かく》ゆゑに　見じといふものを　楽浪《ささなみ》の　旧き都を　見せつつもとな　（巻三―三〇五）

こういうことになるから、見たくないといったのに、ささなみの古い都をわけもなく見せて。

この歌は、さきの巻一の三二・三三番の「近江旧都の歌」と同時に作ったものであろう。

黒人は無理に誘われて、近江の古都にやって来た。見ると、宮趾は予想していた通りの荒れかたで、悲しさが込みあげ、一層やりきれない気持ちがする、というとり方と、旧都を見れば悲しい思いをすることはわかっていたのに、都は自分に都を見せるので、なお一層のこと悲しくなる。というとり方がある。おそらく作者は後者のつもりで言ったものであろう。都を見せたいのは、人ではなくて都であったと。——

「もとな」は、わけもなく。むやみに。等の意味を表す。

大津京と壬申の乱

天智天皇が倭古京（飛鳥岡本宮）から近江へ都を移したのは、天智六年（六六七）の三月、今からおよそ一三〇〇年の昔のことである。ところは「ささなみの大津宮」である。天智天皇は、ここで近江令の制定、庚午年籍《こうごねんじゃく》の編纂《へんさん》など数々の事業に着手し、律令国家をめざして新しい政策を次々と実施した。文化の面においても、大陸文化の影響をうけて、大きく進展する時期である。そのかげには、渡来人（百済の亡命者）たちの活躍によるところ多大であったことは事実である。「大織冠伝」に新都大津京のことについてこう書いている。「朝廷ことなく、遊覧これ好み、人に菜色なく、家に余蓄あり、民みな太平の代と称す」近江朝はしばらく平穏な日が続いた。

しかし、大化改新以後、つねに天智と死生を共にしてきた側近の藤原鎌足が亡くなると、天智天皇と弟の大海人皇子との対立が激しくなった。その主な原因は、大海人皇子が皇太子であるにかかわらず、甥《おい》の大友皇子が太政大臣《だじょうだいじん》に任ぜられたこと。自分の愛人（妻）であった額田王を兄に横どりされたことなどがあって、二人の仲はいっそう不穏な状態となった。

そして、天智十年九月、天智天皇は病に倒れ、翌十月に危篤になった。そこで天智天皇は大海人皇

壬申の乱戦闘図

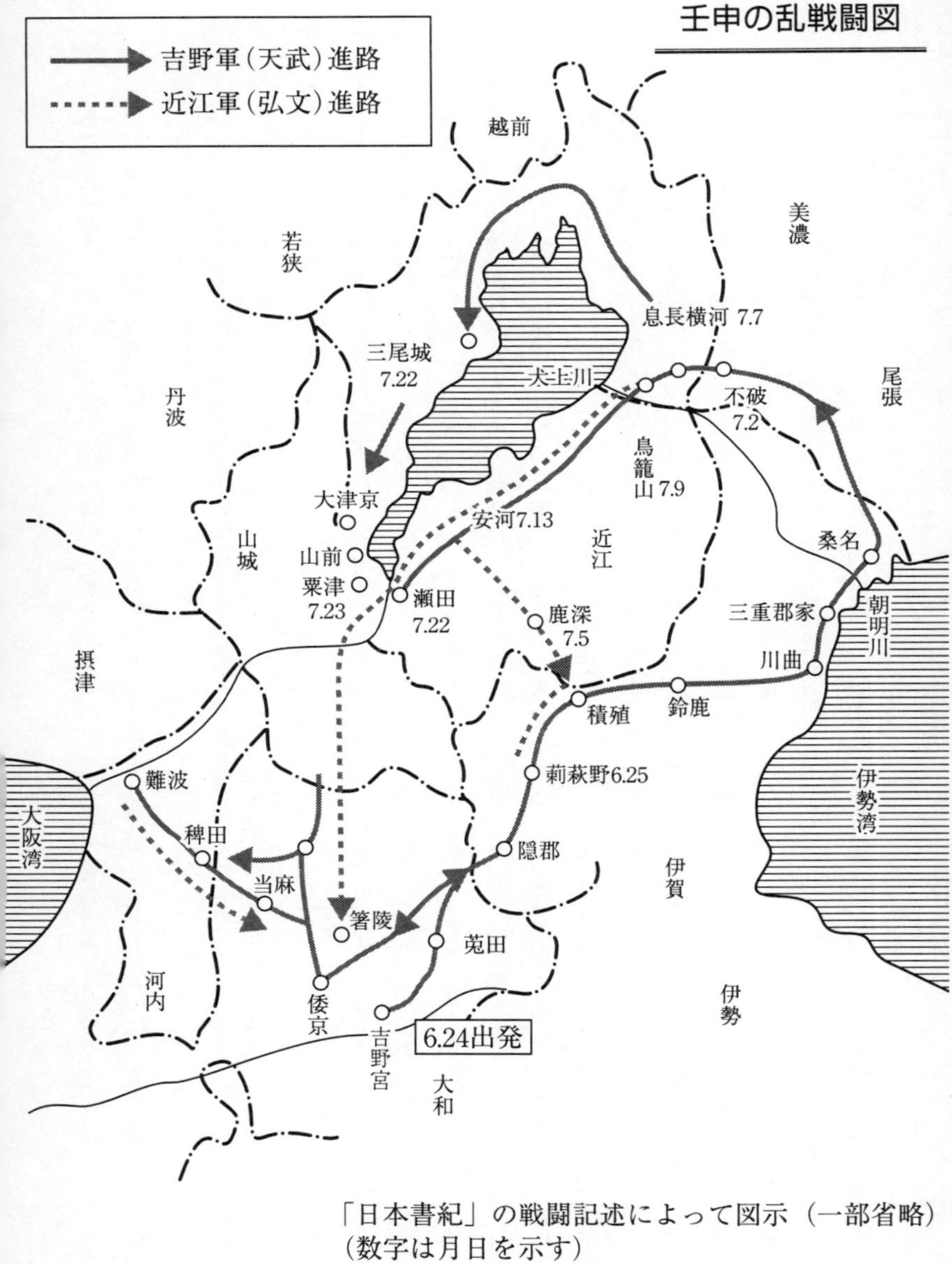

「日本書紀」の戦闘記述によって図示（一部省略）
（数字は月日を示す）

子を枕元に呼んで、譲位の話をきり出したが、大海人皇子は堅く拒否し、頭をまるめて吉野に逃れた。大津京の人々は彼のことを評して「虎に翼《つばさ》を着けて放てり」(『日本書紀』)といった。同年十二月三日、ついに大津宮で天智天皇が亡くなると、息子の大友皇子と吉野に隠退中の大海人皇子との間に、皇位継承をめぐって内乱が起こった。いわゆる壬申《じんしん》の乱である。

六七二年六月二十四日、吉野に挙兵した大海人皇子は妃の鸕野《うの》皇女(大友皇子の義姉、後の持統天皇)、草《くさ》壁《かべ》皇子、忍壁《おさかべ》皇子、それに舎人《とねり》二十余人、女孺《にょじゅ》十余人というわずかな人数を率いて、徒手《としゅ》同然で吉野を出発した。吉野方は夜を日に継いで行軍し、伊賀、伊勢を経て美濃から近江に進撃した。道々吉野方に加勢するものが多く、近江に入ったときには数万の軍勢となっていた。吉野軍は、近江の各地(息長《おきなが》の横河《よこがわ》・鳥籠《とこ》の山・安河《やすかわ》の濱《ほとり》・瀬田川・三尾城《き》)で激戦の末、近江軍を撃退し、全滅させた。大友皇子はついに長等《ながら》の山中で自害し果てた。二十四歳の時であった。戦いはわず

弘文天皇長等山前陵

か一カ月で幕を閉じた。圧倒的勝利をおさめた大海人皇子は、再び倭古京に帰り、飛鳥浄御原宮《あすかきよみがはら》で天武として即位した。大津宮は、わずか五年四カ月の短い悲運の都として消え去った。大友皇子の陵墓は、長等山麓（大津市役所裏）に弘文天皇長等山前陵としてある。

その後、柿本人麻呂が大津宮趾を訪ねたのは、二〇余年あとのことである。長い歳月、幻の都と呼ばれてきた大津京はやっと、その所在が確認されるようになった。これまでの発掘調査の結果、宮址の有力な推定地としてあがっていたのが次の四つである。

A　大津市坂本穴太町廃寺跡説
B　大津市滋賀里町見世蟻ノ内説
C　大津市南滋賀町一丁目廃寺跡説
D　大津市錦織《にしこおり》町二丁目御所ノ内説

そのほかに粟津説などがあった。

これまで大津宮址を推定するただ一つの手がかりとしてきたのは、二つの寺院の位置であった。一つは『扶桑略記』によるものである。それによると、遷都の翌年（六六八）に、勅願によって大津宮の守護として、都の西北にあたる山中に崇福寺《すうふく》（別称志賀の山寺）を創建したということ。その裏をかえせば、崇福寺址から東南の方位に大津宮があったということを意味する。今一つは『高僧記』によるもので、桓武天皇が延暦五年（七八六）に曽祖父天智天皇の追善供養のために、大津京跡付近に梵釈寺《ぼんしゃくじ》を建立したという記録である。梵釈寺を南滋賀廃寺跡と推測すれば、その付近が宮殿址ということになる。以上の二点が、旧記による宮址と深い関係をもつ場所とされてきた。

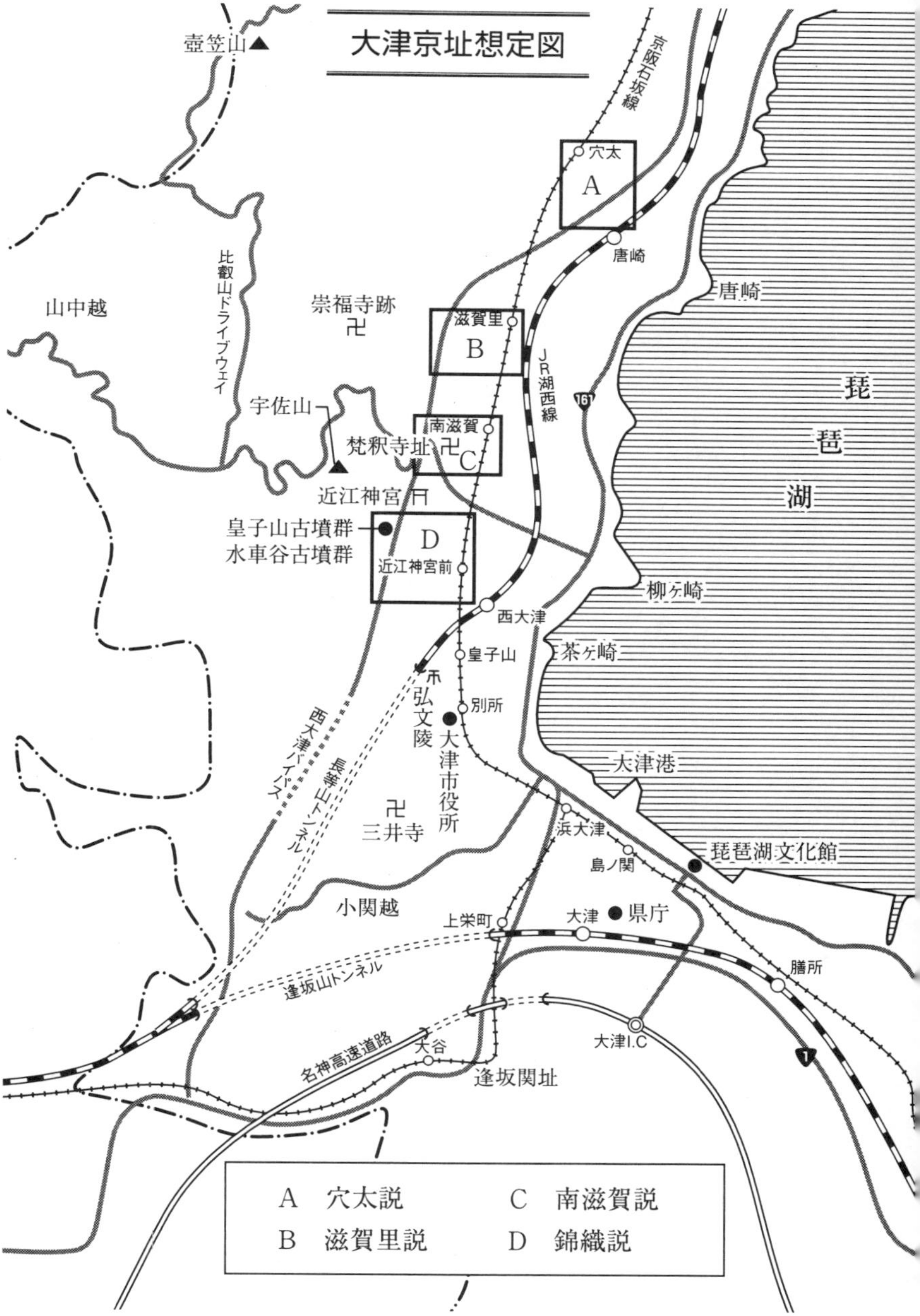
壺笠山
比叡山ドライブウェイ
山中越
崇福寺跡
宇佐山
梵釈寺址
近江神宮
皇子山古墳群
水車谷古墳群
京阪石坂線
穴太
A
唐崎
唐崎
滋賀里
B
JR湖西線
161
南滋賀
C
近江神宮前
D
琵
琶
湖
柳ヶ崎
西大津
茶ヶ崎
皇子山
弘文陵
別所
大津市役所
西大津バイパス
長等山トンネル
大津港
三井寺
浜大津
島ノ関
琵琶湖文化館
小関越
上栄町
大津
県庁
膳所
逢坂山トンネル
大津I.C
名神高速道路
大谷
逢坂関址
1
A　穴太説
B　滋賀里説
C　南滋賀説
D　錦織説

大津京址想定図

大津京の発掘調査は、昭和になって二回（昭三、十三年）行われ、最近では国鉄湖西線の建設工事にともなって、昭和四十六年三月より同四十七年五月にかけて行われた。場所は穴太—錦織間（約三・五キロ）の区域である。その結果、大津京時代のものと推定される建物趾、条里溝、住居の柱穴等の遺構が発見されたが、大津宮跡だと断定する決め手になる材料はついに発見されずに終わった。なにしろ大津宮が五年余りの短い都であったこと、宮殿が地形的に狭小な比叡山麓に造営されたこともあって、大規模な都城を想定することは困難であった。

長い間の考古学者たちの「大津京発見」にかけた執念と情熱が報いられて、ようやく大津京の全容を見せはじめたのは、昭和五十二年十二月、滋賀県教育委員会が着手した錦織地区の調査である。この地区が宮殿趾であったことがほぼ確実となったその理由は、宮殿址を裏付ける大規模な建物の柱穴が発見されたこと。また官衙《かんが》（役所）趾とみられる遺構が確認されたことなどである。ロマンと謎を秘めた大津京の発見であるだけに、関係者はもちろん、多くの人からもさらに今後の調査の進展が期待されている。

志賀

穂積皇子《ほづみのみこ》に勅《みことのり》して近江の志賀の山寺に遣はす時、但馬皇女《たじまのひめみこ》の作りまし御歌

後《おく》れ居て　恋ひつつあらずは　追ひ及《し》かむ　道の隈廻《くまみ》に　標結《しめゆ》へわが背《せ》　(巻二—一一五)

あとに残って恋い慕っていないで（恋しがっているよりは）あなたのあとを追いかけて行きましょう。道の曲《ま》がり角《かど》に、目印をつけておいて下さい。あなた。

但馬皇女の相聞歌

この歌は、穂積皇子（天武天皇の皇子、母は蘇我赤兄の娘、大蕤娘《おおいぬのいらつめ》）が持統天皇の勅命をうけて、志賀の山寺（崇福寺のこと）に遣わされたとき、但馬皇女（天武天皇の皇女、母は藤原鎌足の娘、氷上娘《ひがみのいらつめ》）がその出発に際して贈ったものである。穂積皇子が志賀の山寺に遣わされた事情については不明であるが、但馬皇女との恋愛事件が露見したため、僧にさせられたとみる説。志賀の山寺での法会《ほうえ》のため、勅使として遣わされたとみる説などがある。—異母兄妹である二人の恋愛関係は、この歌の前後にある二つの歌から知ることができる。前の歌では、

秋の田の穂向《ほむき》の寄れること寄りに君に寄りなな事痛《こちた》かりとも　（巻二―一一四）

秋の田の稲穂がなびきよっているように、ひたむきにあなたに寄り添いたい。人の噂がひどくても。

右の歌の題詞に「但馬皇女、高市皇子《たけちのみこ》の宮に在《いま》す時に、穂積皇子を思《しの》ふ御作歌《みうた》」とある。但馬皇女が高市皇子（天武天皇の皇子、母は胸形君徳善の娘、尼子娘《あまこのいらつめ》）の妃となっていた時、ひそかに穂積皇子と通じているという噂が立っていた。二人は人目をさけてたびたび逢っていたに違いない。世間の人がどんなに噂しようと、また非難しようと、添いとげたいとする皇女の決意のほどがうかがえる。後の歌では、

人言《ひとごと》を繁み言痛《こちた》み己《おの》が世に未だ渡らぬ朝川渡る　（巻二―一一六）

人の噂がうるさいので、生まれてまだ渡ったこともない朝の川を渡ることだ。

右の歌の題詞に「但馬皇女、高市皇子の宮に在《いま》す時、竊《ひそ》かに穂積皇子に接《あ》ひて、事すでに形《あら》はれて作りましし御歌」とあって、ついに二人の不倫な関係が発覚したので、但馬皇女は宮殿にいることができず、生まれてまだ渡ったこともない朝の川を渡って、穂積皇子のもとに行った彼女の、すべてを恋に賭《か》けた女の激しい情熱が感じられる歌である。

弓削皇子の死を悼む

弓削皇子《ゆげのみこ》薨りましし時、置始東人《おきそめのあづまひと》の作る歌一首并に短歌、また短歌一首

ささなみの　志賀さざれ波　しくしくに　常にと君が　思ほせりける　（巻二―二〇六）

ささなみの志賀の浦に寄せるさざ波のように、しきりに、長く生きていたいと、皇子は思っておいでになったことよ。

右の題詞を持つ長・短各一首の挽歌である。それをうけて「また短歌一首」を作ったというのである。作者は前歌と同じ置始東人である。作者は弓削皇子の側近者の一人であったらしい。それだけに、作者にとって皇子の死は、悲しみの深いものがあった。この歌の初めの二句「ささなみの志賀さざれ波」という序詞に志賀の地名をどうしてここに持ってきたのか。作者にとって皇子を偲ぶには、近江の志賀は、忘れることのできない土地であった。

弓削皇子は天武天皇の第六皇子で、母は天智天皇のむすめ大江皇女、長皇子の同母弟にあたる。亡くなったのは文武三年（六九九）七月である。弓削皇子は天武の皇子という地位にありながら、その経歴については、正史ではあまり触れていない人物である。そして右の挽歌《ばんか》を読むかぎりでは、何ら問題となる人物ではなさそうである。しかし次にあげる弓削皇子自身が詠んだ歌をみると、そう簡単

にはかたずかない問題がある。

瀧《たぎ》の上《へ》の三船の山に居る雲の常にあらむとわが思はなくに　(巻三―二四二)

吉野川の激流のほとりにある三船山に、かかっている雲のように、いつまでもこの世に生きていようとは思わないことだ。

この歌は持統天皇の頃、弓削皇子が吉野に遊んだ時に詠んだもので、人の命の無常を嘆いた歌である。先の置始東人が詠んだ歌とは全く反対の心情を詠んでいるが、いったい皇子の身辺に何が起こったのか。また自分に死が近づいたと予感するほどのものがあったのか。考えられることの一つは、弓削皇子には恋焦《こ》がれた女性がいた。しかもその相手は未婚の女ではなく、すでに人妻であった。皇子が彼女に激しく近づいていったことは、彼の詠んだ恋歌から知ることができる。

大船の泊《は》つる泊《とま》りのたゆたひに物思《も》ひ痩《や》せぬ人の児ゆゑに　(巻二―一二二)

大船が碇泊する港で、船が揺れているように、私は不安で物思ひにふけって痩せてしまった。人妻のために。

この歌は題詞に「弓削皇子、紀皇女《きのひめみこ》を思《しの》ふ御歌四首」とある中の一首である。「人の児」という言葉は、人の妻という意味であり、紀皇女を指していることは勿論である。紀皇女は天武天皇の皇女で、母は蘇我赤兄のむすめ大蕤娘《おおいぬのいらつめ》、穂積皇子の同母妹にあたる。弓削皇子とは異母兄妹である。異母兄妹の恋は、古代にあっては珍しいことではなく、当時としては相手が人妻であるということが問題であった。しかし、弓削皇子がその恋に恐怖を持たねばならない紀皇女の夫とは、いったい誰か。疑問がもたれるのは当然のことである。

そこで、贈答歌の形式はとっていないが、紀皇女の詠んだ歌がある。

軽《かる》の池の汭廻《うらみ》行き廻《み》る鴨すらに玉藻のうへに独り宿《ね》なくに　（巻三―三九〇）

軽の池の浦を行きめぐる鴨でさえ、藻の上にひとりで寝ないのに。（どうして、わたしが男なしで寝られるものか）

これはすごく大胆に詠んだ歌である。男の肉体を求めてやまない女心が、なんの遠慮もなく表現されていることに、まずおどろく。生涯を恋愛に生きた平安朝の歌人和泉式部《いずみしきぶ》の

あらざらむ　この世のほかの思ひ出に　いまひとたびのあふこともがな　（百人一首）

（病床にあって）死ぬかもしれない（その死後の）あの世の思い出にもう一度（あなたに）抱かれたいものよ。

という作に比べても、決してひけを取らない情熱的な詠みぶりである。

右にあげた弓削皇子の「大船の……」、紀皇女の「軽の池の……」の二つの歌から推測して、紀皇女の恋人が、弓削皇子であることはほぼ間違いない。しかし、この資料だけでは弓削皇子を死へ追いやった原因とはならない。そこで、もう少し話を先に進めよう。

高松塚古墳（奈良県高市郡明日香村字高松）が一三〇〇年の長い眠りからさめて、突然その姿を現したのは昭和四十七年三月のことである。わが国の考古学史上初めての極彩色の壁画古墳というので、各方面から注目を浴びたことは記憶に新しいところである。古墳に埋葬されている人はいったい誰か。いろいろ論議され、天武・持統と関係の深い人であるとか、高句麗系渡来人であるなど（人名は省略する）諸説を生んだが、結論を出す段階には至っていない。しかし、梅原猛氏の「私見・高松塚」の中で、高松塚の被葬者は弓削皇子ではないかという仮説を提示されて、学界に波紋を投げた。被葬者を弓削皇子であるとみた根拠には、紀皇女との密通の問題がある。しかも、紀皇女は文武帝の后、あるいは后の候補者ではなかったかという見方。もしそうだとすれば、紀皇女と通じたということは、謀反罪にあたるもので、それは死罪に相当する行為であること。いま一つは、皇位継承をめぐる問題である。持統天皇が頼りにしていた一人息子の草壁皇子は亡くなり、太政大臣高市皇子も死んだ後は、皇位の継承問題が急に表面化した。弓削皇子はその渦中にあって、身辺はたえず危険にさらされていた。その上、持統天皇からは憎まれ、邪魔者にみられていた人物であった。軽皇子（文武）の立太子決定の時、会議に同席していた弓削皇子は、葛野王（弘文の皇子）に発言をきびしく制せられたことが『日本書紀』にみえる。

ここで思い出すのは、皇位継承にからむ事件が、これまでにたびたび起こっていることである。天智帝に追放された古人大兄皇子（天智・天武の異母の兄）、蘇我赤兄にそそのかされ、謀叛を企てたということで捕らえられ殺された有間皇子（孝徳天皇の皇子）。天武天皇の死後、謀叛の疑いで捕らえられ殺された大津皇子（天武天皇の皇子）など一連の事件は、すべて邪魔者を抹殺しようとする陰謀によるものであった。弓削皇子もまた、権力者の陰謀からのがれることができない運命《さだめ》にあった一人であろう。

さらに指摘されていることは、弓削皇子の死んだ文武天皇三年（六九九）（七月二十一日没）という年は、皇子の側近、春日王《かすがのおおきみ》（六月二十七日没）、母の大江皇女（十二月三日没）が相前後して亡くなっている。しかも、記録にはないが、紀皇女もこの頃に亡くなっているという見方である。とすれば、弓削皇子の身辺に、何かが起こったことは事実であり、密通事件を楯にとり、誰かの手によって弓削皇子が殺されたとみる説を、全く否定する事はできないように思われる。

采女挽歌

吉備《きび》の津《つ》の采女《うねめ》の死《みまか》りし時、柿本朝臣人麿の作る歌一首　并に短歌

秋山の　したへる妹《いも》　なよ竹の　とをよる子らは　いかさまに　思ひをれか　栲縄《たくなは》の
長き命を　露こそば　朝《あした》に置きて　夕《ゆふべ》は消ゆと言へ　霧こそば　夕に立ちて　朝は　失《う》
すと言へ　梓弓《あづさゆみ》　音聞くわれも　おぼに見し　事悔《くや》しきを　敷栲《しきたへ》の　手枕《たまくら》まきて　剱刀《つるぎたち》
身に副《そ》へ寝《ね》けむ　若草の　その夫《つま》の子は　さぶしみか　思ひて寝《ぬ》らむ　悔《くや》しみか　思ひ

恋ふらむ　時ならず　過ぎにし子らが　朝露のごと　夕霧のごと　（巻二―二一七）

短歌二首

楽浪《ささなみ》の　志賀津《しがつ》の子らが　罷道《まかりぢ》の　川瀬の道を　見ればさぶしも　（巻二―二一八）

天数《あまかぞ》ふ　大津の子が　逢ひし日に　おぼに見しかば　今ぞ悔《くや》しき　（巻二―二一九）

秋山のもみじのように美し妹、なよ竹のようにしなやかな妹はどのように思ってか、長い命であるものを、露は朝に置いて、夕方には消えるというが、霧は夕方に立って朝にはなくなるというが、そんなに早く（死んだという）噂を聞いた私も、これまでぼんやりと見ただけだったことが、くやしいと思われるほどなのに、采女《うねめ》の手を枕にして添い寝したであろうその夫は、どんなに寂しいと思って、寝ていることであろうか、くやしく思って恋慕っていることであろうか、思いがけなく死んでいったあの采女が、朝露のように、夕霧のように。

短歌二首

ささなみの志賀の大津の采女が、身を投げた川瀬の道を見ると、さびしいことであるよ。

大津の采女が、私と出会った日に、はっきりと見なかったのが、今になって残念に思われることよ。

右の歌は、吉備津《きびのつ》の采女《うねめ》の死を悼んで、人麻呂が詠んだものである。いわゆる采女挽歌といわれるものである。

采女というのは、地方の豪族が朝廷への服従の誓いのしるしとして、自分の娘を天皇に差し出した女のことである。いうなれば、それは人身御供《ひとみごくう》であり、人質《ひとじち》であった。だから采女は天皇の侍女であると同時に私物であって、恋愛の自由など許されない身の上であった。大化改新の詔に「およそ采女は、郡の少領より以上の姉妹《いろも》、及び子女《むすめ》の形容《かほ》端正《きらぎら》しき者を貢《たてまつ》れ。云々」とあって、朝廷では地方豪族の容姿端麗な娘たちを集めていたようである。宮中の役人の中には、采女に思いを寄せるものがあっても、彼女に近寄ることはできず、また采女に意中の人がいても不思議ではないが、それはあくまでタブーとされていた。不倫関係でも発覚すれば、きびしい刑罰を受けねばならなかった。

吉備の津の采女というのは、吉備国（岡山県）の出身の女性で、大津に都があったころ、ここに来て天皇に仕えていた。彼女は美人の評判が高く、宮廷内の噂となっていたようである。その采女が御法度《ごはっと》を破って、宮中の役人とひそかに通じていたことがばれて、きびしく追求され、自害したものであろう。ひょっとすると、作者は若いころ、彼女に恋慕の情をいだいたことがあったのかも知れない。

短歌二首というのは、長歌に対する反歌のことである。なかなか実感のこもった歌である。先の「近江荒都の歌」と同じ時の作ではないかと見られる。作者人麻呂は采女の死を聞いて川瀬に赴き、若かりし日の彼女を追憶して詠んだものか。

「吉備の津の采女」を「志賀津の子、大津の子」と言ったのは、都が奈良に移ったのちも采女が大津の附近に住んでいたので、そう呼んでいたのであろう。志賀の大津のあたりで入水自殺のできる川といえば、瀬田川をおいてほかにはないので、この川を指していることには間違いない。「罷道」とは、あの世へ行く道（葬送の道）の意味で「川瀬の道」のことである。

二つの目の短歌は、長歌の中の「おぼに見し事悔しきを」の句意をうけて短歌にまとめて詠んだのである。壬申の乱（六七二）の後、人麻呂は近江に一度来たことがある。その時、采女が夫を持ったと噂に聞いたので、遠慮して声もかけずにそのまま帰った。こんなにも早く死ぬことがわかっていたら、あの時、声をかけるべきだったのに残念なことをしたものだ。采女を思う気持ちが切々と胸に迫ってくる歌である。

楽浪の志賀

近江国より上り来る時、刑部垂麿《おさかべのたりまろ》の作る歌一首

馬ないたく　打ちてな行きそ　日《け》ならべて　見てもわが行く　志賀にあらなくに

（巻三—二六三）

そんなに馬をひどく鞭《むち》打って、急いで行かないでくれ。幾日もかけて見て行く志賀ではないのだから。

作者の垂麿《たりまろ》は、琵琶湖の美しい風光に心を奪われて、先を急ぐ馬上の友に向かって、せめてひとときでも、志賀の景色を見て行こうじゃないか、と呼びかけた歌である。轡《くつわ》を並べて、志賀の湖岸を通って行く一行の姿が浮かんでくる。公務のために北国に赴いた、その帰り道のことであろうか。旅の日程が決められているために、勝手な行動がとれないことはよくわかっているが、湖畔の美しさにひかれて離れがたい気になったものと思われる。

垂麿の伝記は不明である。しかし、この歌の次に「もののふの八十《やそ》氏河《うじがわ》の網代木《あじろぎ》にいさよふ波の行

く方《へ》知らずも」（巻三―二六四）の人麻呂の詠んだ歌があり、その題詞に「近江国より上り来る時」とある。垂麿の歌の題詞と同じであるのは作歌の時期が同じで、しかも作者は人麻呂に同行していたものと考えられる。

行幸従駕の歌

志賀に幸《いでま》しし時、石上卿《いそのかみのまへつきみ》の作る歌一首

ここにして　家やも何処《いづく》　白雲の　たなびく山を　越えて来にけり　（巻三―二八七）

ここからは、わが家はどの方向にあたるのであろうか。白雲のたなびく山を越えて、はるばる来たことだ。

この歌は、志賀行幸の時に、石上卿がはるか大和の家郷の方を振り返って、遠い旅の感慨を詠んだものである。題詞だけでは行幸の年月がわからないが、推定されているのは、養老元年（七一七）九月、元正天皇の美濃の行幸の折とする説である。『続日本紀』の養老元年の条を見ると、

九月十一日、天皇美濃国に行幸す。
九月十二日、行きて近江国に至り、淡海を観望す。
九月十八日、美濃国に至る。
九月二十七日、還りて、近江国に至る。

という記述があるので、元正天皇の美濃行幸の往路、志賀に立ち寄った時に、詠んだ歌とみたい。「石上卿」とだけあって、名が記されていないので誰を指しているのか明らかでない。石上朝臣麻呂《いそのかみあそみまろ》だとも、その子の乙麻呂《おとまろ》ともまた石上豊庭《とよにわ》だという説もある。

楽浪《ささなみ》の　志賀津《しがつ》の白水郎《あま》は　われ無しに　潜《かづき》はな為《せ》そ　波立たずとも　（巻七—一二五三）

ささなみの志賀の大津の海女《あま》よ。わたしのいない時に、水にもぐらないでおくれ。たとえ波が立たなくても。

大船に　楫《かぢ》しもあらなむ　君無しに　潜《かづき》せめやも　波立たずとも　（巻七—一二五四）

大舟に櫓《ろ》が欲しいものです。（そうしたら沖でいっしょに漁《りょう》をしましょうに）あなたなしには、わたしは水にもぐったりはしません。たとえ波が立たなくても。

右の二首の歌は、白水郎《あま》を詠んだ歌で、男の歌に対して女がそれに答えた、いわゆる問答歌である。自分のいない時は、ひとりで漁《りょう》に出ないでくれ（浮気をしないでくれ）という男の歌に対して、女は前の歌の「われ無しに」の句をうけて、あなたのいない時は決して水の中にもぐったりはいたしません、としおらしく答えた歌である。歌はまとまっているが、やや平凡すぎて新鮮さがみられない。

船に寄す

楽浪《ささなみ》の　志賀津の浦の　船乗《ふなの》りに　乗りにし心　常忘らえず　（巻七―一三九八）

ささなみの志賀の大津の浦で、舟に乗るように、私の心に乗ってしまったあの娘《こ》のことが、いつも忘れられない。

この歌は、女のことが心にかかり、片時《かたとき》も忘れられない、その思いを船に寄せて詠んだものである。上三句までが、「乗りにし」を引き出す序詞。「乗りにし心」というのは、女が自分の心にのりうつって離れないということで、言いかえれば、女に夢中になることをこのように言ったのである。「心に乗る」という言葉は、他《ほか》にも使われている。

もゝしきの大宮人は多かれど情《こころ》に乗りて思ほゆる妹　大伴家持（巻四―六九一）

大宮人は多いけれど、私の心に乗り移って離れない娘よ。

東人《あづまど》の荷向《のさき》の篋《はこ》の荷《に》の緒《を》にも妹は心に乗りにけるかも　久米禅師《くめのぜんじ》（巻二―一〇〇）

東国人の貢物の箱の荷物の緒のように、あなたは私の心にしっかり乗り移っているのだなあ。

などはその例である。

韓崎（唐崎）

穂積老の佐渡配流

穂積朝臣老《ほづみのあそみおゆ》の歌一首

わが命《いのち》し　真幸《まさき》くあらば　またも見む　志賀の大津に　寄する白波　（巻三—二八八）

右、今案《かんが》ふるに、行幸《いでまし》の年月を審《つばひ》らかにせず。

私の命が無事であるならば、また見ることもあろう。志賀の大津に打ち寄せる白波を。

この歌が作られた事情について、二つの見方がある。一つはこの歌も、先の石上卿の歌と同じく「志賀に幸しし時」という題詞をもつ歌であるから、石上卿と同時の作とみる説と、いま一つは、養老六年（七二二）に穂積老が乗輿を指斥《しせき》した罪で佐渡に流されたことがある。その途次、志賀で詠んだとみる説とがある。通説では、左註にあるとおり、天皇に従って詠んだということになっている。しかし、穂積老が佐渡配流のときに、志賀の韓崎（唐崎）で詠んだ「天地《あめつち》を嘆き乞ひ祷《の》み幸《さき》くあらばまた還《かへ》り見む志賀の韓崎《からさき》」（巻十三—三二四一、後述）の歌と内容が似ているということ。また歌の中で「真幸くあらばまたも見む」という悲痛な言い方をしているところは、有間皇子《ありまのみこ》（孝徳天皇の皇子）の詠んだ「磐代《いわしろ》の浜松が枝を引き結び真幸《まさき》くあらばまた還り見む」（巻二―一四一）の歌の句法をまねて詠んだとはいえ、何か哀切さを感じるので、行幸従駕の作とはとりがたく、佐渡配流の作ではないかと推測されている。

有間皇子は斉明天皇四年（六五八）に、蘇我赤兄《そがあかえ》にあざむかれて、謀反《むほん》を企《くわだ》て、捕らえられて紀の温湯の行宮《あんぐう》に送られた。そこで中大兄皇子の訊問《じんもん》をうけ、その帰路藤白坂で殺されている。年十九歳。右の歌は護送される時の歌である。

雑歌《ざふか》

大君の　命畏《みことかしこ》み　見れど飽かぬ　奈良山越えて　真木積《まきつ》む　泉の川の　速《はや》き瀬を　竿《さを》さ
し渡り　ちはやぶる　宇治の渡《わたり》の　滝《たぎ》つ瀬を　見つつ渡りて　近江道《あふみぢ》の　相坂山に　手向《たむけ》
して　わが越え行けば　楽浪《ささなみ》の　志賀の韓崎《からさき》　幸《さき》くあらば　また還《かへ》り見む　道の隈《くま》　八十《やそ》
隈毎《くまごと》に　嘆きつつ　わが過ぎ行けば　いや遠《とほ》に　里離《さか》り来《き》ぬ　いや高に　山も越え来《き》ぬ
剱刀《つるぎたち》　鞘《さや》ゆ抜《ぬ》き出でて　伊香胡《いかご》山　如何《いか》にかわが為《せ》む　行方《ゆくへ》知らずて　（巻十三―三二四〇）

反歌

天地《あめつち》を　嘆き乞ひ祷《の》み　幸《さき》くあらば　また還《かへ》り見む　志賀の韓崎　（巻十三―三二四一）

右二首。但しこの短歌は、或る書に云はく、「穂積朝臣老《おゆ》の佐渡に配《なが》さえし時作れる歌」といへり。

天皇の命令をつつしんでお受けして、見飽《あ》きることのない奈良山を越えて、木材を積んで運ぶ泉の川（木津川）の早瀬を舟に竿《さお》さして渡り、宇治川の渡し場の激流を見ながら渡って、近江へ行く道の逢坂山で、道祖神に手向けして、旅先の安全を祈りつつ越えて行くと、ささなみの志賀の唐崎が見えてくる。その唐崎《さき》の—幸《さき》く、無事であるように、私も無事であったら、また来て見ることもあろう。道の曲《まが》り角ごとに、嘆き嘆きしながら通って行くと、いよいよ遠く人里から離れて来た。いよいよ高く山も越えて来た。剣刀を鞘《さや》から抜き出していかめしいという、その伊香胡山の名のように、いかがしたものであろう。自分の行く先がどうなるともわからなくて。

反　歌

天地の神に嘆願申し上げて、もし無事であったならば、またやって来て見ることもあろう。この志賀の唐崎を。

右の歌が作られた事情や年代については、反歌の左注によってだいたいのことを知ることができる。
この歌はいずれも、同一作者が同じ時に詠んだもの

唐崎とその周辺

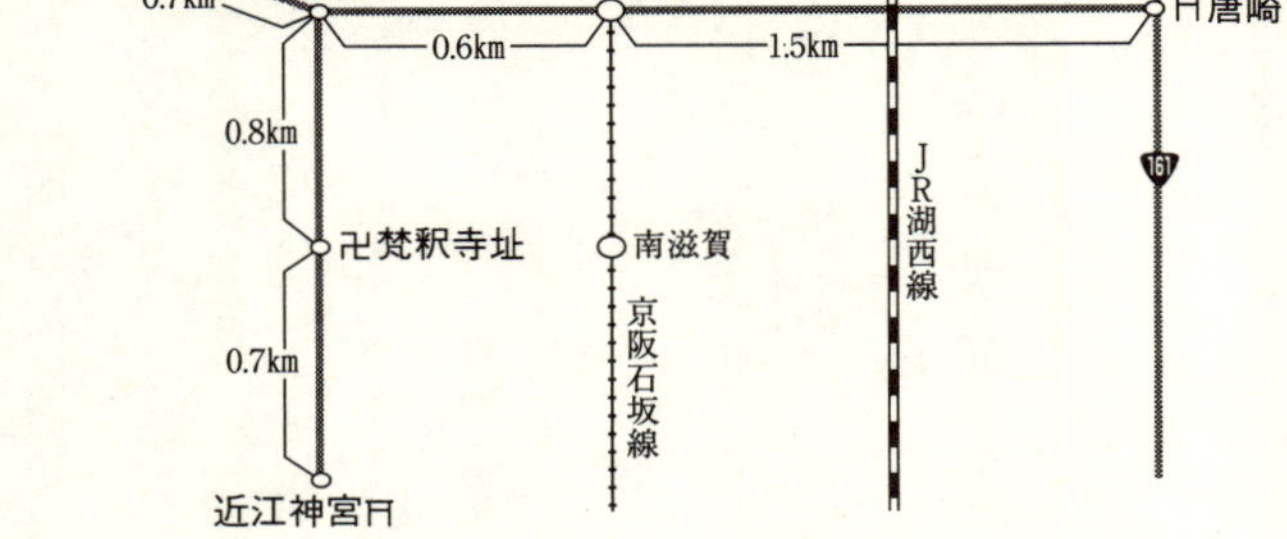

であるらしい。左注のことについては、『続日本紀』の養老六年（七二二）正月の記事に「正四位上多治比の真人三宅麻呂謀反を誣告《ぶこく》し、正五位穂積朝臣老、乗輿《じょうよ》を指斥《しせき》すと云ふに坐せられて、並に斬《ざん》刑に処せらる。而《しか》して皇太子の奏に依《よ》って死一等を降して、三宅麻呂を伊豆の嶋に、老《おゆ》を佐渡の嶋に配流す」とある。穂積朝臣老は天平十二年（七四〇）の六月に罪を許されて帰京する。老《おゆ》はその十八年間を佐渡で過ごしたのである。

長歌は、穂積老《おゆ》が配流の命を受けて大和を出発し、山城《やましろ》から西近江路を通って伊香胡《いかご》山（今の伊香具山か）までの、道中の地名を順に挙げて詠んだ、いわゆる道行《みちゆき》の歌である。歌中には、柿本人麻呂や有間皇子が詠んだ歌の手法をまねたところがかなりあり、形はととのっているが、歌に切実感がみられない。

反歌の方は、長歌の「志賀の韓崎幸くあらばまた還り見む」の句を繰り返して、印象的に詠んだのであろうか。これも前歌同様なぜか読者の心に迫ってくるものを感じない歌である。

唐崎

「唐崎」は古くから可楽崎、辛崎、韓崎とも書く。滋賀里《しがさと》の東の湖岸、唐崎神社のある付近である。近江八景の一つ「唐崎の夜雨」で有名である。また唐崎は「お祓所《はらい》」としても知られており、神社のそばには「唐崎の一松《ひとつまつ》」と呼んでいる大きな松がある。初代の松は、天正十年（一五八二）頃に枯死し、二代目の松は背が高く、枝ぶりもよく、大枝がタコ足のように湖面近くまではい、その雄姿を見ようと訪れる人が多かったという。大正十一年にその松は枯れ、現在の松は三代目である。松尾芭蕉もたびたびこの地をたずねて、「辛崎の松は花より朧《おぼろ》にて」（貞享二年（一六八五）春）、「行春《ゆくはる》を近江の人とおしみける」（元禄三年（一六九〇）左註に〔志賀辛崎に舟をうかべて、人々春の名残をいひけるに〕）の名句を残している。

その昔、唐崎は大津宮の外港として栄えた港であり、比叡山や日吉大社に参詣する人で賑わい、旅籠《はたご》や茶店が建ち並んでいたという。現在、唐崎には山形屋、かぎ屋、井筒屋と呼ぶ屋号をもつ旧家があり、昔の名残をとどめている。現在、このあたりは、ヨットハーバーになっていて、休日ともなれば若人で浜は賑わう。

唐崎の松

三　川（大宮川）

春日《かすが》の歌一首

三川《みつかは》の　淵瀬《ふちせ》もおちず　小網《さで》さすに　衣手濡れぬ　干《ほ》す児は無しに　（巻九—一七一七）

三川の渕や瀬をくまなく叉手網《さであみ》をかけて歩いたので、着物の袖がぬれてしまった。干してくれるあの娘《こ》もいなくて。

この歌は、かつて作者が近江の志賀へ旅をした、その折に詠んだものであろう。同行の者と三川で遊び、夢中になって叉手網《さであみ》を刺して魚を追っているうちに、気がつくとすっかり着物の袖をぬらしてしまった。袖を干してくれる女もいない旅のわびしさを詠んでいる。

作者の春日というのは、春日蔵首老《かすがのくらびとおゆ》のことだといわれている。老《おゆ》はもと弁紀（基）といって僧侶であったが、大宝元年（七〇一）に還俗させられて官吏になった人で、『懐風藻』（七五一年成立）に漢詩一首と『万葉集』には八首の歌を残している。「河のへのつらつら椿つらつらに見れども飽《あ》かず巨勢《こせ》の春野は」（巻一—五六）はその一つである。

志賀の三津浜

歌に読まれた三川とは、いったいどの川をいっているのか。『万葉集大成』（風土篇）には、「三河と詠まれてゐる川も御津河の謂《いい》で……」とあり、『大日本地名辞書』にも、「（三津は）下坂本の浜の古名なり、穴太《あのう》の東なる唐崎より比叡辻《ひえつじ》の辺までに渉《わた》る。……三津とは成務天皇志賀の高穴穂にましませしなれば、坂本の津を御津とは書すなり」とあるから三津浜にそそぐ川が、御津川（三津川・三河）ということになる。三津浜を下坂本一帯の湖岸とすれば、その付近に流れ込む川は大宮川と四ツ谷川の二つである。しかも、叉手網・刺網のできる川となると、大宮川のほかにはは考えられない。三河がなぜ大宮川と改称されたのか。

大宮川と呼んだのは日吉《ひえ》神社の境内を流れていたのでつけたものか。また大津市の宮城内を流れる川なのでつけられたものか、その辺は明らかでない。比叡山を水源とする大宮川は日吉神社の本宮橋、走井橋、太神橋の三橋をくぐって東に流れ、湖岸の比叡辻の南に注いでいる。大宮川流域の坂本、比叡辻の集落には、三津川という姓をもつ旧家が十五軒ほどある。また比叡山延暦寺の開祖伝教大師（最澄）は、三津首百枝《みつのおびとももえ》の子で、志賀の三津の地に出生したと伝えられる。

三川（大宮川）一遠方は比叡山

山科《やましな》御陵

天智天皇崩御の前後

近江大津宮に天の下知らしめしし天皇の代

天皇聖躬不豫《せいきゅうふよ》の時、大后《おほきさき》の奉る御歌一首

天《あま》の原　振り放《さ》け見れば　大君の　御寿《みいのち》は長く　天足《あまた》らしたり　（巻二―一四七）

大空を振り仰いで見ると、天皇の御命《いのち》は永遠に空いっぱいに満ちておられる　聖躰不豫（御身の不快）

一書に曰《い》はく、近江天皇《あふみのすめらみこと》、聖躰不豫御病急《には》かなる時、大后の奉献《たてまつ》る御歌一首

青旗《あをはた》の　木幡《こはた》の上を　かよふとは　目には見れども　直《ただ》に逢はぬかも　（巻二―一四八）

白い小旗（幢幡）の上を、御魂は通っておられると目には見えるけれども、じかには天皇にお目にかかることはできないことである。

天智天皇は大津宮で亡くなったのは、近江に都が移されて四年数カ月後の天智十年（六七一）十二月三日のことである。『日本書紀』から天皇が病床につかれたころの記事を拾ってみると、

発病　九月　　天皇、寝疾不豫《みやまひ》したまふ。
危篤　十月十七日、天皇、疾病彌留《みやまひおも》し。
崩御　十二月三日、天皇、近江宮に崩りましぬ。

と記している。

天智天皇を詠んだ挽歌《ばんか》は、『万葉集』の巻二に九首ある。挽歌とは人の死を悲しみ、惜しむ歌のことで中国で死者の柩車を挽《ひ》く時にうたう歌のことからきている。この九首の歌は、次のように配列されている。①天智不豫（病気）の時、②崩御の直後、③殯宮《もがりのみや》の時、④山科御陵退散の時、という順になっている。作者には皇后のほかに額田王《ぬかたのおおきみ》、石川夫人《ぶにん》、舎人吉年《きね》、婦人《たをやめ》などすべて後宮《こうきゅう》に住む女たちが詠んでいる。先の歌は、挽歌群の冒頭にあって、天皇の病状が悪化した時、大后の詠まれた歌で、病気平癒《へいゆ》を

山科御陵

ひたすら祈願しておられた十月ごろの作であろう。大后とは倭姫王《やまとのひめおおきみ》（天智の異母兄、古人大兄皇子《ふるひとおおえのみこ》の娘）のことで、天智七年（六六八）の二月、皇后《きさき》となった人である。この歌は崩御の前に詠んだ歌であるから、挽歌と見ることに疑問がもたれている。

大空を振り仰ぐと、そこに天皇の生命《いのち》が満ちあふれ、永遠であることを感じるというのは、この時代の人々の自然な感情であって、心の中に霊魂不滅の信仰が深く宿っていたといえる。

後の歌も、前歌と同様、天皇が危篤になられた時に皇后の詠んだ歌と題詞にあるが、その「一書に曰はく……」という書き出しが普通でないところから、これを前歌（一四七番）の別注とみる説があり、この歌は内容からみて、天皇崩御の直後に作られたようにもとれる歌である。

初句の「青旗」の解釈として、次の二つの見方がある。①「青旗の」は、下の「木幡」にかかる枕詞で、木幡は地名（京都市山科の木幡の山）とみる説（契沖）②「青旗」は葬礼に用いる白旗のことで、木幡を小旗または木につけた幡とみる説（真淵）がある。普通は①のようにも解釈されているが、青旗はやはり仏教の儀式に用いる旗（幢幡《どうばん》）とみた方がよいように思われる。

古代にあっては、高貴な人が死ぬと、今と違ってすぐに埋葬せずに、殯宮《あらきのみや》で儀礼が行われる。殯宮とは、天皇（皇后など）が亡くなると、陵墓におさめる前に遺体を一定の期間仮に安置しておく所である。多くは宮中の庭に設けられたようである。その期間は、死者の魂と肉体がまだ遊離しておらず、再び生き返ることもできるものと信じて呪言《じゅ》を行った。この歌は、そうした白旗のはためく殯宮の庭で詠んだ歌である。

天智天皇の死と倭姫王

天皇崩《かむあが》りましし後、倭大后《やまとのおほきさき》の作りましし御歌一首

人はよし　思ひ止《や》むとも　玉鬘《たまかづら》　影に見えつつ　忘らえぬかも　（巻二―一四九）

人はたとえこの悲しみを忘れることがあっても、私にはいつも天皇の面影が見えて忘れることができないものだ。

この歌も、前の歌と同様、大后の詠まれたもので、倭大后は倭姫皇后のことである。ほかの人がいくら忘れようとも、自分だけは決して忘れることができないという。それは、ただ単に天智天皇への追慕の心だけではなさそうである。大后の胸の中には、忘れようとしても忘れることのできないものがあった。一体それは何か。二十数年前に、彼女の身辺に起こったのろわしい事件である。

彼女の父は、中大兄皇子・大海人皇子の異母兄にあたる古人大兄皇子である。蘇我入鹿とは従兄弟《いとこ》同志である。入鹿ははやくから古人大兄皇子に目をつけ、皇位継承の有力候補としてひそかに策略をめぐらしていた。そして皇極二年（六四三）十一月、入鹿は皇位継承の邪魔者としていた山背大兄王《やましろのおおえのおう》（聖徳太子の子）を襲撃し自殺させた。一方、中大兄皇子（のちの天智天皇）と藤原鎌足はひそかに蘇我氏討伐の企《くわだ》てを進めていたが、ついに皇極四年（六四五）六月十二日、三韓進調の儀が行われた

大極殿において入鹿を暗殺、その翌日には父の蝦夷《えみし》も自邸に放火して自殺した。ここに蘇我氏の宗家《そうけ》は滅亡したのである。

そこで蘇我氏の後楯を失った古人大兄皇子は、身の危険を感じて法興寺（飛鳥《あすか》寺）で頭をまるめ、出家して吉野にはいった。それから五カ月たった後、古人大兄皇子は謀反を企てたという理由で、中大兄皇子によって殺害され、悲運な生涯を閉じた。『日本書紀』（孝徳天皇の条）の或本に「大化元年（六四五）十一月三十日に、中大兄、阿倍渠曽倍臣《あへのこそへのおみ》、佐伯部子麻呂《さへきべのこまろ》、二人をして、兵四十人を将《い》て、古人大兄を攻めて、古人大兄と子《みこ》とを斬《ころ》さしむ。其の妃妾《みめ》、自経《わな》きて死す」と記されているので、倭姫王もこの時、父と共に殺される運命にあったはずなのに、なぜ死を免れたのか。しかも父を死に追いやった天智天皇の后《きさき》の座につくようになったのはなぜか。史書はその辺の事情について何も語っては

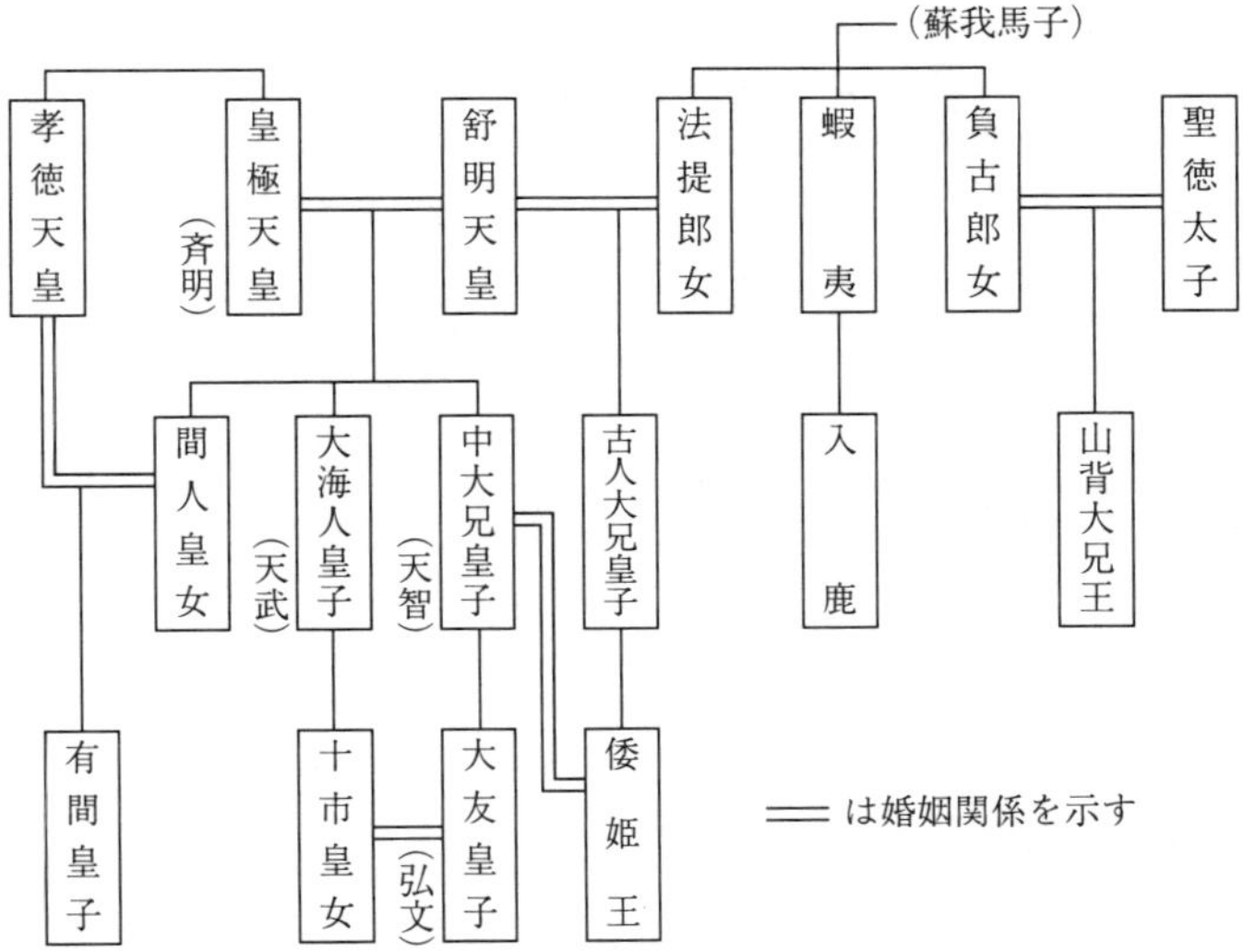

くれない。数奇な運命を生きてきた倭姫王にとっては今、言い知れぬ不安と複雑な思いが彼女の胸をしめつけるのであった。

追憶

天皇崩りましし時、婦人《たをやめ》が作る歌一首

うつせみし　神に堪《あ》へねば　離《さか》り居て　朝嘆く君　放《さか》り居て　わが恋ふる君　玉ならば　手に巻き持ちて　衣《きぬ》ならば　脱《ぬ》く時もなく　わが恋ふる　君そ昨《きぞ》の夜　夢《いめ》に見えつる

（巻二―一五〇）

人間である私には、神あがりなされた大君にはお仕えすることはできませんので、離れていて、朝を嘆き悲しんでいます。離れていて、お慕い申しています。大君が玉であるならば、手に巻き持って放さず、衣であるならば脱ぐ時もなく、いつも身につけてお慕い申しています。その大君のお姿を夕べ夢に見ました。

題詞によると、作者は婦人とあり、その細注に「姓氏未詳」とあるので、誰が詠んだかはわからないというのである。しかし婦人は、天皇のそば近くに仕えていた身分のそれほど高くない女官とみえる。この歌は、二つの対句が歌の中心となっている。玉や衣を天皇にたとえたのは、作者が天皇の身の回りの世話に、いつも目や手に触れていたものであり、天皇の遺愛の品をみると、今もなお天皇がおそばにおられるように感じられ、忘れることはできないのである。

もしかすると、この婦人は生前、天皇の寵愛をうけたことのある人だったかもしれない。亡き天皇へのひたむきな追慕の情がしのばれる。

天皇の大殯《おほあらき》の時の歌二首

かからむの　懐《こころ》知りせば　大御船《おほみふね》　泊《は》てし泊《とま》りに　標結《しめゆ》はましを　額田王　（巻二―一五一）

こういうことになるだろうと、前から分かっていたら、天皇の船が泊まった港にシメを張っておとめしょうものを。

やすみしし　わご大君の　大御船　待ちか恋ふらむ　志賀《しが》の辛崎《からさき》　舎人吉年　（巻二―一五二）

わが大君の御船を、どれほど待ちこがれていることであろう。志賀の唐崎は。

初めの歌は、天皇が供の者を従えて、湖上を遊覧された日のことを、額田王は思い出して――あの時、シメ縄を張っておいたら、このように天にお上りなさらなかったであろう。という意味と、またあの時、天皇のからだが、悪いことに気がついていたら、（唐崎の港で）船をお引き止めしたものを、今となっては残念なことをしたものだ。という意味とにとられているが、私は後者のように解したい。深い悲しみに沈んでいる作者が目に浮かぶ。

後の歌は、志賀の唐崎を擬人化して詠んでいる。人待ち顔に、じっと悲しみに耐えている唐崎を詠んだものであろう。この歌は、なぜか悲哀感はない。作者の舎人吉年は、「よしとし、えとし、きね、」などと詠まれているが、正確な訓《よ》み方はわからない。しかし、吉年は女性とみられている。

大后《おほきさき》の御歌一首

鯨魚取《いさなと》り　淡海《あふみ》の海《うみ》を　沖放《さ》けて　漕《こ》ぎ来る船　辺《へ》附きて　漕ぎ来る船　沖つ櫂《かい》　いたくな撥《は》ねそ　辺つ櫂　いたくな撥《は》ねそ　若草の　夫《つま》の　思ふ鳥立つ　（巻二―一五三）

近江の海を、沖合遠くこいで来る船よ。岸辺近くこいで来る船よ。沖こぐかいでひどく水を跳ねないでおくれ。岸こぐかいでひどく水を跳ねないでおくれ。亡き天皇の愛されていた鳥が驚いて飛びたつから。

この歌は倭《やまと》大后の詠んだ四首のうちのただ一つの長歌である。天智天皇が亡くなられて、少し日が経ってから作ったものか。「夫の思ふ鳥」の解釈として、二つの見方がある。その一つは、皇后自身を指しているとみる説、一つは、間接的に天皇の分身を指しているとみる説がある。この場合、前者として解したい。いまも天皇をお慕い申し上げている気持ちをかき乱さないで欲しい。また過去のいまわしい思い出を起こさせないで、そっとして欲しいという大后の複雑な心境と深い悲しみに沈みがちな気持ちから、何とか平静さを取り戻そうとする彼女の傷《いた》ましい胸のうちが感じられる。

「若草の」は、夫《つま》の枕詞、「夫」は夫婦のいずれの方にも使われることばである。歌の実景から考えて、「鳥」は琵琶湖に生息する鳰《にお》（カイツブリの古称）を指しているようである。

石川夫人《いしかはのぶにん》の歌一首

ささ浪《なみ》の　大山守《おほやまもり》は　誰《た》がためか　山に標結《しめゆ》ふ　君もあらなくに　（巻二―一五四）

ささなみの御料地の山の番人は、だれのために、山にシメ縄を張って番をしているのか。天皇もおいでにならないのに。

作者は、石川夫人で夫人というのは後宮《こうきゅう》に住んでいる女のことである。天皇には多くの妻をもつことができ、妻の身分に序列がついていた。正妻を皇后といい、妃、夫人、嬪の順となっていた。その定員は、妃は二員、夫人は三員、嬪は四員で、ほかに宮人《めしをんな》四人、宮人とは地方豪族出身の女官のことをいった。天智天皇には、夫人と呼ばれる方はなかったようで、蘇我山田石川麻呂の女《むすめ》の遠智娘《おちのいらつめ》（持統天皇の母）、その妹の姪娘《めいのいらつめ》（元明天皇の母）が共に天智天皇の嬪であったので、その二人のいずれかだという説が一般的である。天皇亡きあとも、御料地にシメ縄を張って番をしているのが、作者にはたまらなく空《むな》しく感じられたのであろう。

御陵退散の歌

山科《やましな》の御陵《みはか》より退《そ》き散《あら》くる時、額田王の作る歌一首

やすみしし　わご大君の　かしこきや　御陵《みはか》仕ふる　山科の　鏡の山に　夜はも　夜の

ことごと　昼はも　日のことごと　哭《ね》のみを　泣きつつ在りてや　百磯城《ももしき》の　大宮人は
去《ゆ》き別れなむ　(巻二―一五五)

わが大君の、おそれ多い御陵にお仕えしている山科の鏡の山で、夜は夜どおし、昼は一日中、泣いてばかりいて過ごしたが、大宮人たちはもう別れて行ってしまうのであろうか。

この歌は、山科御陵に服喪していた人々が、その期間も終わって、めいめい退散する除喪《じょも》の日のわびしさを額田王が詠んだものである。またある見方には、作者が大津宮にいて、山科退散の日の模様を想像して詠んだと解しているものもある。

山科御陵　天智天皇の陵墓は、現在の京都市東山区御陵上《かみ》御廟野町にあり、上円下方横穴式円墳である。別名山科鏡山陵という。文武天皇三年(六九九)十月、造営された。『延喜式』の諸陵寮に、「兆城東西十四町。南北十四丁。陵戸六烟」とある。

西近江路

わが船は
比良の湊に
漕ぎ泊てむ
沖へな離り
さ夜更けにけり

高市黒人　巻三―二七四

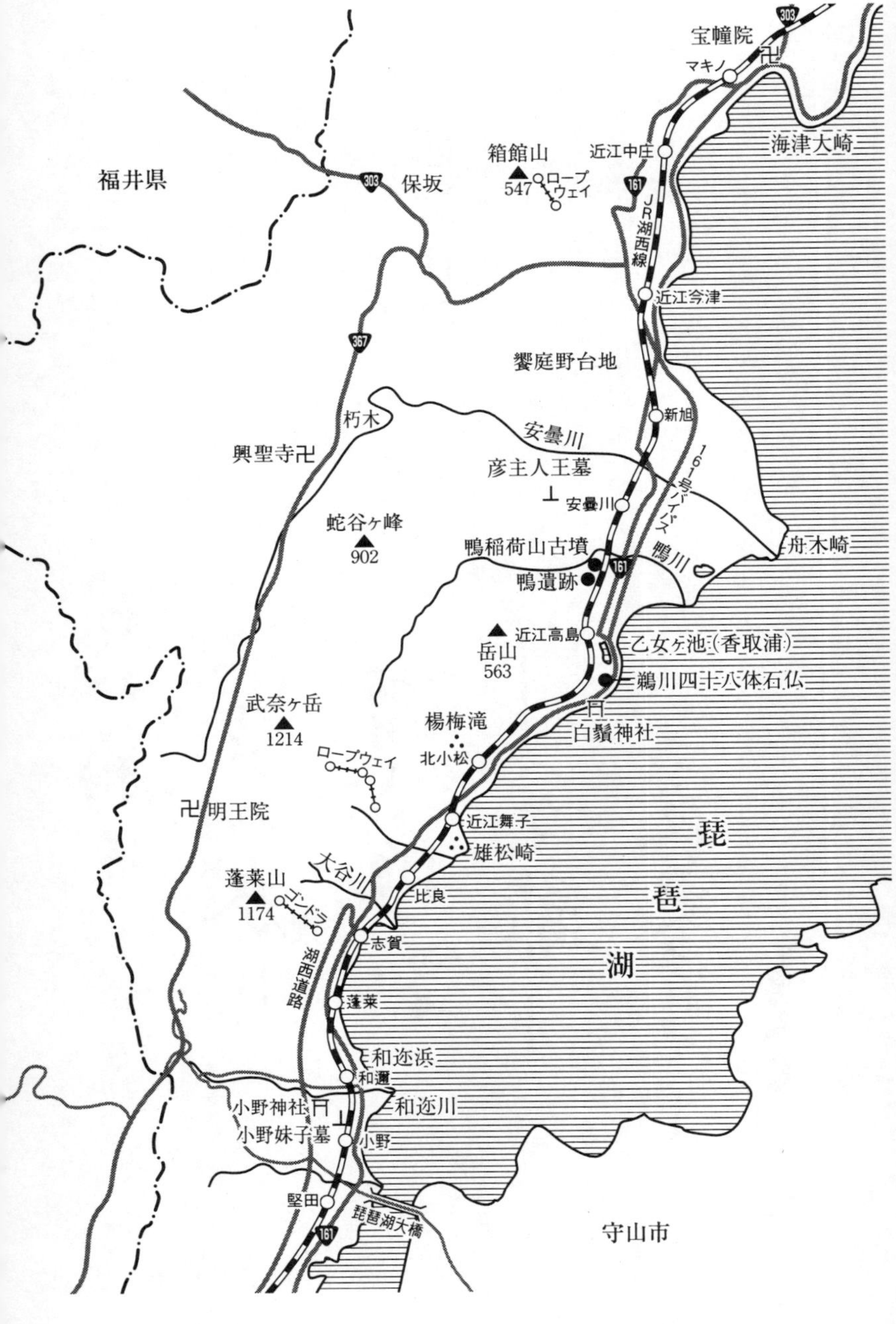
宝幢院
マキノ
303
海津大崎
近江中庄
箱館山
547
ロープウェイ
福井県
保坂
161
JR湖西線
近江今津
367
饗庭野台地
新旭
朽木
安曇川
興聖寺
彦主人王墓
161号バイパス
安曇川
蛇谷ヶ峰
902
鴨稲荷山古墳
鴨川
舟木崎
鴨遺跡
近江高島
乙女ヶ池（香取浦）
岳山
563
鵜川四十八体石仏
武奈ヶ岳
1214
楊梅滝
白鬚神社
ロープウェイ
北小松
明王院
近江舞子
琵
雄松崎
大谷川
蓬莱山
1174
ゴンドラ
比良
琶
志賀
湖
湖西道路
蓬莱
和迩浜
和邇
小野神社
和迩川
小野妹子墓
小野
堅田
琵琶湖大橋
守山市

真野

真野の榛原

羇旅《たび》にして作る

古《いにしへ》に　ありけむ人の　求めつつ　衣《きぬ》に摺《す》りけむ　真野《まの》の榛《はり》原　（巻七—一一六六）

昔の人が求めては、衣に摺《す》りつけたという、ここが真野の萩原である。

この歌は、作者が昔の人が歌に詠んだという真野の萩原を通った時に、思わず詩興がわいて歌ったものか。「衣に摺る」とは、ここでは萩の花を衣に摺《す》りつけて染めることである。それはまた契《ちぎ》りを結ぶということにも用いられているところから、作者に恋人があって、古人にあやかろうとしているようにも詠める。さっぱりとした歌である。

木に寄す

白菅《しらすげ》の　真野《まの》の榛原《はりはら》　心ゆも　思はぬわれし　衣に摺《す》りつ　（巻七—一三五四）

真野の萩原を、心から思いもしない私が萩の花をとって衣に摺りつけてしまったことだ。

この歌は、男の詠んだもので、女を心底《しんそこ》から思いもしていなかったのに、ちょっとしたことから一夜の契りを結んでしまった。そのことを作者は後悔して詠んだともとれるし、また自分の気まぐれな行為を自嘲しているようにもとれる歌である。

「白菅」の「スゲ」はカヤツリグサ科の多年草で、湖沼の湿地に自生している。ここでは、白菅の生えている真野の枕詞に使われている。「榛原」の解釈には諸説があり、「榛」はハリとも、ハギとも訓読されている。①「榛《ハリ》原」ハンの生えた野原。②榛《ハギ》原の群生地。山萩を指す。白菅の茂っている真野の実景から考えると、「榛原《ハリハラ》」と読んで「萩原」と解した方がよいのではないか。しかし当時は、榛《ハリ》は木を指し、芽子《ハギ》(萩)は花というように区別して詠んでいるので、ハンの木のことかもしれない。ハンの木

真野浜より三上山を望む

の果実や樹皮は染料として使っていた。
『万葉集』には「真野」の地名を詠んだ歌が十首近くあり、「真野」と呼ぶ地は多く、摂津説、近江説などあって、どちらの真野をいっているのか決め手となるものがない。歴史、地理的条件などから考えてここにあげた歌については、近江で詠んだ歌としておく。

真野の浦

吹芡刀自《ふふきのとじ》の歌二首（内一首）

真野の浦の　淀《よど》の継橋《つぎはし》　情《こころ》ゆも　思へや妹《いも》が　夢《いめ》にし見ゆる　（巻四—四九〇）

真野の浦の淀の継橋のように、次々に心から思って下さるからなのか、夢にあなたの姿が見えたことです。

この歌はもちろん女性の詠んだ歌である。刀自というのは普通、女性の敬称として使われている。刀自の後の歌をみると、

河の上《へ》のいつ藻《も》の花の何時も何時も来《き》ませわが背子時じけめやも　（巻四—四九一）

川のほとりのいつ藻のように、いつもいつもいらっしゃい、——あなた、（来る）時ではないなどということがありましょうか。

「妹が夢にし見ゆる」とは、相手が私のことを心底《しんそこ》から思っていてくれるから、その人の姿が夢の中に現れて見えるという俗信が古代の人々にあった。こういう言い方は、現在からいうと非現実的なことである。ここでは、夫の心が私に付いているのでその影（姿）が見えるとしたのである。こういう歌の例として、

わが妻はいたく恋ひらし飲む水に影《かご》さへ見えて世に忘られず （巻二十—四三二二）

わが妻はひどくわたしを恋い慕っているらしい。飲む水にも（妻の）面影が映って見えて、どうしても忘れられない。

恋慕の思いが通じると、その面影が夢に現れたり、水面に映って見えると古代人は信じていた。「真野の浦の淀の継橋」が歌の序詞として使われているほどだから、「真野の浦」は当時、旅人の間に広く知られていた地名であり、作者もその土地柄にくわしい人のようである。

物に寄せて思を陳《の》ぶ

吾妹子《わぎもこ》が　袖をたのみて　真野の浦の　小菅《こすげ》の笠を　着ずて来にけり （巻十一—二七七一）

あなたの着物の袖（に入れてもらうこと）をあてにして、真野の浦の小菅で編《あ》んだ笠をかぶらずに来てしまったことだ。

真野の池の　小菅を笠に　縫はずして　人の遠名《とほな》を　立つべきものか　（巻十一―二七七二）

真野の池の小菅を笠に縫わないのに（まだ私と契りを結んでいないのに）、遠くまで他人《ひと》が噂を立ててよいものでしょうか。

右の歌は、小菅に寄せて詠んだ唱和歌の一組である。前歌は、男が雨の降る中を笠もかぶらず、親のひきとめるのも聞かずに、家を飛び出し好きな女のもとへ走ったという歌である。無性に女に会いたくなって、飛び出してきた男のせつない気持ちがよく表れている。後歌は、他人《ひと》に知られないように、そっと二人で会っていたのに、もうこのことが噂になるなんて――と女は困っている風に見えるが、実は内心うれしいのであろう。「笠に縫ふ・笠を着る」というのは、いずれも女と関係を結ぶという意味のことである。

真野周辺

真野は、現在の大津市真野町である。昭和三十九年に、湖東と湖西とを結ぶ琵琶湖大橋（全長一三五〇メートル）が真野浜に架けられた。大橋の西詰を南北に走る国道一六一号を横切って、ＪＲ湖西線の高架をくぐり、右折して、真野川を渡って北へ行くと、「沢」集落に入る。北のはずれの路傍に、「真野の入江趾」の碑が建っている。古代から中世のころまで、この地帯は入江になっていて、碑のあるあたりが入江の最深部であった。「真野の入江」は、古くから和歌や謡曲、屏風絵などの題材になった名勝の地として旅人に広く知られていた。秋を詠んだ歌のなかに、

鶉《うずら》なく真野の入江の浜風に
尾花なみよる秋の夕ぐれ
源俊頼　『金葉集』

は有名である。

「真野の榛原」が現在のどのあたりを指しているのか不明であるが、地元の古老の話では、明治のころまでこのあたりを「榛原《はりはら》の里」と呼んでいたということである。沢集落の周辺は湿田が多いことから、昔は広々とした沼沢地であったものと想像され、そこには当然、「淀の継橋」が架けられていたに違いない。

また、真野の地は早くから、京都の大原から途中《とちゅう》越えで真野に入り、西近江路を北国へ、あるいは船で湖東へと渡る水陸交通の分岐点として重要な役割をもっていた。しかし、江戸時代には真野の入江はすでに田地となっていた。昔の西近江路はそのまま現在は国道一六一号となり、湖の東と西側を結ぶ道は、むかしの船路ならぬ琵琶湖大橋によってつなが

真野入江の碑

れている。昔も今も交通の要地であることに変わりはない。

沢集落から西へ二キロほど足をのばすと、曼陀羅《まんだら》山《やま》（一八四メートル）のふもとに着く。このあたりは、数年前まで昔の面影のしのばれる古道を残していたが、現在は京阪ローズタウンができて風景はすっかり変わってしまった。曼陀羅山の裾に沿って、さらに北へ向かって歩くと、滋賀郡志賀町の小野の地区に入る。この道は近江の山の辺の道といわれる古道である。

小野は古い歴史をもつ土地で、湖西の豪族和邇《わに》氏の本拠地で、小野一族はその同族である。今から約一四〇〇年前の推古十五年（六〇七）、聖徳太子の命令で、中国の隋（五八一～六一七）に派遣された日本最初の遣隋使小野妹子《いもこ》は、この土地の豪族の出身である。『日出づる処の天子、書を日没する処の天子に致す。恙《つつが》無きや、云々』という国書を、妹子が隋の煬帝《ようだい》のもとに持参したことは有名な話であ

小野妹子神社（志賀町小野）

る。また小野集落には、平安時代初期の学者であり歌人でもある小野篁《たかむら》（八〇二〜八五二）、その孫の書家の小野道風（八九六〜九六六）は小野神社（式内社）に、祀られている。

また逆に琵琶湖大橋の西詰を、湖岸に沿って南へ一キロほど行くと、浮御堂がある。正式の名は海門山・満月寺浮御堂である。松尾芭蕉、小林一茶、一休和尚、葛飾北斎《かつしかほくさい》など多くの文人墨客《ぼっかく》がこの地を訪ねている。また近江八景の一つ「堅田の落雁《らくがん》」として有名である。芭蕉の詠んだ名句に、

鎖あけて月さし入れよ浮御堂

病む雁《かり》の夜ざむに落ちて旅寝かな

などがある。近くには、北村幽安が残したといわれる居初《いぞめ》家の茶庭「天然図画亭」がある。これは琵琶湖を借景として、対岸は、近江富士と呼ばれる秀麗な三上山の姿を望み、絶景である。

比良

高市連黒人の羇旅の歌八首（内一首）

わが船は　比良《ひら》の湊に　漕《こ》ぎ泊《は》てむ　沖へな離《さか》り　さ夜更《ふ》けにけり　（巻三―二七四）

わたしの乗っている船は、今夜は比良の港に停泊しよう。沖の方へ離れていくな。夜も更《ふ》けてしまったことだよ。

比良湊

右の歌は船旅の歌である。古代においては、北国への往来はそのほとんどが琵琶湖の西岸に沿って行く陸路か、船路のいずれかを利用していた。黒人は北国からの帰路でもあろうか。湖北の港を船出して、安曇川崎を漕ぎ過ぎ、陽のあるうちに高島の真長《まなが》の浦（後述）を通り、水尾《みお》崎（後述）をまわって比良の湊に近づいたころには、あたりはすっかり日が暮れてしまっていた。今と違って当時は、月明かり以外は何の明かりもないから、闇の夜は陸地と水辺の区別かづかず、暗い湖上で一夜を過ごすことは船人にとって不安と恐ろしさがひとしおだったに違いない。

その上、比良の連峰より吹きおろす風は、船を沖へ沖へと押し流しはじめたのであろう。船を早く岸に近寄せようと、――沖へ流されるな、あたりは暗くなったぞ。――船頭に呼びかける作者の声が、夜のしじまを破って聞こえてくるようである。類歌に、

わが舟は明石の湖《みと》に漕ぎ泊《は》てむ沖へな放《さか》りさ夜深《ふ》けにけり　（巻七―一二二九）

がある。

比良の浦

物に寄せて思を陳《の》ぶ

なかなかに　君に恋ひずは　比良《ひら》の浦の　白水郎《あま》ならましを　玉藻刈りつつ　（巻十一―二七四三）

なまじ、あなたに恋などするくらいなら、比良の浦の海人《あま》になればよかった。玉藻でも刈りながら。

生半可に恋などしなければよかった。もし海人だったら、こんなに恋の苦しみを味あわなくてすむものを、と作者は、無邪気に藻を刈っている海人をうらやんで詠んだ歌である。恋の歌にしては、迫力に欠けている。類歌に、

おくれ居て恋ひつつあらずは田子《たご》の浦の海人《あま》ならましを玉藻《たまも》刈る刈る　(巻十二―三二〇五)

がある。

比良山（連庫山）

槐本《えにすのもと》の歌一首

楽浪《ささなみ》の　比良山風《ひらやまかぜ》の　海吹けば　釣する海人《あま》の　袖《そで》かへる見ゆ　(巻九―一七一五)

ささなみの比良の山から吹きおろす風が湖上を吹くので、釣をしている海人の袖のひるがえるのが見える。

題詞には作者を槐本としているが、槐本は柿本の誤字とみて、柿本人麻呂の作とする見方がある。比良山ろくの一帯は、秋から冬にかけて疾風《はやて》の吹く所で有名で、風が比良山から湖上に向かって吹き下ろすので、「比良おろし」と呼んでいる。湖上で釣をしている漁師の姿が作者の目にとまったのであろう。この歌を詠むと、湖上を吹き荒れる風の音が聞こえてくるようだ。「比良おろし」にまつわる話がいろいろある。そのうちの一つにこんな話がある。

昔、比良の村里に住んでいた若い修験僧が、ある日、湖東に托鉢《たくはつ》に出かけたところ、病に倒れ、村の娘から手厚い看護をうけた。それが縁となって娘は僧に恋をするようになる。娘は僧を恋慕って、願《がん》をかけ、毎夜タライ舟に乗って通いつめたが、百日目の満願の日に強い西風が吹き荒れて、タライ舟は沈没、湖底に沈んだ。それから毎年三月ごろになると、いわゆる「比良おろし」といって激しい風の日が続く、娘ののろいのせいで湖が荒れるのだという。これが「比良八荒《ひらはっこう》」の伝説のあら筋である。

北小松から比良にかけての湖岸は、地引網（地曳）漁が最近までさかんに行われていたが、今日ではそれもあまり見かけなくなった。夏のシーズンには、松の浦・青柳ヶ浜・近江舞子の湖畔は水泳客やキャンプ客で賑わう。

羇旅にして作る

ささなみの　連庫山《なみくらやま》に　雲居《ゐ》れば　雨そ降るちふ　帰り来《こ》わが背《せ》　（巻七—一一七〇）

ささなみの連庫山（比良山）に雲がかかると、雨が降るといいます。早く帰っていらっしゃい、あなた。

この歌は、夫が旅立ったあと、家に残った妻が旅先の夫の身を案じて詠んだものであろう。湖西地方（西江州《ごうしゅう》）の北部では晩秋から初冬にかけて、一日のうちに何回か天候がくずれ突風と時雨《しぐれ》に見舞われる。

万葉の人びとは、連庫山《なみくら》に雲がかかると風雨注意報だとみていたようである。今日でも、土地の年配者のなかには、比良山にかかる雲行きや海の色によって、庭《にわ》の状態を予見している。

作者（妻）は、このあたりの気候にくわしい人のようでもあるので、夫の旅先を思いやって詠んだものともとれるし、また作者が湖東にあって、遠く比良山にかかる雲行きをみて詠んだものともとれる。いずれにしても、この歌には夫への妻の気づかいがよく出ている。

　連庫山は、湖西を南北に走っている比良山系のことである。「ナミクラ」は「並庫、並座、並石」とも書く。一二一四メートルの武奈《ぶな》ヶ岳《だけ》を主峰に、蓬莱《ほうらい》山・釈迦岳《しゃかだけ》・堂満岳《どうまんだけ》・蛇谷《じゃたに》ヶ峰《みね》など一〇〇〇メートル級の山がそびえている。比良山は、四季おりおりの風情があり、どれも捨てがたいが、なかでも薄雪の比良山は絶景である。近江八景の一つである「比良の暮雪《ほせつ》」は、昔も今も変わることなく人々を魅了する永遠の美しさをもっている。

　琵琶湖の西側は、比叡・比良山脈が南北に走り、北に武奈ヶ岳、南に蓬莱山がそびえ、全長約三十数キロにも及ぶ。山すそは湖辺までせり出し、山谷は深く、いわゆる断層崖となっていくつかの小さい扇状地が連なっている。アイヌ語で「崖《がけ》」のことを

比良の暮雪

「ピラ」（Pira）という。どうしてアイヌ語が出てくるのか。高島郡の朽木《くつき》村にも、地名や橋や谷などの名にアイヌ語と思われることばがある。ちなみに、エベツ、ワスラタン、ブチャ谷、ニコンポ橋などの名で呼ばれている。朽木街道から見上げる比良山は、たしかに切り立った「崖」のように見える。「比良」の地名の由来も、こんな語源からできたのであろう。比良山は、地質が花崗岩からなっているために、湖岸線は白砂青松の浜が続き、水は美しい。北は小松浜から南は和邇浜までの約一八キロにわたる湖畔は、琵琶湖のまわりでもっとも風光明媚なところである。なかでも近江舞子付近は、琵琶湖八景の一つ「雄松崎の白汀《てい》」で名高い。

　比良川と大谷川（ともに暴《あば》れ川）によってはさまれた比良の地域は、地図をみてもわかるように約三・五キロの湖岸が大きく湾曲している所である。いわゆるここが「比良の大和太《おおわだ》」であり、万葉歌に「枚浦《ひらのうら》、枚《ひら》の湖《みなと》」とあるのは、この湾入部を指して

近江舞子　雄松崎

言ったものである。

比良宮

また比良は、古く比良の宮のあった所と伝えられる。『万葉集』巻一―七の額田王の歌の左註に、「戊申の年大化四年（六四八）比良の宮に幸《いでま》すとき云々」とあり、また『日本書紀』の斉明五年（六五九）三月の条には「庚辰（三日）の日、天皇近江の平の浦に幸す云々」とある。宮処の位置がどこであったか現在不明であるが、志賀町比良にあったことはまず間違いはない。

志賀町は滋賀郡内ただ一つの町で、湖岸沿いに南北に細長く、集落が点在している。交通はＪＲ湖西線と国道一六一号の二本だけであるが、京阪神と北陸地方を結ぶ最短ルートとして重要な要路である。志賀町を縦貫する湖西線は同町のなかに七駅も設置しているのは、全国でも珍しい。

しかし、このように自然に恵まれた町にも、土地開発の波が押し寄せて町の姿が変わりつつある。

高島の勝野

高市連黒人の羇旅の歌八首（内一首）

何処《いづく》にか　われは宿らむ　高島の　勝野《かちの》の原に　この日暮れなば　（巻三―二七五）

どこで私は宿ろうか。高島の勝野の原に、この日が暮れてしまったら。

水陸交通の要衝

この歌は、羇旅《きりょ》の歌の中でも特に高い評価をうけている歌である。荒涼たる原野のなかで、夕暮れを迎えた旅人の心細さ、辛さを詠んだ歌である。風雨をしのぐ旅舎とてなく、人影もない物寂しい高島の勝野の原を、とぼとぼと歩いている旅人の心持ちはどんなものであったであろうか。万葉の当時、旅先での野宿といえば草を敷き、その上に身を横たえて、夜の明けるのをじっと待つより仕方がなかったのである。陸路の旅の苦難は、現代のわれわれが想像する以上に辛く、苦しいものだったろうし、その寂しさや不安にはひとしお切実なるものがあったに違いない。

この歌は普通、陸路の旅で詠んだとみられているが、一説には湖上から高島の勝野の夕景を詠んだとみるのもある。陸行の歌とみる説のなかにも、比良の湊で舟を下り、ここから陸路、近江路を北上し、高島の勝野に向かったものとする見方もある。比良の湊——勝野津間の距離は約十二キロ。この間を歩いて行かなければならない理由は何一つない。それよりも船路の方がどれだけ早く、楽な旅路かわからない。水尾崎（現明神崎）を北にまわれば、すぐ勝野津である。高島の勝野で舟から下りた旅人は、陸路、高島の平野を横切って越前《えちぜん》に出るか、または若狭《わかさ》に出るかしたものである。朝早く手こぎの船で大津を出発すれば、夕方には勝野津に着くのが船の一日の航程であった。以上の点から見て、この歌が作られたのは、おそらく高島の勝野で船を下りた、その直後に詠んだものと考えられる。

　高島の勝野というのは、琵琶湖の西岸、今の高島郡高島町勝野の地を指す。琵琶湖の西側は、古くから大和と北陸をつなぐ重要な交通路として発達した地方である。北陸へ抜けるには、湖東を回るよりも湖西の方がずっと近かったので、西近江路を通り有乳《あらち》越え（愛発《あらち》関）で越前に出るか、湖岸伝いに舟行して高島の勝野津に上がり、陸路越前に向かうか、またそのまま舟行して、琵琶湖の北端の大浦か塩津に上陸し、塩津街道を深坂越えで越前に出る道がよく利用された。

勝野津（現 大溝港）

万葉の歌には、旅中の苦しさを詠んだ歌は少なくない。

家にあらば妹が手まかむ草枕旅に臥《こや》せるこの旅人《たびと》あはれ　聖徳太子　（巻三—四一五）

家にいたら、妻の手を枕とすることであろうに、旅先でひとり倒れているこの旅人よ、哀れだ。

旅といへば言《こと》にそ易《やす》き為方《すべ》もなく苦しき旅も言《こと》に益《ま》さめやも　中臣朝臣宅守《やかもり》　（巻十五—三七六三）

一口に旅というと、言葉ではたやすいことである。しかし、どうしようもないほど苦しい旅でも言葉で言い表せようか、表せないことだ。

右の歌は、いずれも旅の苦しさや行き倒れの旅人の死を悼《いた》んで詠んだものである。

勝野の原

勝野《かちの》は、「陸野《かちの》・歩野《かちぬ》」とも書く。勝野をこのように表記するのは、高島の勝野が、大津—勝野津の間の船路の終点であり、勝野—（鞆結）—敦賀の間の陸路の始点であったところから、陸野とも歩野とも名付けられたようである。また勝野という地名の由来の一つは、天智天皇の死後、その息子の大友皇子と父の実弟の大海人皇子の間に皇位継承権をめぐって、壬申《じんしん》の乱（六七二）が起こる。吉野に隠退していた大海人皇子は近江に攻め入り、湖東と湖西から近江軍をはさみ打ちにする。近江軍は高島の三尾城《き》で防戦するが、結果は吉野軍に寝返った羽田公矢国《はたのきみやくに》によって大敗、落城する。その時、

冬の勝野原

乙女ケ池にある万葉歌碑

吉野軍が勝鬨《かちどき》をあげた野原ということで、「勝野《かちの》」と付けたのであろうか。今、どのあたりに三尾城があったかは不明であるが、古代の三尾郷にあったとすれば、勝野の西北にある三尾山の山中が戦場であったことはまず間違いない。

昔、勝野の湖辺にはたくさんの沼や入江があって、船の停泊地として、かっこうの港であった。『延喜式』にみえる「勝野津」は、この勝野の湖辺をいったのであろう。

古代の人が、勝野の原をもっと広い地域の名として呼んでいたとすれば、ここより三キロほど北を流れる鴨川のあたりまでの平野を勝野の原と見た方が、古代人的な地名のとらえ方のようでもある。

勝野の原は、昔は一面の「樹海」であったといわれる。そういえば、JR湖西線の建設工事が行われた際に、現在の近江高島駅付近から北にかけて、約三メートルほどの地下から多量の神代杉が発見されている。それは、勝野の付近がかつて樹海であったことの一つの証拠でもあろう。

羇旅《たび》にして作る

大御船《おほみふね》　泊《は》ててさもらふ　高島の　三尾《みを》の勝野《かちの》の　渚《なぎさ》し思ほゆ　（巻七―一一七一）

天皇の御船が、泊まって風待ちしている高島の、三尾の勝野の渚が思い出される。

勝野の渚

この歌は天皇に従った作者が、高島の勝野の渚で風待ちしていた日のことを回想して詠んだ歌であろうか。作者は勝野の夕景を頭に入れて詠んだものと思われる。また「思ほゆ」を「思いやられる」と解釈すれば、妻が夫の船出した後、高島の勝野の渚で風待ちしている夫の身を案じて詠んだともとれる歌である。いずれをとっても感慨の深い歌である。

「高島の三尾の勝野」は、高島郡高島町勝野をいう。三尾は『和名抄』に見え、高島郡の一郷名で、勝野より北の地域をいう。

大御船（天皇の乗る官船）といっても、粗末なもので、いわゆる手こぎの木造船である。当時、官船のことを「赤《あけ》の赭船《そほぶね》」といって、船の保全と魔除《まよ》けと官船の目印のために、船体に赤土を塗っていた。高市黒人の旅の歌に、

旅にして物恋しきに山下《やました》の赤《あけ》のそほ船沖へ漕《こ》ぐ見ゆ　（巻三―二七〇）

旅先で何となく都が恋しいのに、山のふもとにあった赤いそほ船が沖の方へこいで行くのが見えて、一層物寂しくなることよ。

作歌の事情について、次の二点が考えられる。その一つは、天皇をはじめ官廷の人びとが船で遠くまで湖上を遊覧した時に詠んだ回想歌とする見方であり、今一つは、ほかに重要な目的があって、この地（勝野津）にやってきたのではないかとする見方である。後者は私の考えであり、あらためて第八章で取り上げたので、参考にしていただきたい。

古代の勝野周辺推定図

三尾川（鴨川）
北陸道
鴨
旧若狭路
三尾郷
勝野原
（小田川）
真長浦
塩津へ
音羽
三尾駅
香取浦
勝野津
高島山（嶽山）
鬼江
三尾城（推定地）
淡海
三尾山
水尾崎（明神崎）
0
500m
鴨川
大津へ

水尾《みを》ヶ崎・真長の浦・香取の浦

水尾崎（明神崎）、真長浦（紅葉浦）

碁師《ごし》の歌二首（内一首）

思ひつつ　来《く》れど来《き》かねて　水尾が崎　真長《まなが》の浦を　またかへり見つ　（巻九—一七三三）

心にかけながらやって来たが、行き過ぎかねて、水尾が崎から真長の浦をまた振り返って見たことである。

この歌は、ふた通りの解釈ができる。一つは、作者が湖北からの船路の途中、真長の浦の風景に魅せられて詠んだとする見方である。確かに水尾崎から見る真長の浦の眺めは実にすばらしい。水尾崎を回れば、真長の浦はすっかり見えなくなってしまうからである。いま一つの解釈は、「思ひつつ」の内容である。作者が北国へくだる旅の途中、三尾の勝野の里で一夜の宿《やど》を求めたことがあった。その時宿の娘とかりそめの契りを交わしたことがあった。帰り道その女のことが忘れられず、水尾崎を回りかねている男の気持ちを詠んだとする見方である。そのどちらとも言えないが、後者のように想定した方がより味わい深い歌になる。

「水尾崎」は「三尾崎」とも書く。三尾山が湖岸にまで突き出た岬をいう。今の明神崎のことである。別名「五井ヶ崎」ともいう。「真長の浦」は「紅葉《もみぢ》が浦」のことで、現在の萩の浜一帯を指している。

香取浦（勝野浦）

羇旅にして作る

何処《いづく》にか　舟乗《ふなの》りしけむ　高島の　香取の浦ゆ　漕《こ》ぎ出来《でく》る船　（巻七―一一七二）

どこで舟に乗ったのであろうか。高島の香取の浦からこいで来る舟は。

この歌もまた前歌と同様、明神崎のあたりから詠んだものであろうか。湖岸に人里もなく、行き交う舟もない、寥々《りょうりょう》たる香取の浦から小舟がただ一隻こちらへ近づいてくるのが、奇遇としか言いようのないうら寂しい風景が目に浮かぶ。今日でも、勝野の浜のはるか沖合を遊覧船が日に一往復するほかは、小型漁船が数隻まれに行き来するぐらいである。鴨の群れが波打ち際で遊泳している勝野の浜の冬の光景をみていると、一三〇〇年前の昔が今もこのあたりに息づいているように感じる。

物に寄せて思を陳《の》ぶ

大船の　香取の海に　碇《いかり》おろし　如何《いか》なる人か　物思はざらむ　（巻十一―二四三六）

水尾崎（明神崎）

真長浦（萩の浜）

（大船の）香取の海に碇を下ろし、いかなる人が物思いをしないでいられようか。（どんな人でも恋の心には悩むものを）

この歌は、作者がだれに対して詠んだというものではない。人は皆、多かれ少なかれ恋に悩むものだと言っているのである。

「大船の」は、船の舵取《かじとり》（船頭）を「香取《かとり》」にかけた枕詞で、第三句までが碇《いかり》のイカから同音のイカナルを導く序詞である。香取の浦が序詞に用いられるぐらいであるから、船の停泊地として相当広く知られていたといえる。類歌に、

大船のたゆたふ海に碇下《いかりおろ》し如何《いか》にせばかもわが恋止《や》まむ　（巻十一―二七三八）

の歌がある。

水尾《みを》が崎（今の明神崎）を湖岸に沿って北へ回ると、深く湾入した所がある。このあたりの浦廻《うらみ》を総称して「香取の浦」と呼んだものか。現在乙女《おとめ》ヶ池（周り一・八キロ）と呼んでいる所は、実は内湖になっていて、昭和の初めごろまでこの内湖を「洞海《どうかい》」と呼んでいた。船だまりには最適な場所であった。

乙女ヶ池の北隅（近江高島駅の東側）には、天正六年（一五七八）に織田信長の甥《おい》の織田信澄が築いた大溝城跡がある。城の設計監督は明智光秀によるもので、別名鴻湖《こうこ》城と呼ばれていた。最後の城主は京極高次である。大溝城址は現在、田んぼの中に本丸跡の崩れた石垣だけを残して、昔日の面影はない。

勝野の港は高島郡の玄関口にあって、早くから水運の要港として栄えた町である。明治の初期、従来の和船に代わって蒸気船が就航（太湖汽船）すると、いち早く大溝港が設置された。港のそばには船問屋や倉庫・旅籠が並び、貨物用の帆かけ船や定期船が港に出入りして、郡内各地の物資輸送の集散地として大いに賑わった。貨客の利用が急増した大正中期の最盛期には、大溝港は入江の外に移された。しかし、西近江路の改修や鉄道の開通（昭和六年）により湖上輸送は次第に衰退し、ついに昭和二十六年定期便は廃止された。現在、旧大溝港のあった入江は、一部が埋め立てられて狭くなり、往時の繁栄の名残をとどめているものといえば、入江の周囲の石垣積みと町のたたずまいだけである。

「勝野の鬼江」と藤原仲麻呂の乱

奈良時代の後期、光明皇后（聖武天皇の后）の信任を得て政界に勢力をのばしてきた藤原仲麻呂（恵美押勝《えみのおしかつ》）（七〇六～七六四）は、橘奈良麻呂と対立し、道祖王《ふなどおう》を廃して女婿の大炊《おおい》王（のちの淳仁天皇）を擁立した。奈良麻呂らは彼の進出を押さえようと反乱を謀ったが、事前に計画がもれ一掃された。天平宝字二年（七五八）に大炊王を即位させ、仲麻呂は右大臣、続いて太政大臣となり権勢をふるった。光明皇后の死後、淳仁天皇と孝謙太后との間に不和が生じ、しかも僧道鏡が孝謙上皇の寵愛をうけて中央に進出してきたので、仲麻呂は道鏡を排除しようと反乱を起こした。天平宝字八年（七六四）のことである。しかしこのクーデターは失敗におわり、仲麻呂は近江国高島郡に逃亡、愛発関へ向かったが、固関使《こげんし》に進路を阻《はば》まれた。そこで舟で塩津に渡ろうとしたが、激浪のためこれも失敗、陸路、高島の水尾崎に引き返した。再び船で湖北へ逃れようとしたが、水陸両道から攻められ、ついに「勝野の鬼江《おにえ》」で捕らえられて妻子、一族郎党とともに斬殺された。

「勝野の鬼江」という地名は、現在残っていないが、地形の上から推測して、明神崎の北側の湾入した浜辺を鬼江と呼んでいたものと考えられる。

すなわち現在の「乙女ヶ池」付近である。

藤原仲麻呂（恵美押勝）がなぜ高島郡に逃れてきたのか。その辺のくわしい事情についてはさだかでないが、高島郡と深い地縁関係のある人物であることは、『続日本紀』の天平宝字六年（七六二）の条に、「大師藤原の恵美朝臣押勝に近江の国浅井、高嶋二郡の鉄穴各一処賜ふ」とある記事からよくわかる。鉄穴とは今の製鉄所のことで、当時、朝廷より鉄穴を臣下を賜うことは異例のことであった。恵美押勝は製鉄の権利をもって、湖北一帯を支配していたことは確かであり、しかも鉄生産が経済力の裏付けになっていたことは事実である。

乙女が池

高島山（嶽山）・夜中

高島にして作る歌二首（内一首）

旅なれば　夜中《よなか》を指して　照る月の　高島山に　隠らく惜しも　（巻九—一六九一）

（原文）　客在者　三更刺而　照月　高嶋山　隠惜毛

私はいま旅にいるので、夜中の方をさして照っている月が、高島山に隠れるのが惜しいことだ。

羇旅《たび》にして作る

さ夜深《ふ》けて　夜中《よなか》の方《かた》に　おぼぼしく　呼びし舟人《ふなびと》　泊《は》てにけむかも　（巻七—一二二五）

夜がふけて、夜中の潟で舟人たちの呼び合う声がぼんやりと聞こえていたが、あの人たちはどこかの港に泊まったのだろうか。

前の歌は、陸路の旅か船路の旅かもはっきりしない歌である。月明かりがたよりの旅であるなら、徒歩なら高島の平野を北から南へ、船なら湖岸に沿っての旅であろう。いずれにしても山の端に隠れる月を惜しむ旅情がうまく表現されている。この歌は、陸路の旅にあって、しかも勝野の原で野宿したときに歌ったものとした方が、夜の勝野の原の実景にぴったりしているようである。

「夜中」については時刻説と地名説とがある。「夜中」を時刻ととる場合、「三更」とは中国の更点時刻法による表記で、真夜中（二十三時六分〜零時三十九分まで）を指す。しかし、夜中という時刻を目指してという言い方は他に例がない。また「夜中」を地名ととる場合、高島山からそう遠く離れていないところにあるということになる。「夜中」は、万葉仮名の表記では「三更」と書く。「更」と「尾」とは字形がよく似ているので、「三尾」の誤りとして見られまいか。だとすれば「三更」は「三尾」のことをいい巻七―一一七一の歌の「……高島の三尾の勝野の渚……」のあたりを指して詠んだものと考えられる。

ここでは地名と見た方が、歌の実景がよりはっき

勝野原より水尾崎（明神崎）を望む（JR湖西線開通前）

りしてくる。

現在、「高島山」と呼ぶ山はないので、どの山をいうのか明らかでないが、先に仮定したように「夜中」は「三尾」をいっているとすれば、湖からも陸路からも近いところにある山ということになり、高島平野の南限にある嶽山《だけさん》（五六三メートル）を主峰として水尾崎（明神崎）で湖に入る連山を高島山と考えるよりほかはない。これより北の方を想定すれば山は西に遠のいて、照る月の「隠らく惜しも」といった作者の感慨はでてこないし、実景にもあわない。

「三尾」という地は、いったいどのあたりを指したものか。字義から考えて北の湖上から高島郡を見ると、はるかかなたの山すそに三つの尾が並んで見えるところがある。その三つの尾とは①饗庭野《あいばの》台地、②泰産寺《たいさんじ》野台地、③明神崎にのびる連山の尾のことをいい、この三つの尾に囲まれた土地を、三尾郷と古代人は呼んだのではなかろうか。三尾郷は、「記紀」の垂仁の条にみえる。三尾君の本拠地であり、また継体天皇の父彦主人王《ひこうし》（応神五世の孫）が住んでいた三尾の高島宮（別業）というのも、この三尾郷にあった。現在、安曇川町の三尾里《みをざと》と呼んでいる集落の周辺には、継体天皇ゆかりの遺跡や伝説が多く、泰産寺野台地の東側には彦主人王《ひこうしおう》の墳墓などが点在し、古くから拓けていたことを物語っている。

後の歌は、作者の船がやっと夜の泊りを見つけて、ひと安心したところでもあろうか。今しがた不安げな声で呼びあっていた舟人たちは、どのあたりで船泊《ふなどま》りしていることであろう。「よい場所をみつけておればよいが――」と、舟人たちの行き先を思いやって詠んだ歌である。夜が深《ふ》けてゆく香取の浦のあたりの物寂しい景色が目に浮かんでくる。

夜中の「方」については、潟とみる説と方角とみる説があるが、歌の情況から判断して潟と解して詠んだ方が実感がある。

夢《いめ》のみに　継《つ》ぎて見えつつ　小竹島《しのしま》の　磯越す波の　しくしく思ほゆ　（巻七―一二三六）

夢にばかり絶えず見えて、高島の磯を越す波のように、しきりにあの人のことが思われる。

この歌に詠まれている竹嶋（小竹嶋）の地名については、近江（高島説）と尾張（篠島説）とがあって、今のところ定説はない。そこで、すこし理屈っぽくなるが原文を詳解しよう。

夢耳《いめのみに》　継而所見《つぎてみえつつ》　**小竹嶋之**　越礒波之《いそこすなみの》　敷布所念《しくしくおもほゆ》

右のゴシック体の「小竹嶋之」という表記の訓《よ》み方として、次の三つがある。

(1)「小」を「乍」の字の誤りとして、継而所見乍《ツギテミエツツ》、竹嶋之《タカシマノ》（『万葉集古義』）とする説、(2)「小」は「八」の字の誤りとして、継而所見八《ツギテミユレバ》、竹嶋之《タカシマノ》（『万葉集略解』）とする説、(3)継而所見乍《ツギテミエツツ》、小竹嶋之《シノシマノ》として、「乍」の脱字とみる説があり、(3)の篠島《しのしま》説を言う学者が多い。しかし、右の歌の二つ後に出てくる巻七の一二三八番の歌に「竹嶋乃《タカシマノ》　阿戸白波者《アトシラナミハ》　動友《サワクトモ》……」（後述）とあって、竹嶋を高島とみており、しかもそれぞれ高島の波を詠んでいる。疑問は残るけれど、ここでは「万葉集古義」の説を採り、高島を詠んだ歌としておきたい。

阿渡川（安曇川）

安曇の湊

羇旅《たび》にして作る

高島の　阿戸《あと》白波は　さわくとも　われは家思ふ　廬《いほり》悲しみ　（巻七―一二三八）

高島の安曇川の白波はさわいでいるけれども、旅の廬が悲しいので、私は家を思うことだよ。

高島にして作る歌二首（内一首）

高島の　阿渡川波《あどかはなみ》は　騒《さわ》くとも　われは家思ふ宿《やどり》悲しみ　（巻九―一六九〇）

高島の安曇川の波は騒いでいるが、それでも私は（心騒ぎもせずに）家を思うことだ。旅の宿りが悲しいので。

右の二首の歌は、二句と五句にそれぞれ一字（白波―川波・廬―宿）入れ替わっているだけでほとんど同じ歌である。これは船旅での作であろうか。日がとっぷり暮れて安曇の港に仮寝することになったものか、または、しけにあって港に避難して夕方を迎えたものか。いずれにしても、今しがた安曇の川崎で見た白波のざわめきに、作者は心ひかれることもなく、旅寝のわびしさゆえに、ふるさとに残してきた家人を恋しく思ったことである。遠く旅にある身の悲しくやりきれない気持ちがよく出ている。

高市《たけち》の歌一首

率《あど》ひて　漕《こ》ぎ行く船は　高島の　阿渡《あど》の水門《みなと》に　泊《は》てにけむかも　（巻九—一七一八）

たがいに声をかけ合って漕いでいった船は、高島の安曇の港に着いただろうかなあ。

題詞に「高市」とあるのは「高市黒人」のことであろう。夕暮れの茫漠《ぼうばく》たる湖上を安曇川崎を目指して漕ぎすぎて行った舟人たちの行き先を思いやって詠んだ歌である。詠んだ時刻もはっきりしないが、情況から推測してたぶん夕暮れ時であろう。

この歌は、船旅とも陸路の旅ともとれてはっきりしないが、陸路の旅とすれば、作者は明神崎の湖辺をこいで行く一行を見たのではないか。また船旅とすれば、作者は明神崎あたりで一行の舟と行き違ったものか。それとも一行の舟と連れだってきて、明神崎のあたりで彼らの船と別れたのではないか。作者は別れた後、高島の香取の浦に上陸したものと考えられる。

小辨の歌一首

高島の　阿渡《あど》の水門《みなと》を　漕ぎ過ぎて　塩津《しほつ》菅浦《すがうら》　今か漕ぐらむ　（巻九—一七三四）

高島の安曇の港を漕いで通り、今ごろは塩津か菅浦のあたりを漕いでいることであろうか。

この歌もまた、前歌と同様に舟人の行き先を案じて詠んだ歌である。

作者小辨は、ゆうべ勝野の港で船泊りをしたのであろう。今朝がた早く船出して、明神崎のあたりまで漕いで来ると、思いがけず北上してくる船に出会った。その船には、作者の顔見知りの人でも乗っていたのか。船はそのまま安曇川崎を目指して遠ざかっていった。互いに呼び合って別れていった人のことをふと思い出して詠んだ歌である。

万葉の人が「阿渡の水門《みなと》（港）」と呼んでいたところは、①安曇川河口の船木崎の南側の小湾付近。②南船木の集落のはずれにある内湖（現在干拓田）のあたり。がそれぞれ推定される。また万葉の昔は、安曇川はたびたび土砂の流出や地殻の変動などがあって、川筋は現在より北寄りに流れ、河口も

安曇川河口

内陸部にあった可能性が高いと私は推測する。いずれにしても風待ちや風波を避けるかっこうの港があったと考える。ここから塩津、大浦をめざして船出した。湖辺に立つと夜の旅寝の心細さ、つらさがひとしお感じられ、昔がしのばれる。
塩津・伊香《いか》郡西浅井町、塩津湾の最北端の要港。
菅浦・伊香郡西浅井町、葛籠《つづら》尾崎の西岸の港。

旋頭歌《せどうか》

霰降《あられふ》り　遠江《とほつあふみ》の　吾跡川楊《あとかはやなぎ》　刈りつとも　またも生《お》ふとふ　吾跡川楊　（巻七—一二九三）

（「柿本朝臣人麿の歌集」に出づ）とある。

遠い近江のあど川の楊よ。いくら刈ってもまた伸びてくるというあど川の楊よ。

この歌は「旋頭歌《せどうか》」と呼ばれる歌で、五七七五七七の六句から成る。「霰降り」はトホにかかる枕詞である。霰の音がトホトホと聞こえるところから「トホツ」にかかる枕詞とした。近江の中で都から遠く離れた北湖一帯を「遠《とほ》つ近江《あふみ》」とよび、「近《ちか》つ近江《あふみ》」は都から近くにある湖南一帯を指していたようである。また「遠江」は遠江《とほたふみ》国（現在の静岡県西半部）を指しているという説もある。「吾跡川」と書く川の名は静岡県に見当たらないが、引佐郡細江町（奥浜名湖附近）に「跡川」という地名があり、巻七—一二九三の歌の碑が建てられている。「吾跡川楊」はこの地を詠んだのかも知れない。

この歌は、吾跡川の楊柳《かわやなぎ》にかこつけて恋の心をほのめかした、いわゆる寓意的相聞《そうもん》歌で、吾跡川の楊柳のように、いくらあきらめようとしても次から次へと恋しくなるものだというのである。

柳は枝垂《しだ》れ柳を指し、楊は楊柳《かわやなぎ》を指す。別名猫柳《ねこやなぎ》。柳は奈良時代の前後に中国から渡来したもので、『万葉集』に柳を詠んだ歌が多いのも、そのためだといわれる。

安曇川

『万葉集』では、安曇は①阿戸、②阿渡、③足速、④足利、⑤吾跡《と》と表記されている。①～④の「と、ど」は上代特殊仮名遣いでは甲類の「ト、ド」を指し、⑤は乙類の「ト」を指す。そのために、⑤の吾跡川は別の川をいう説もある。

安曇川は、その水源を京都府の丹波《たんば》山地に発し、花折断層に沿って北流し、高島郡朽木《くつき》村の市場から向きを東にかえて、デルタをつくって、琵琶湖の船木崎にそそいでいる。安曇川デルタ地帯（高島平野）は湖西最大の穀倉地帯であり、また安曇川の簗《やな》場は県下最大のもので、放流用のアユ苗として県外に出荷している。安曇川崎、約五キロの湖中には「沖の白石」がある。

沖の白石

大葉山

碁師《ごし》の歌二首（内一首）

大葉山《おほばやま》　霞たなびき　さ夜ふけて　わが船泊《は》てむ　泊知《とまり》らずも　（巻九—一七三二）

大葉山に霞がたなびいて夜もふけてきたが、私の船はどこに停泊しよう。その港もわからずに、心細いことだ。

作者は湖北からの船旅の帰路であろうか。いつの間にかあたりは夕闇が迫り、しだいに視野が狭くなってきたが、船泊ての地はまだみつからず、夜の湖上を航行する心細さ、不安な気持ちを詠んでいる。この歌と同じ歌が巻七—一二二四番にある。大葉山の所在については諸説があるが、歌の配列から推測して、近江説をとっておく。巻七—一二二四の歌のすぐ次の歌（一二二五）をみると、この歌は近江の高島の「夜中」（既出）を詠んでいるので、前歌も同様、同一作者が同時に詠んだ湖上の作とみた方が自然であろう。また、巻九—一七三二の歌では、題詞に碁師の歌二首とあって、一七三三番の歌に高島の「水尾崎」、「真長の浦」を詠んでいるので、この歌も同時の作歌とみたい。

大葉山（饗庭野台地）

そのように考えると、「大葉山」は高島郡内にある山ということになり、現在の高島のどの山に当たるのか。大葉山は万葉仮名では、「祖母山《おほばやま》・母山」と表記し、「母山」は「祖母山」の祖が落ちたものとする説（『万葉集略解』）がある。古代の人が山のすがた、かたちを見て地名をつけたとすれば、大葉山はその字が示すように、大きな木の葉っぱを広げたように見える山だったと思われる。

こうしてみると、大葉山にあたる山といえば、高島の西の山ろくに広がる丘陵地の饗庭野《あいばの》台地よりほかには考えられない。しかも舟行の目標となる位置ともなれば、それは明神崎のあたりから見る饗庭野台地、また北湖（海津付近）の湖上から見る饗庭野台地である。

地元では、「あいば野」と呼んでいる。今津、新旭、安曇川の三町にまたがる標高約二五〇メートル

大葉山（饗場野台地）—遠方は箱館山

いば野演習場になっている。

の洪積台地で、面積は約八平方キロあり、戦前は旧陸軍の演習場であったが、現在は陸上自衛隊のあいば野演習場になっている。

秘められた三尾の里

古代の近江は、渡来人との関係を抜きにしてはその歴史を語ることができないぐらい、近江と朝鮮とは密接な関係にあり、近江は、多くの渡来人によって開発が進められたといっても決して過言ではない。近江の各地には、今日においても渡来人にゆかりのある社寺や地名、また遺跡や遺物がかなり色濃く残っており、往時の渡来人の繁栄ぶりがしのばれる。

日本海沿岸地域と朝鮮半島東南部、すなわち新羅の国とは距離が近接しているために、早くから彼我の交流が盛んに行われてきた。いわゆる同一文化圏に属する間柄にあった。朝鮮東海岸から日本海を渡って山陰・北陸地方に渡来した人々は、越前・若狭と近江を結ぶルートを通って近江にやってきた。

彼らのなかにはこの近江に住みついて活躍した人々もいただろうし、またさらに南進して、畿内・大和へ入った人々もかなりいたものと考えられる。朝鮮と若狭・越前とを結ぶ日本海・若狭ルートは、すなわち渡来文化の伝播路として、瀬戸内ルートとともに重要な道であった。

かなり古い時代のことであるが、湖西の地に移住してきた人たちに、安曇族《あずみ》海人《あま》といわれる海洋系集団がいた。安曇族と称する人びとは、漁撈を生業とする海洋グループのことである。彼らは安曇川のデルタ地帯の平野部に本拠を占め、湖西地方の開発に大きな役割を果してきた人たちである。高島郡の「安曇《あど》」という地名は安曇族《あずみ》（海人《あま》の安曇部《あずみべ》）に由来するものである。

一方、五世紀の後半から六世紀の前半にかけて、高島郡の三尾郷を本拠にして湖西の北部一帯を支配していた豪族が三尾氏族である。三尾氏とは一体いかなる豪族であったのか。また湖北の大豪族息長《おきなが》氏族との関係はどうであったか。さらに古代大和政権とのつながりはどうだったか。等々問題の多い氏族である。

そこで、史書の中より古代の高島に関する記事を拾うことにする。まず『日本書紀』の中に次のような記事がみられる。

（一）垂仁紀三十四年の条に「天皇、山背《やましろ》（現在の京都）に幸《いでま》す。ときに左右《もとこひと》奏《まう》して言《まう》さく「此の国に佳人《かほよきをみな》有《はべ》り。綺戸辺《かにはたとべ》と曰《まう》す。姿形美麗《かほかたちよ》し。山背大国の不遅《ふち》が女《むすめ》なり」とまうす。……仍《よ》りて綺戸辺を喚《め》して、後宮《うちつみや》に納《めしい》る。磐衝別命《いはつくわけのみこと》を生む。是三尾君《これみをのきみ》の始祖《はじめのおや》なり……」とあり、

（二）景行紀四年の条には「妃三尾氏磐城別《みめみをのうぢのいはきわけ》の妹水歯郎媛《いろもみづはのいらつめ》、五百野皇女《いほののひめみこ》を生めり」とあり、

（三）継体即位前紀の条に「男大迹天皇《おほどのすめらみこと》（継体天皇）は、誉田天皇《ほむだのすめらみこと》（応神天皇）の五世の孫、彦主人王《ひこうしのおほきみ》の子《みこ》なり。母を振媛《ふるひめ》と曰《まう》す。振媛は、活目天皇《いくめのすめらみこと》（垂仁天皇）の七世の孫なり。天皇の父、振媛が顔容姝妙《かほきらぎら》しくして、甚だ媺《うるはしき》色《いろ》有《あ》りといふことを聞きて、近江国の高嶋郡の三尾の別業《なりどころ》（別邸）より、使《つかひ》を遣して、三国の坂中井《さかない》（福井県坂井郡三国町）に聘《むか》へて、納《めしい》れて妃《みめ》としたまふ。遂に天皇を産《う》む。天皇幼年《みとしわか》くして、父の王《おほきみ》薨《う》せましぬ。……」（引用文の傍線は筆者）と記されている。

以上が『日本書紀』に出てくる記事である。

右の（一）（二）は、垂仁天皇の皇子磐衝別命が三尾君の祖先であるということ、そして皇子の妹水歯郎媛が景行天皇の妃になっていること以外は、何も書いていない。しかし（三）についてはかなりくわしく記述されている。

　時代は五世紀の中頃、高島郡三尾に別業をかまえて住んでいた彦主人王《ひこうしおう》（応神天皇五世の孫）は、越前三国の坂中井《さかない》から振媛《ふりひめ》（垂仁天皇七世の孫）を迎えて妃とし、男大迹《おおど》王（のちの継体天皇）を生んだ。男大迹王がまだ幼少のとき、父彦主人王は亡くなったので、振媛は王子達を越前の高向《たかむく》（今の福井県坂井郡丸岡町）に連れて帰り、この地で養育した。朝廷では武烈天皇の死後、天皇に後継《あとつ》ぎがないため、大伴金村は群臣にはかつて丹波国桑田郡に住んでいた倭彦王《やまとひこのおおきみ》（仲哀天皇五世の孫）を天皇に迎えようとしたが、倭彦王は迎兵を見て逃走した。そこで男大迹王に白羽の矢を立て、越前に使者を遣わした。はじめは奏請の本意がわからず、皇位につくことを

鴨稲荷山古墳

拒んだが、再三の嘆願により、やっと皇位につくことを承諾した。男大迹王は年四十八歳の時である。

しかし継体天皇は皇位につきながら、二十年間も大和の国に入ることができなかった。その間、河内の樟葉宮《くすは》に五年、山城の筒城宮《つつき》に七年・弟国宮《おとくに》に八年を過ごした。「記紀」にはこの間の事情については何も書いていないが、その裏にはなにか別に真相があるのではないか、という疑問がもたれている。

継体天皇の妃には、三尾氏族から二人の媛《ひめ》と湖北の息長《おきなが》氏族から一人の媛がでている。息長、三尾の同系列の氏族から媛《ひめ》が中央に嫁いでいることは、すなわち彼らの政治的な権威がいかに大きいものであったかを物語るものである。

そして何より興味あることは、彦主人王が住んでいた三尾の別業の所在地と推定される付近に、鴨稲荷山《かもいなりやま》古墳のあることで、その出土品には、金製耳飾、金銅製の冠・沓《くつ》・雙魚珮、環頭太刀、埴輪円筒など三三種一二〇余点を数える。しかもこれらの副葬品は、朝鮮の新羅に出土したものと同類のもので、渡来文化の色彩のきわめて濃いものである。

装飾具のなかで、金銅製の王冠や沓には、魚形の紋様の瓔珞《ようらく》

鴨稲荷山古墳出土品（魚形の瓔珞を垂下した金製冠）

がたくさんぶらさげてある。（図参照）魚形の瓔珞をつけているのは、「海」とのつながりを示すものだとして、それを安曇族との関係とみる説がある。森浩一氏は「ここの王、少なくとも支配者は、魚の文化と新羅系の文化を複合させた傾向がある」と指摘している。

この古墳は、六世紀前半ごろに築造されたもので、かなり規模が大きいこと、出土品が新羅系の文物で、武器、馬具類の遺品が多いこと、しかも石棺に用いられた凝灰岩がこの地方では産出しない点などから推測して、被葬者は、相当勢力をもった人物（支配者）だったとみられる。そしてこの付近には、継体天皇、父の彦主人王に関係のある伝説や伝承地が多いところから、彦主人王の墳墓ではないかと考えられるが、その証拠となるものがなく、今も謎とされている。しかしこの地方が中央と深いつながりのある重要な所であったことは事実であろう。

湖北路

塩津山
うち越え行けば
我が乗れる
馬そ爪づく
家恋ふらしも

笠金村　巻三－三六五

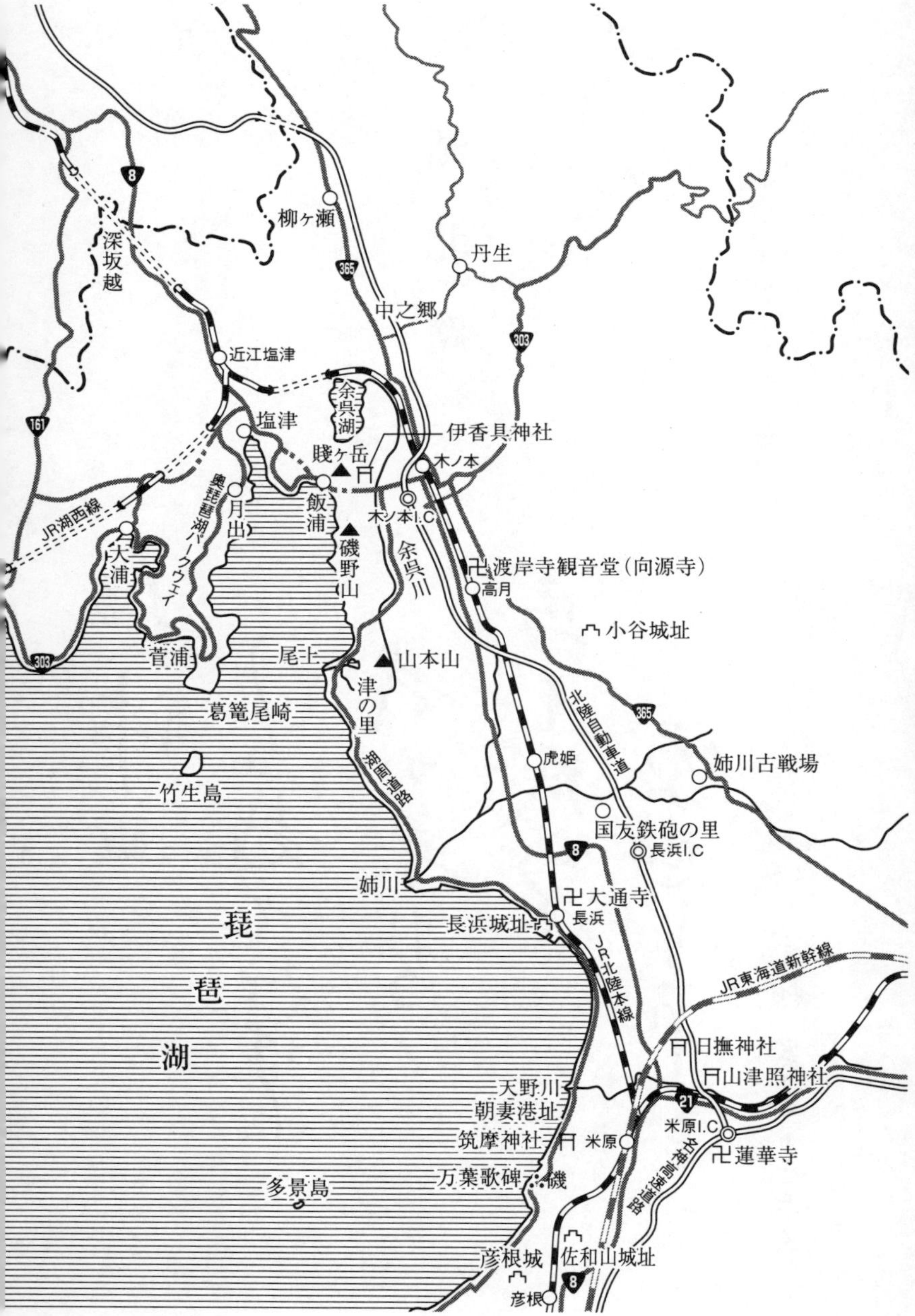

8
161
303
365
21
柳ヶ瀬
丹生
深坂越
中之郷
近江塩津
余呉湖
塩津
伊香具神社
賤ヶ岳
木ノ本
木ノ本I.C
飯浦
月出
奥琵琶湖パークウェイ
JR湖西線
大浦
磯野山
余呉川
渡岸寺観音堂（向源寺）
高月
小谷城址
菅浦
尾上
山本山
津の里
葛籠尾崎
北陸自動車道
湖周道路
虎姫
姉川古戦場
竹生島
国友鉄砲の里
長浜I.C
姉川
大通寺
長浜
長浜城址
JR北陸本線
琵琶湖
JR東海道新幹線
日撫神社
山津照神社
天野川
朝妻港址
米原I.C
筑摩神社
米原
蓮華寺
名神高速道路
万葉歌碑
磯
多景島
彦根城
佐和山城址
彦根

大浦・菅浦

遠津大浦

物に寄せて思を陳《の》ぶ

霰降《あられふ》り　遠つ大浦に　寄する波　よしも寄すとも　憎《にく》からなくに　(巻十一―二七二九)

遠い湊の大浦に寄せる波のように、たとえ人が二人の関係を噂しようとも、私はあの人を憎く思っていないのだからかまわない。

私は心の中で、あの人を妻にしようと思ったのだから、たとえ人はどう言おうと、少しも気になんかしないぞという自信ありげな男の顔が目に浮かんでくる歌である。

「霰降り」は板屋根に降る霰の音がトホトホと聞こえるところから、遠つ大浦のトホにかかる枕詞とした。この歌は初めから第三句までが序詞である。

大浦は伊香《いか》郡西浅井町大浦をいう。琵琶湖の北端、大浦湾の最奥にある。隣の塩津港ほどではないが、古くから港町として栄えたところである。大浦から越前へ抜ける道は、大浦川沿いに北上して沓《くつ》掛《かけ》の北で塩津街道に入り、深坂越えで敦賀《つるが》（福井県）に出たのである。
大浦には港町として栄えた、昔の面影をしのぶ「北淡海・丸子船の館」があり、現存する丸子船や古文書、水運の歴史資料などを展示している。

羇旅にして作る

山越えて　遠津《とほつ》の浜の　石《いは》つつじ　わが来るまでに　含《ふふ》みてあり待て　（巻七—一一八八）

遠津の浜の岩つつじよ。わたしが帰って来るときまで、つぼみのままで待っていておくれ。

この歌は、旅のわびしさを岩つつじに託して詠んだものである。作者は北国へ赴く途中、大浦の浜辺で人待ち顔な岩つつじの蕾をみて旅愁をかきたてられたのであろうか。私がふたたびこの地に無事帰ってくるまでつぼみでいてくれ、という旅人の切なる願いがこのかれんなつぼみにこめられている。またこの歌を恋の歌と見る説もあり、つぼみはもちろん恋人を指している。

「山越えて」は、遠津の「遠」にかけた枕詞で、山を越えて遠くへ行くという意味からきているらしい。前の歌（巻十一—二七二五）の遠津大浦とある遠津のことで、伊香郡西浅井町の大浦をいう。

現在、大浦の湖辺では岩つつじを見かけることはないが、万葉時代にはたくさん自生して旅人の心を慰めたようである。石躑躅《いわつつじ》は『牧野新日本植物図鑑』によると、「つつじ科の草状落葉小低木で、高さ五～一五センチ位。葉は広卵形ないしだ円形、縁に細鋸歯《のこぎり》を有する。七月頃、淡紅色の鐘形の小花

二、三個開く。液果は球形で紅熟し、食べられる。」とある。

菅浦の里

先に高島郡のところであげた「高島の阿渡の水門を漕ぎ過ぎて塩津菅浦今か漕ぐらむ」（巻九―一七三四）と歌に詠まれた菅浦《すがうら》は、葛籠《つづら》尾崎の西側基部にある小集落で、西、北、東の三方を山で囲まれ、南は琵琶湖に面して湖岸にしがみつくように家が建っている。菅浦は、かつては「陸の孤島」といわれたほど、交通の便の悪いところで隣村の大浦への行き来は、湖上約一キロの間を渡し舟が通っていた。しかし昭和三十三年に湖岸沿いに道がつけられ、さらに昭和四十六年十月には葛籠尾崎の尾根を縫って、月出―大浦（全長一八・八キロ）間に「奥琵琶湖パークウェイ」が開通されて、観光地として脚光を浴びることになった。

葛籠尾崎（津吹羅崎）に立つと、岬の西側は菅浦、

菅浦の集落

葛籠尾崎

須賀神社境内の万葉歌碑

大浦湾を眼下に見おろし、東側は深い塩津湾を一望におさめる。その眺望は実にすばらしく、神秘的な感じさえする。葛籠尾崎の南は湖が広がり、竹生島《ちくぶ》が手にとるように見える。

菅浦は、古い歴史をもつ土地である。奈良時代の後期、恵美押勝《えみのおしかつ》が反乱（七六四）を起こしたとき、押勝の側にあった淳仁天皇（在位七五八―七六四）は、反乱に失敗すると退位させられ、菅浦の地に配流されたという伝説がある。菅浦の氏神須賀《すが》神社（祭神、淳仁天皇、大山咋命）の裏山の碑ヶ谷には御陵と伝えられる塚がある。また菅浦は南北朝時代には早くも住民による自治組織をつくっており、村内の警備のために東西の出入口には惣門を設けて自衛をはかった。四足門は現在も残っている。また菅浦には、鎌倉時代から明治の初めごろまでの共有の文書、いわゆる『菅浦文書《すがうらもんじょ》』なるものを残し、日本の中世文化を調べる上で貴重な資料となっている。

菅浦は湖北でありながら、冬は比較的雪が少なく、しかも温湿のために、背後の山の斜面を利用してミカンが栽培されている。

塩津・塩津山

塩・海産物の集積港──塩津

物に寄せて思を陳《の》ぶ

あぢかまの　塩津を指して　漕ぐ船の　名は告《の》りてしを　逢はざらめやも　（巻十一─二七四七）

塩津をめざして漕いで行く船の名のように、私の名をあなたに打ち明けたのだから、逢わないでいられましょうか。

「あぢかまの」は地名とみる説と枕詞とみる説とがあるが、ここは渡り鳥のあじがも（鶴鴨）の多くいる処から塩津の枕詞としておく。上三句は次の句の「名」を導く序詞で、万葉時代にも舟には名がついていたので、船の名から私の名を導き出したのである。

昔は、男の方から相手の女の名前や家を聞くのが求婚《プロポーズ》のならわしであった。女が名前を教えることは、結婚の意志があることを意味した。この歌は、名前を打ち明けた女の、男に会わずにはいられない気持ちを歌に詠んだのである。類歌に、

志賀の海人《あま》の磯に刈り干《ほ》す名告藻《なのりそ》の名は告《の》りてしをなにか逢ひ難き　（巻十二─三一七七）

志賀の海人が磯に刈り干す名告藻《なのりそ》の名のように、私は名を教えたのに、どうして会うことがむつかしいのでしょうか。注「名告藻」はホンダワラのこと。

塩津は、琵琶湖の最北端、塩津湾の最奥にある集落である。塩津という地名は、北陸で採取された塩や海産物などを都に運送する集積地であったところからつけられたといわれる。塩津は大浦、海津と並んで湖北三港の一つで、敦賀と琵琶湖を結ぶ最短距離にあり、都へ上る重要な港町として栄えた、いわゆる北陸への北の玄関口であった。
塩津浜の集落の中を通っている旧道が、昔の塩津街道で、今も昔の面影を残している。当時、塩津湾は内陸に向かって深く湾入して、横波集落の香取《かとり》神社のあるあたりまで湖水が入り込んでいた。『伊香郡誌』に「香取浜」として出ている。香取神社は湖上安全の守護神を祀っており、この鎮守の森を村人は「大森」と呼んで、塩津湾に出入りする船の目標であったという。また国道八号と国道三〇三号が交叉する道のそば

塩津の常夜灯

に、大きな石灯籠（天保五年建立）がぽつんと取り残されて、当時の栄華のあとをとどめている。地元の古老の話では「昔は塩津浜と岩熊《やのくま》の集落の間は渡し舟が行き来して、嫁入りも船で行ったものだ。」という。

塩津湾にそそぐ川（大川）のほかに大坪川《おおつぼ》がある。この川は昔、北国からの物資運搬のために、塩津浜から沓掛《くつかけ》にかけてつくられた堀割で、川筋に問屋や倉庫、旅宿が建ち並び、川船が行き来して町は活気を呈していた。明治にはいると、これまでの丸子船に代わって、琵琶湖にはじめて外輪船が浮かび、大津—塩津の間に就航した。明治二年（一八六九）のことである。塩津はふたたび活況を呈したかに見えたが、それもしばらくのことで明治十五年に北陸本線が開通して、陸上の交通が主流となってからは、塩津の港はしだいにさびれていった。そして、昭和十一年には湖周道路がつき、さらに食糧増産が叫ばれた昭和十九年ごろには、塩津内湖の干拓工事が行わ

塩津のまちなみ

塩津とその周辺

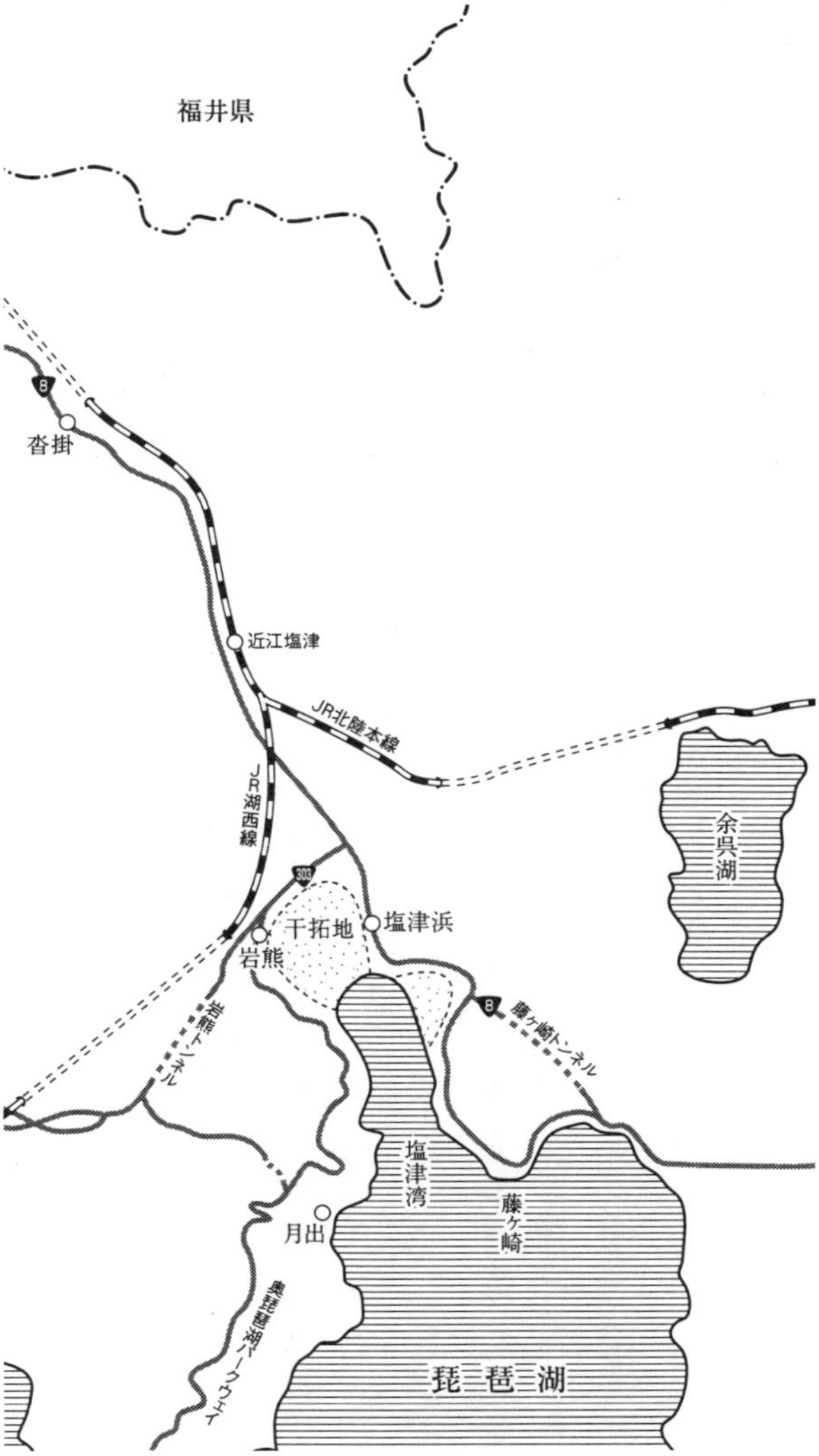
福井県
沓掛
近江塩津
JR北陸本線
JR湖西線
余呉湖
干拓地
塩津浜
岩熊
岩熊トンネル
藤ケ崎トンネル
塩津湾
藤ケ崎
月出
奥琵琶湖パークウェイ
琵琶湖

れて、塩津浜の様相はすっかり変容し今日に至った。

笠朝臣金村《かさのあそみかなむら》、塩津山《しおつやま》にして作る歌二首

大夫《ますらを》の　弓末《ゆずゑ》振《ふ》り起《おこ》せ　射つる矢を　後《のち》見む人は　語り継ぐがね　（巻三―三六四）

大夫が弓末《ゆずえ》を振り立てて射た矢の跡を、後の世に見る人は語りついでゆくことだろうよ。

塩津山　うち越え行けば　我が乗れる　馬そ爪《つま》づく　家恋ふらしも　（巻三―三六五）

塩津山を越えてゆくと、私の乗っている馬がつまずいた。家のものが私を恋しく思っているらしい。

右の二首の歌の次に、同じ金村の「角鹿津《つのがのつ》にして船に乗る時」作ったとある長歌と反歌（巻三―三六六、三六七）があるので、これら一連の歌は、作者が近江から北国への旅で詠んだ同時の作とみられる。角鹿津は敦賀のことである。塩津山は、塩津街道を越前に越える国境《くにざかい》の山の総称で、野坂山地にある深坂越えの山をいう。

深坂越えの道

前歌は、笠金村が塩津の山路で矢を射立てた時に詠んだもので、大夫は作者自身のことである。古代、旅人が山を越える時には、旅中の安全と武運を祈って、杉の木に矢を射立てる風習があった。いわゆる「矢立杉」の伝説である。同行の者を前にして、力をふりしぼって一矢を放つ作者の雄々しい姿が目に浮かんでくる。

後の歌も前歌と同様に、塩津の山路で詠んだものである。深坂の峠を越えると視界は一変して北陸特有の気候となり、いわゆるしなざかる越路《こしじ》の感を深くする。旅に出て幾日経ったことか。私の乗っている馬がつまづいたのは、きっと家人が私のことを思っているからであろう。馬がつまづくのは家人が思っているしるしだという俗信が古代人にあった。類歌に、

妹《いも》が門出入《いでいり》の川の瀬をはやみわが馬《ま》つまづく家思《も》ふらしも　（巻七―一一九一）

入の川瀬が早いので、私の乗っている馬がつまづいた。家のものが私を思っているらしい。

という歌がある。

深坂越えの古道は、峠にある深坂地蔵（塩かけ地蔵）にまいる人のほかには通る人とてなく、峠の登り口の山沿いにつづく石垣は、昔の塩蔵や問屋跡であり当時の面影を今に残している。

近江と越前を結ぶ古道　（地図参照）

近江から越前に出るのには、だいたい次の道すじがあった。

(1)　西近江路の鞆結《ともゆい》（マキノ町石庭）から黒河《くろこ》越えをして敦賀に出る古道。

(2)　鞆結または海津《かいづ》から山中《やまなか》越え（愛発《あちら》越え）をして追分に出る七里半街道（西近江路）。

(3) 塩津から沓掛《くつかけ》を経て深坂越えで追分に出る塩津街道。

(4) 同じく塩津から沓掛を経て新道野《しんどうの》越えで疋田《ひきだ》に出る道（現在国道八号線）。

(5) 木ノ本から柳ガ瀬を経て栃《とち》ノ木峠越えで今庄《いまじょう》に出る北国街道（現在国道三六五号）。

右の五つの道の中でも、(1)、(2)、(3)の道は早くから、拓かれていたものと思う。鈴鹿関、不破関とならんで、古代の三関と称せられた愛発関は、越前と近江の国境にある有乳《あらち》山地にあった関所で、七里半街道の山中付近にあったとも、また(2)、(3)の両道の合する追分付近にあったとも考えられるが、現在どこが関址か明らかではない。愛発関は延暦八年（七八九）に廃止された。右にあげた諸道は古代朝鮮半島からの渡来ルートでもあり、大陸文化の伝播路として大きな役割を果たしてきた。有乳山を詠んだ歌をあげる。

有乳山嶮《さが》しくくだる谷もなく梶《かじき》のみちをつくる白雪　　西行

有乳山雪げの空になりぬれば海津の里にあられ降りつつ　　藤原仲美《なかざね》

深坂越えの道

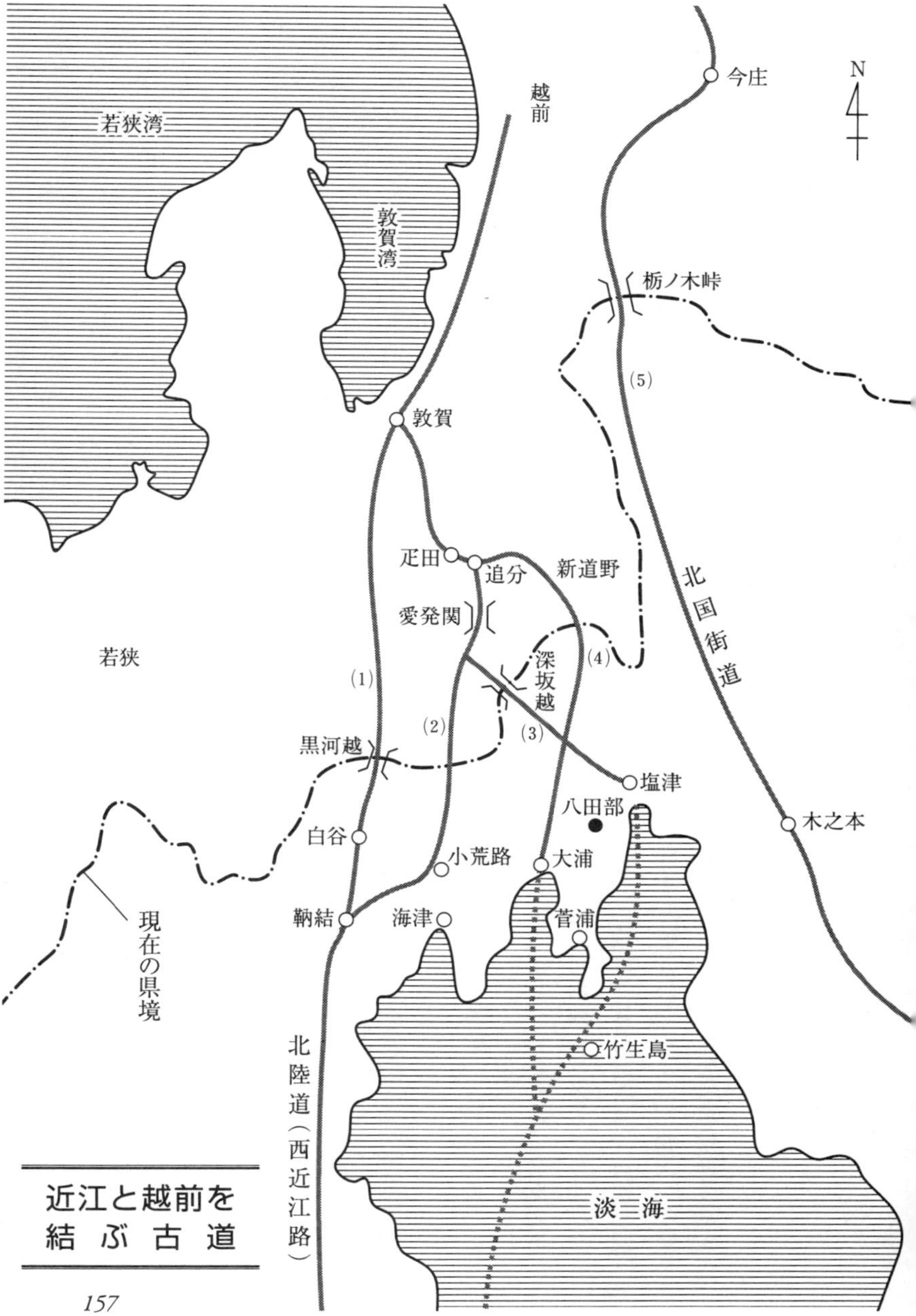
若狭湾
敦賀湾
越前
今庄
N
栃ノ木峠
(5)
敦賀
疋田
追分
新道野
愛発関
北国街道
若狭
(1)
深坂越
(4)
(2)
(3)
黒河越
塩津
八田部
木之本
白谷
小荒路
大浦
鞆結
海津
菅浦
現在の県境
竹生島
北陸道（西近江路）
淡海

近江と越前を結ぶ古道

八田野（八田部）

黄葉《もみち》を詠む

八田《やた》の野の　浅茅《あさぢ》色づく　有乳山《あらちやま》　峯の沫雪《あわゆき》　寒く降るらし　（巻十―二三三一）

八田の野の浅茅が色づいた。有乳山の峰には淡雪が寒く降るらしい。

この歌は、一般に北国に行った人の旅の苦労を思いやって詠んだ歌だとされている。歌に詠まれた有乳山《あらちやま》というのは、近江と越前（福井県）との国境にある山で、いわゆる愛発関のあたり一帯の山（野坂山地）をいう。愛発関は大和と北陸を結ぶ西近江路から越前へ越えるいわゆる七里半（三〇キロ）の道の国境《くにざかい》（マキノ町）―山中《やまなか》（敦賀市）間の鞍部に設けられた関所で、古代三関の一つといわれた。この七里半街道と深坂越えの塩津街道とが合流する追分《おいわけ》にかけては、北国への関門として重要な役割を果たしてきた要路であった。七里半街道の近江側に小荒路《こあらぢ》（地図参照）という集落がある。昔はこの地にも関所があったというから、大愛発《おおあらち》に対して小愛発（小荒路《こあらち》）と呼んだものである。

「八田野」は今の奈良県大和郡山市矢田町付近とするのが定説となっているが、中世の歌人は、八

田野を有乳山の近くにあるものとして歌を詠んでいる。『壬二集《みにしゅう》』の藤原家隆が詠んだ歌に、

矢田の野に霰《あられ》降りきぬ有乳山嵐も寒く色かはるまで

有乳山八田野のあさぢ色づきぬ人の心の峰の淡雪

右の歌は、いづれも八田野を有乳山の近くに想定して詠んでいることである。また『万葉集』巻十—二三三一の「寒く降るらし」とある「らし」は、確かな根拠をもとにして推定する意味として用いるので、大和の八田野と越前の有乳山とではあまりにも離れすぎており、八田野は有乳山の近くとして考えた方が適当かと思う。もちろん有乳山より北にあったとは考えられない。南に限定してそれらしき地名をあたると、伊香郡西浅井町のほぼ中央にあって、塩津にも大浦にも近い「八田部《はたべ》」という集落が浮かんでくる。

浅井の鉄穴の里

この地は昔から、鉄にまつわる伝説や古代製鉄遺跡が多く、今も村のあちこちに鉱滓《こうさい》（カナクソ）が出土しているところをみると、古代には鉄の製産地としてかなり有名であったことが想像される。しかも奈良時代には、藤原仲麻呂（恵美押勝）が朝廷より近江国の高島、浅井の両郡の鉄穴を賜ったと『続日本紀』に書いている、浅井の鉄穴とはおそらくこの付近の地をいうのであろう。

その当時、鉄などの物資の輸送(路)は、引鐘坂を越えて塩津湾に出し、船に積みかえて大津へ、瀬田川、宇治川を経て大和へ運漕されているので、当然万葉人の往来も多かったと考えられる。八田野が歌のなかに詠まれても何の不思議もない。

八田野という地名が「八田野辺《はたのべ》、八田辺《はたべ》、八田部《はたべ》」というように転化していったとみるのは、あまりにもこじつけた言い方であろうか。

有乳山矢田野の野辺も春めきぬ峰のあわ雪消えやしぬらむ　　後鳥羽院

伊香山

伊香の萩原

笠朝臣金村の伊香山《いかごやま》にして作る歌二首

草枕　旅行く人も　行き触らば　にほひぬべくも　咲ける萩かも　（巻八―一五三二）

旅行く人も、通りすがりに触れたならば、衣が染まるばかりに咲いている萩であることよ。

伊香山《いかごやま》　野辺に咲きたる　萩見れば　君が家なる　尾花し思ほゆ　（巻八―一五三三）

伊香山の野辺に咲いている萩を見ると、あなたの家の尾花が思われる。

右の歌は、先の「塩津山」の歌（三六四・三六五）と同じ時に詠んだものであろうか。当時の人々は萩に対して深い親しみをもっていたようで、秋草の筆頭に萩をあげている。『万葉集』に萩を詠んだ歌が一三〇数首もある。

古代、衣服を染めるには、草花を摺《す》って摺染《すりぞ》めにするか、木の実の煎汁に浸して浸染《ひたしぞ》めにするかしていた。ここでは香りが移ってしみる、いわゆる薫《くん》染《せん》という意味であろう。

後歌は、山野に一面咲き乱れる萩をみて、ふと郷愁にかきたてられて詠んだものである。都から遠く離れた土地に来てしまった。都がそろそろ恋しくなる時分である。ましてひなびた越路《こしじ》への旅ともなれば、なおのことである。「君」といっているのは、同行者を指しているのではなくて、都の恋人をいったものであろう。

尾花はススキの花穂のこと。伊香山は「伊香胡山」とも書く。伊香と書いて「いかぐ」「いかご」と発音した。現在、伊香山という名は見当たらないが、伊香郡木之本町大音《おおと》（旧伊香具村）にある伊香具神社（式内社）の裏山を指しているとする説がもっとも有力であり、犬養孝氏も「伊香山は賤《しづ》が岳の南嶺」とみている。

伊香山（賤が岳）

賤ヶ岳と余呉湖

賤ヶ岳は琵琶湖八景の一つ、標高四二三メートルの山で、賤ヶ岳合戦（一五八三）の古戦場で有名。山頂へは大音からリフトが通じ、約六分で着く。頂上に立つと、北の眼下に余呉湖、南は紺青の塩津湾、竹生島を眺め、はるか湖東の平野が見渡せる。頂上には羽柴秀吉と柴田勝家の両軍の決戦となった賤ヶ岳戦場跡の碑がある。

賤ヶ岳の北麓には羽衣伝説を秘めた余呉湖がある。古くは「伊香小江《いかごおえ》」と呼ばれていた。湖の周りは約六・二キロ、面積は一・六三平方キロある。澄みきった大気の中に、湖は眠るように静まりかえっている。松尾芭蕉の弟子の路通の句に「鳥どもも眠っているか余呉の湖《うみ》」がある。湖畔には、天女が羽衣をかけたという柳（衣掛柳）の木がある。余呉湖から流れ出る余呉川は、伊香山の東を南流して、津乎《つお》の崎（後術）で琵琶湖にそそぎ込んでいる。

このあたりは、湖北の風物詩である

大音の集落

稲掛杭やハンの木の稲架《はざ》が田んぼの周りに並んで、独特の田園風景がみられる地方である。しかし近年農業の機械化、圃場整備などが進むにつれて、それも見られなくなった。また水上勉の『湖笛』のなかにも出てくる「大音《おおと》の里」は、隣の西山集落とともに、昔から琴糸、三味線の糸の生産の盛んなところであったが、現在では二軒が生産にたずさわっている。

賤ヶ岳南嶺の古道

万葉時代、湖東方面から北陸へ出る道として二つがあった。その一つは、伊香山のふもとの大音から賤ヶ岳の南嶺の鞍部《あんぶ》（大音坂）を越えて飯の浦（針の浦とも呼ぶ）に出て、そこからさらに地獄坂を越えて塩津街道を北に向かう道である。地獄坂は文字どおり旅人にとっては難所でもあった。現在は、藤ヶ崎トンネルが通じ楽になった。もう一つは、大音を通らず、余呉湖の東側を通り、北国街道を北へ、近江の最北端栃ノ木峠（五三七メートル）を越えて、越前の今庄に出る道である。（地図参照）今日では自動車などで楽に日本海側に入ることができるが、当時、越路の旅はさぞかし長く、つらかったことであろう。

津乎の崎

若湯座王《わかゆゑのおほきみ》の歌一首

葦《あし》べには　鶴《たづ》が音《ね》鳴きて　湖風《みなと》　寒く吹くらむ　津乎《つを》の崎《さき》はも　（巻三―三五二）

今ごろ、葦辺には鶴が鳴いて、港風が寒く吹いていることであろう、あの津乎の崎では。

尾上の里

この歌は、浜風が身にしみる晩秋のころに詠まれたものか。かつて作者は津乎の崎を舟で通り過ぎたことがあったのであろう。鶴の鳴く湖の葦辺の風景はまさに一幅の名画になる。

「津乎崎」の所在については近江説と伊予説があって、はっきりしない。伊予説をとるのは、『仙覚抄』に「都尾《つお》崎は伊予国野間郡にありとみえたり」をうけており、近江説の方は、『代匠記』初稿本に「和名抄を見るに、近江国浅井郡都宇郷あり、湖風をみなと風とよめるはこの所にや」をあげている。今日では近江説の方が有力視されている。歌の情景から推測しても、近江で詠んだとみた方が適当である。

「津乎の崎」は、東浅井郡湖北町の津ノ里の北の突出部、すなわち余呉川の琵琶湖にそそぐ尾上《おのえ》の湖岸を指したものである。現在の野田沼はもと琵琶湖の入江になっていて、船どまりに利用されていたが、尾上—石川の両部落を結ぶ湖岸に道路がつけられてから、入江は湖と断ち切られて沼に変わってしまった。尾上の湖辺は一面に葦が生い茂り、晩春というのに湖上を渡る風はきつく、はだ寒さを感じる。尾上の湖岸にのびる美しい絵模様を描く魞《えり》は、琵琶湖独特の風物詩といえる。湖辺の葦間に打ち捨てられた丸子船に水運業の盛んだった往時の面影がしのばれる。このあたりは冬期には白鳥・雁・カモなどの渡り鳥の飛来地でもある。尾上港の近くに「湖北野鳥センター」がある。

尾上港（津乎の崎）

能登瀬川・息長川（天野川）

北国への街道

波多朝臣小足《はたのあそみをたり》の歌一首

さざれ波　磯越道《いそこしぢ》なる　能登湍河《のとせがは》　音《おと》のさやけさ　激《たぎ》つ瀬ごとに　（巻三―三一四）

越路《こしじ》にある能登瀬川のせせらぎの何とさやかなことよ、激しく流れる瀬ごとに。

作者はおそらく北国街道を旅しているのであろう。朝靄《もや》に包まれた能登瀬川の瀬音を聞きながら行く旅人を頭においてこの歌を詠むと、実感がより一層鮮かなものとなる。

「さざれ波磯」は越路にかかる序詞。能登瀬は、坂田郡近江町能登瀬をいう。近江町と改名されるまでは、息長村能登瀬といった。能登瀬川は、能登瀬の集落を流れる時の呼び名で、この河は箕浦川《みのうら》、息長川《おきなが》、天野川《あまの》、朝妻川《あさづま》とも呼んでいる。このあたり一帯は源氏ボタルの発生地でもある。

能登瀬の東の山ろくにある山津照神社（武内社）は、湖北の豪族である息長氏の祖先を祀る古社で、境内には立派な古墳がある。息長宿祢王《おきなかすくねのおおきみ》（神功皇后の父）の墳墓と伝えられる。

物に寄せて思を陳《の》ぶ

高端《こせ》にある　能登瀬《のとせ》の川の　後も逢はむ　妹《いも》にはわれは　今にあらずとも（巻十二―三〇一八）

激しく流れている能登瀬川のノトという名のように、後《のち》にでもあなたに会いましょう、今でなくても。

初めの一、二句はノチという音を導くために、類似の音ノトをもってきて序詞とした。初句の原文は「高端尓有」と表記されている。その訓《よ》み方として（一）コセニアル、（二）タカセナルの二通りがある。（一）は地名とする見方であるが、能登瀬川の近くには「高端」という地名は見当たらない。（二）は地名とせず、「高端―高瀬《たかせ》」と川の流れの形容とする見方である。「万葉仮名」の端は瀬という意味に用いている場合があるので、ここでは後者に従っておく。

この歌はもちろん恋歌である。若い二人は親の許さぬ仲であったのか。いま無理にあなたに会って親の怒りを受けるよりは、いっそ親の許しを待ってからでも遅くはないから。また、二人の仲が噂になったからには、いまあなたに会わない方がよかろう。噂が静まってからでも遅くはないから、ともとられている。いずれにしても、たぎり流れる能登瀬川のように、燃える恋心をおさえていなければならない男の切ない気持ちを詠んだものである。類歌に、坂上大嬢《さかのうへのおほいらつめ》が大伴家持《やかもち》に贈った歌がある。

かにかくに人は言ふとも若狭道《わかさぢ》の後瀬《のちせ》の山の後《のち》も逢はむ君　（巻四―七三七）

いろいろと人は噂をしていても、後にでも逢いましょう、わが君よ。

天平勝宝八歳（七五六）丙申二月の朔乙酉にして二十四日戊申の日、太上天皇《（聖武天皇）》と大后《（光明皇后）》と、河内の離宮《とつみや》に幸行《いでま》して、信《ふつか》を経《へ》て、壬子《（二十八日）》を以ちて難波《なには》の宮に伝幸《いでま》したまふ。三月七日に、河内国伎人《くれ》郷の馬国人《うまのくにひと》が家に宴《うたげ》する歌三首（内一首）

鳰鳥《にほどり》の　息長《おきなが》川は　絶えぬとも　君に語らぬ　言尽《ことつ》きめやも　（巻二十―四四五八）

右の一首は、主人散位《さんゐ》寮の散位馬史国人《うまのふひとくにひと》のなり。

たとえ息長川は絶えてしまおうとも、あなたにお話することはつきようか、つきはしない。

この歌は、題詞でわかるように馬史国人が客人を招待して宴を催したとき、その席上で歌われた三首のうちの一首である。その三首の歌とは、大伴家持、大伴池主、馬国人の三人で、『万葉集』巻二十の四四五七～五九番の歌である。

伎人郷《くれのさと》は『日本書紀』雄略十四年の条にある呉坂《くれさか》のこと。今の大阪市東住吉区喜連《きつれ》町にあたる。呉《くれ》人《びと》は伎楽に巧みであったので伎人をクレと訓んだ。伎楽《くれがく》は、古代チベット・インドの仮面劇で、西域を経て中国、南朝に伝わって散楽といわれ、その舞は滑稽卑俗なものであったといわれる。（『日本古典文学大系』『日本書紀』頭注）伎楽が百済を経て日本に伝わったのは推古二十年（六一二）である。

鳰鳥はカイツブリのことで、水中に長く潜《もぐ》って息が長くつづくので息長《おきなが》にかかる枕詞とした。琵琶湖に多く生息し、巣は「にほの浮巣」といって水辺につくる。

息長川の名は、当時難波《なにわ》の国まで知られていたのであろう。いつまでも客人との歓談の尽きることのないことを詠んでいる。

息長氏のふる里

息長氏族は、坂田郡（長浜市を含む）を根拠地にして勢力をもっていた古代近江の豪族で、三世紀の後半に日本に渡って来た天日槍《あめのひぼこ》の集団（新羅《しらぎ》系の渡来人集団）と深い関係をもつ氏族だという見方がされている。『日本書紀』垂仁《すいにん》天皇三年の条に「新羅

能登瀬（息長橋付近）

の王子天日槍《あめのひほこ》来帰《もうけ》り」「ここに天日槍、菟道河《うじがわ》（宇治川）よりさかのぼりて、北のかた近江国の吾名邑《あなのむら》に入りてしばらく住む。また近江より若狭《わかさ》国を経て、西のかた但馬《たじま》国に到りて則《すなわ》ち住処《いどころ》を定む。ここを以て、近江国の鏡村の谷《はさま》の陶人《すえびと》は、天日槍の従人なり。」とあり、『古事記』では天日槍《（天日矛）》の渡来は応神天皇の条に見える。

吾名邑《あなのむら》は『和名抄』に坂田郡阿那郷《あなごう》とあり、現在の坂田郡近江町（息長《おきなが》・箕浦《みのうら》・能登瀬《のとせ》・顔戸《ごうど》のあたり一帯）の土地をいう。息長という言葉は、『坂田郡志』によると、

「新羅王子天日槍の阿那邑に暫住の後、其の跡に息長の地名は称へられたり。これを豊前《ぶぜん》国香春《かはる》神社に祭る辛韓国息長大姫大目命《からくにのおきながおおひめおおめのみこと》に考へ合すれば、息長は新羅語《しらぎご》なるべし」と書いている。息長という語が新羅語であるかどうかは不明であるが、この地方には渡来人ゆかりの地名や社寺、遺跡など多く残存しているところから、天日槍集団の渡来と息長氏族

山津照神社

とは何らかの形で密接に結ばれていたものと想像される。

また、息長という字義については、二つの説があって一つは、水中にもぐって息の長い海人《あま》すなわち、漁撈を生業とする海人族とする見方であり、今一つは、製鉄の際に鞴《ふいご》を吹く息が長いところから製鉄の技術者とする見方である。歴史学者のなかには、息長氏族のもつ強大な経済力の基盤は、鉄の生産によって作り上げられたものであろうとする見方が強い。確かに鉄は、奈良時代すでに高嶋・浅井の両郡に鉄穴（今の製鉄所）が置かれて、鉄生産が行われていたことはすでに述べたところである。

こうして、その土地の人々の生活の中にはいって住みついた彼らは、先進的な知識と技術をもってこの地方を開発し、徐々に勢力を伸ばしていったのである。そうして彼らは中央政権にまで進出するようになる。

それは、息長氏族やその支族とみられる湖西の三尾氏族系から、多くの媛《ひめ》が時の中央の権力者に嫁いでいることである。―神功皇后や敏達皇后（広姫）は息長氏族の中からでてきた人である。そこで『日本書紀』の中から、息長氏系と中央との交流のうかがわれる記事を拾うと、

1、開化天皇（卑弥呼女王の弟？）の皇子日子坐王《ひこいますおう》が三上の祝《はふり》（野州郡の三上山付近に勢力を持った豪族）の娘の息長水依比売《おきながみずよりひめ》を妻としている。

2、仲哀天皇の后《きさき》は息長宿祢王《すくねのおおきみ》の娘息長足姫《たらしひめ》命（神功皇后）で応神天皇の母にあたる、応神天皇の妃に息長真若中比売《まわかつひめ》がいる。

3、継体天皇の妃には、坂田大跨王《さかたのおおまたのおおきみ》の娘の広姫《ひろひめ》。息長真手王《まてのおおきみ》の娘の麻績娘子《おみのいらつめ》。三尾角折君《みおのつのおりきみ》の娘の稚子媛《わかこひめ》。三尾君堅械《かたひ》の娘の倭《やまと》姫がそれぞれ嫁いでいる。

4、敏達天皇の皇后広姫は、息長真手王を父としている。

5、舒明天皇の天皇号は息長足日広額天皇《たらしひろぬかのすめらみこと》と称する。

これらの記事から、息長氏、その支族の三尾氏系が勢力がいかに強大なものであったかがよくわかる。

近江町には息長氏族と深い関係をもつ遺跡がある。顔戸《ごうど》には息長宿祢《すくね》（神功皇后の父）を祭る日撫《ひなで》神社（武内社）があり、能登瀬にある山津照《やまつてる》神社（武内社）は息長氏の祖神を祭っており、その境内には息長宿祢王の墳墓と伝えられる前方後円墳がある。明治十五年（一八八二）参道の拡張工事のときに発見された。銅鏡・水晶製三輪玉・鹿角製刀子《とうす》・馬具類・埴輪《はにわ》など多数出土した。これらの副葬品は、高島郡の鴨稲荷山《かもいなりやま》古墳の出土品と同系列の遺物とみられ、両者の深いつながりを示唆している。

託馬（筑摩）・狭野方・遠智

交通の要衝 ― 朝妻港

笠女郎《かさのいらつめ》、大伴宿禰家持に贈る歌三首（内一首）

託馬野《つくまの》に　生《お》ふる紫草《むらさき》　衣《きぬ》に染《し》め　いまだ着《き》ずして　色に出《い》でにけり　（巻三―三九五）

筑摩野に生えている紫草を着物に染めて、まだ着ていないのに人に知られてしまった。

この歌は比喩《ひゆ》歌の一つで、初めから第四句の「いまだ着ずして」までを比喩とし、最後の一句に作者の気持ちが詠まれている。まだ心に深く契り合ってもいないのに、もう自分の心が人に知られてしまった。大伴家持には幾人かの女性がいた。笠女郎はその中の一人で、家持は彼女からこの歌の外に巻四に二十四首、巻八に二首の計二十六首の歌を贈られながら、家持の方はたった二首答えているにすぎない。贈答歌のうちの二、三の歌を挙げると、

朝霧のおぼに相見し人ゆゑに命死ぬべく恋ひわたるかも　笠女郎（巻四―五九九）

朝霧のようにほのかに会っただけの人なのに、死ぬほど恋しく思いつづけています。

水鳥の鴨《かも》の羽《は》の色の春山のおぼつかなくも思ほゆるかも　笠女郎（巻八―一四五一）

（水鳥の）鴨の羽の色をしている春山がぼんやりして見えるように、あなたの気持ちがわからなくて気になっています。

大伴宿禰家持の和《こた》ふる歌

なかなかに黙《もだ》もあらましを何すとか相見そめけむ遂《と》げざらまくに　（巻四―六一二）

いっそ黙っていればよかったものを、何のために会いはじめたのであろう。添い遂げることはできないだろうに。

家持は彼女にどうしてすげなくしたのか。彼女が低い身分の者であったためか、それとも二人の間に複雑な事情があってのことか、その辺のことは歌だけではわからない。死ぬほどまでに恋焦《こ》がれるいじらしい女ではあるが、しょせん、片思いにすぎなかった。

紫草《むらさき》は根から紫色の染料を採る。その染め方について、万葉歌にこうある。

紫は灰指《さ》すものぞ海石榴市《つばいち》の八十《やそ》の衢《ちまた》に逢へる児《こ》や誰《たれ》　（巻十二―三一〇一）

紫染めには灰をそそぎ加えるものとある。いわゆる木灰から採った灰汁《あく》を用いて染めたようである。当時、紫草は染料、薬用として貴重な植物であったところから笠女郎は、紫草を家持にたとえたのである。託馬野は、坂田郡米原町筑摩とするほかに、熊本県飽託《ほうたく》郡託麻《たくま》村とする説もあるが、坂田郡は歴史の古い土地でもあり、また近江の蒲生野《がもうの》で詠んだ額田王の有名な歌（巻一―二〇、後述）にも紫草が出てくるので、ここでは近江筑摩説の方をとっておく。染料を採るために筑摩野に紫草園を作ったのか、あるいは筑摩野の一面に紫草が野生していたのか。いずれにしても、湖東平野に紫草が生えていたことは事実である。

　天野川の河口南岸にある朝妻筑摩《あさづまつくま》の集落は、北部の朝妻と南部の筑摩に分かれる。このあたりは、先にも触れたように東山道と北国街道が分岐する交通の要衝に近いため、古くから朝妻は港町として栄え、湖東随一の要港であった。朝妻という名は、かつて

朝妻港址

は船客相手の遊女が多く、朝までの妻というところからその名がついたのだという。天野川河口近くに「史跡朝妻港阯」の碑が立っている。

筑摩の地は、古く大膳職の御厨《みくりや》が置かれたところで、御厨地の鎮守として筑摩神社がある。同社の鍋《なべ》冠《かむり》祭（五月三日）は奇祭として有名で、その昔、筑摩祭に村の女たちが密通した男の数だけ鍋をかぶって参拝したのが鍋冠祭の始まりという。もし数《かず》をごまかすと、てきめんに神罰が下ったという。港町の風紀の乱れを防ぐのが祭りの目的であったらしい。ある説では、朝妻港の遊女が顔をかくすために使ったのが始まりだといい、また筑摩神社の守護は食物の神（御食津神）で、神前に作物・魚介類などを供えるため、鍋を頭にのせて運んだことから始まったともいわれる。現在は、八歳になる女児八人が紙で作った鍋を頭にかぶって御輿《みこし》の渡御のお供をして巡行する。古く『伊勢物語』（百二十段）の中に、

鍋冠祭

近江なる筑摩《つくま》の祭《まつり》とくせなんつれなき人の鍋の数見む

という歌がみえる。

富山県にも、似たような祭がある。婦中町の鵜坂神社の「尻打祭」は、不倫の数だけ女性の尻を打って戒めるという奇祭が、江戸末期まで行われていた。

筑摩左野方・息長遠智

春の相聞《そうもん》
問答

狭野方《さのかた》は　実《み》にならずとも　花のみに　咲きて見えこそ　恋の慰《なぐさ》に　（巻十―一九二八）

狭野方は実にならなくても、花だけでも咲いて見せて下さい。恋の慰めに。

狭野方は　実になりにしを　今さらに　春雨降りて　花咲かめやも　（巻十―一九二九）

狭野方は実になってしまいましたのに、いまさら春雨が降っても、花が咲きましょうか。

前歌は男の作で、たとえあなたと結婚はできないまでも、せめて私の恋心を慰めるためにうわべだけでも思いをかけてくれといったのに対して、後歌はすでに人妻となったのだから、あなたがなんと言い寄ろうと交際なんかしない、と相手のプロポースをきっぱりと断った歌である。

「狭野方《さのかた》」については、植物説と地名説があって、植物の名とする説ではアケビかとし、地名とする説では滋賀県坂田郡の一地名かという。次の巻十三―三三二三の歌に「筑摩左野方《つくまさのかた》、息長《おきなが》の遠智《をち》……」と見える左野方、遠智がともに地名として出てくるので、左野方を筑摩の小地名とみた方がよいのではないか。しかし現在、地名として残っていないので、どの辺を指すのか不明である。

譬喩歌《ひゆか》

階立《しなた》つ　筑摩左野方《つくまさのかた》　息長《おきなが》の　遠智《をち》の小菅《こすげ》　編《あ》まなくに　い刈り持ち来《き》　敷かなくに
い刈り持ち来て　置きて　われを偲《しの》はす　息長の　遠智の小菅　（巻十三―三三二三）

筑摩の左野方（狭野方）や息長の遠智の小菅を、編みもしないのに刈って持って来て、敷きもしないのに刈って持って来て、そのまま捨ておいて、私に恋しい思いをさせることよ。私は息長の遠智の小菅です。

この歌は筑摩の左野方《さのかた》や、息長の遠智《をち》から連れられて来た娘たちが、いくら待っても妻にしてもらえないわが身のやるせない気持ちを、小菅に托して詠んだものである。

「階立《しなた》つ」は筑摩の枕詞であるが、また左野方にかかるとする説もある。筑摩は、今の坂田郡米原町朝妻筑摩である。息長は、坂田郡近江町の東部（もと息長村）で、近江の古代豪族息長氏の本拠地として知られているところである。筑摩の左野方、息長の遠智はいずれも筑摩、息長にあった小地名と思われるが、今その名が残っていない。この歌には民謡風な味わいがあって面白い。

草に寄す

真珠《またま》つく　越《をち》の菅原《すがはら》　われ刈らず　人の刈らまく　惜しき菅原　（巻七―一三四一）

越《をち》の菅原を、わたしが刈らないで人が刈るのが惜しい菅原である。

この歌も前歌（巻十三―三三二三）と同じく、女を小菅にたとえて詠んだ歌である。あの娘《こ》を自分のものにすることができず、他の男にとられるようなことがあったら口惜《くや》しいと言っている。恋のライバルでも現れたのであろうか。男のいじらしい気持ちがでている。

「真珠《またま》つく」は、玉を通す緒の意味から越《をち》のヲにかかる枕詞とした。越《をち》は前歌に「息長の遠智の小菅」とみえる越智《をち》のことをいうのである。

朝妻山（顔戸山）

朝　妻　山

春の雑歌《ざふか》

今朝《けさ》行きて　明日は来《き》なむと　言ひし子が　朝妻山《あさつま》に　霞たなびく　（巻十―一八一七）

今朝は帰っても、明日はまた来ようと言った人妻のように、その朝妻という名の朝妻山にかすみがたなびいている。

子らが名に　懸けの宜《よろ》しき　朝妻の　片山岸《かたやまぎし》に　霞たなびく　（巻十―一八一八）

あの娘《こ》の名につけて呼ぶにふさわしい朝妻という名の朝妻山の片山の崖にかすみがたなびいている。

右の歌は、『柿本人磨歌集』に出ている。前歌については、第二句の終わりと第三句の訓《よ》み方に諸説があって、定訓はなく、『万葉集』のなかの難訓とされている歌である。ここでは『日本古典文学大系』（岩波書店）に従って、原文の「明日者来牟等《あすはきなむと》　云子鹿《いひしこが》」として解しておく。初めから第三句までは朝妻（地名）を起こす序詞である。

さて朝妻山の所在については、すでに奈良県南葛城郡葛城村（現在、御所市《ごせ》）が通説となっているが、滋賀県坂田郡近江町顔戸《ごうど》にも朝妻山（俗に顔戸山）という標高二〇九メートルの山がある。古くは朝妻郷に属していたので、その名がつけられたといわれる。

朝妻山（旦妻山とも書く）が近江であるとみた理由は、この山のある顔戸のあたりが東山道と北国街道とが分岐する地点であり、また湖東随一の要港であった朝妻港にも近く、旅人の往来がおおかったこと、しかも朝妻港は人妻と縁のある土地であったことや、歌の内容にも近いということなどから考えて、通説をまげて近江にしたのである。

磯崎

高市連黒人の歌八首（内一首）

磯《いそ》の崎　漕《こ》ぎ廻《た》み行けば　近江《おふみ》の海《み》　八十《やそ》の湊《みなと》に　鵠《たづ》多《さは》に鳴く　（巻三―二七三）

磯の崎を漕ぎまわって行くと、琵琶湖のあちらこちらの港に、鶴《たづ》がたくさん鳴いている。

船路の旅

作者は、おそらく北陸からの帰り道であろうか。塩津の港で船に乗り、朝妻をこぎ過ぎて磯の崎を回って行くと、次々と見える河口で、鶴が鳴いているのを聞いて詠んだものである。船の動きにつれて、湖畔の移りゆく有様が目に浮かんでくる。

磯の崎は、岬が磯になっている所として「磯」を地名とみない説が多いが、現在、坂田郡米原町磯という集落があり、磯山が湖岸に突き出た岬を磯崎と呼んでいるので、ここでは「磯」を普通名詞ととらず、地名を指しているものと解する。『坂田郡志』にも、磯の地名の由来は湖岸の磯なるによるとある。

磯崎の烏帽子《えぼし》岩の近くに「磯崎を漕ぎ廻み行けば近江の海八十の湊に鵠多に鳴く」の歌碑があり、

その前の湖岸道路をへだてた磯山のふもとには磯崎神社がある。

磯崎の東北に広がる水田地帯は、昔、大きな磯内湖と呼ばれる入江であった。第二次大戦のとき、食料増産の必要から昭和十九年に干拓工事が始められ、同二十五年に県内二番目に大きい干拓地として完成した。

「八十の湊」というのは、特定の地名を指すのではなく、琵琶湖にそそぐ芹《せり》川、犬上川、宇曽川、愛知川などたくさんの河口をこのようにいったものである。現在、琵琶湖には船だまりを含めて港が約三七カ所（県調べ）を数えるが、かつての繁栄はみられず、漁港や湖上遊覧の港となっている。

「鶴《たづ》」というのは、古代に鶴《つる》、鵠《くぐい》、鸛《こうのとり》を総称して呼んでいたようである。万葉時代には「鶴《つる》」という呼び名は散文に用い、和歌にはまれにしか用いていない。ここでは、今も湖畔でよくみかける白鷺《しらさぎ》という鳥を言っているのかもしれない。

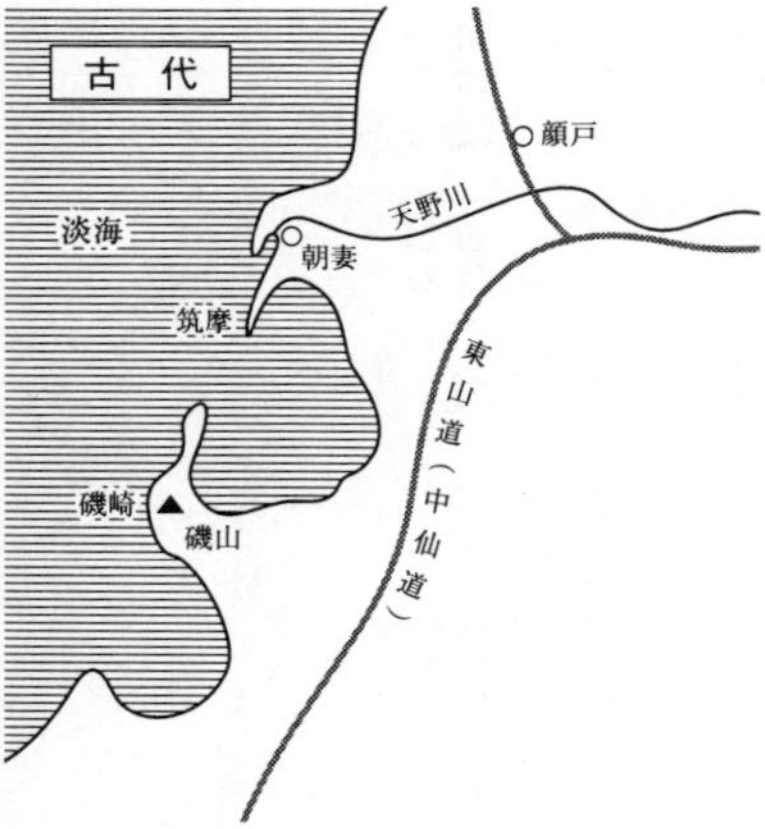

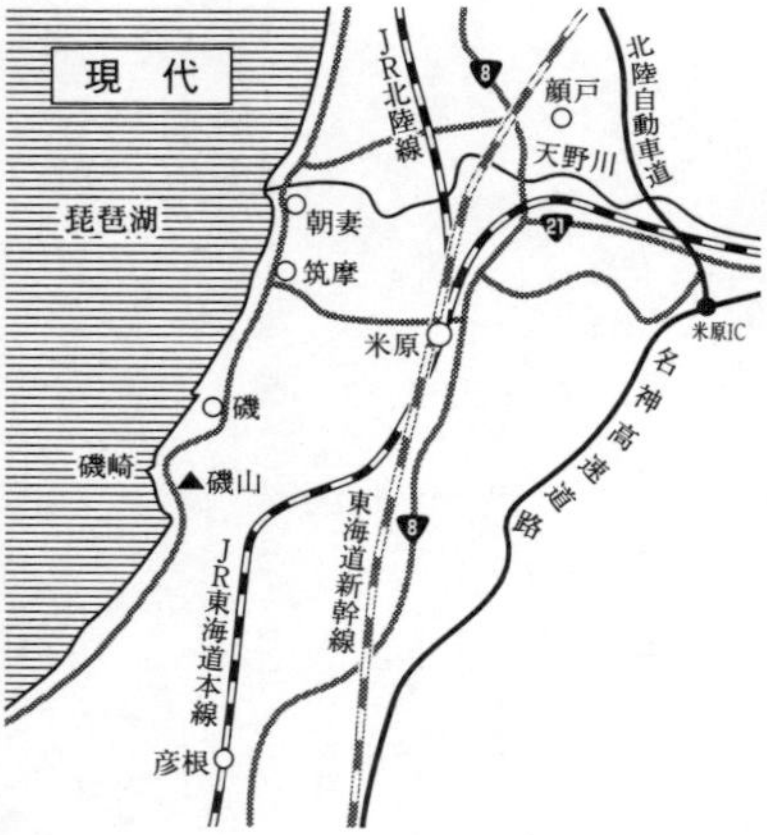

湖東
――蒲生野周辺

淡海路の
鳥籠の山なる
不知哉川
日のころごろは
恋ひつもあらむ

巻四―四八七

琵琶湖
芹川
犬上川
彦根
彦根I.C
大堀山
荒神山
湖周道路
JR東海道本線
近江鉄道
JR東海道新幹線
多賀大社
8
沖島
伊崎不動
愛知川
大中湖干拓地
能登川
西明寺
大島・奥津島神社
長命寺
安土城址
五箇荘
金剛輪寺
八幡城址
観音寺城址
安土
風土記の丘
八幡ロープウェイ
日牟礼八幡宮
水茎ヶ岡
307
老蘇の森
近江八幡
百済寺
477
万葉歌碑
八日市
市辺
市辺皇子墓
13
祇王寺
布施池
名神高速道路
八日市I.C
永源寺
蒲生野
妹背の里
鏡山
石塔寺
希望ヶ丘文化公園
竜王I.C
三上山
近江鉄道
赤人寺
野洲川
石部
477
13
JR草津線
大池寺
1
阿星山
水口城
水口
勝寺
飯道山
貴生川
信楽高原鐵道

鳥籠山（大堀山）・不知哉川（芹川）

相聞《そうもん》

崗本天皇《おかもとのすめらみこと》の御製一首　并に短歌（反歌のうちの一首）

淡海路《おふみぢ》の　鳥籠《とこ》の山なる　不知哉川《いさやがは》　日《け》のころごろは　恋ひつつもあらむ　（巻四―四八七）

右は、今案《かんが》ふるに、高市崗本宮《たけちおかもとのみや》（舒明）、後崗本宮（皇極・斉明）二代二帝、各々異なり。ただ崗本天皇といふは、未《いま》だその指《さ》すところを審《つばひ》らかにせず。

近江道の鳥籠の山を流れる不知哉川の名のように、さあどうでしょうか。このごろは私を恋しく思っていてくださるでしょうか。

鳥籠駅家と古戦場

崗本天皇というのは、飛鳥《あすか》岡本宮（現在、奈良県高市郡明日香村）におられた天皇のことで、舒明《じょめい》天皇と斉明《さいめい》天皇を指している。舒明天皇は高市《たけち》岡本宮《おかもとのみやに》御宇《あめのしたしろしめし》天皇《すめらみこと》といい、斉明天皇（女帝）は後岡本宮《のちのおかもとのみや》御宇天皇と呼ばれた。題詞にただ崗本天皇とあるだけでは、いずれの天皇を指すのかはっきりしない。『万葉集』の編者はこの点を疑問として左註で付け加えた。

それでは、この歌の作者は一体だれかということになる。この歌は反歌二首の後の一首の歌で、その前の反歌が「山の端《は》にあぢ群《むら》騒き行くなれどわれはさぶしゑ君にしあらねば」（巻四—四八六）という。「君にしあらねば」の君という使い方は、万葉時代では主として男性に対して用いていたことや、右の二首の反歌の意味から推測すると、女性の詠んだ歌と思われる。すなわち崗本天皇は斉明天皇を指している。このごろは一向に便りがないので、相手の気持ちを推しはかって詠んだ歌であるが、一体だれに贈ったものか明らかでない。

この歌は、不知哉川《いさや》という川名と、知らないという意味のいさやとを掛けて、上三句を序詞にして詠んでいる。

「鳥籠山」は、古くから歌枕や文献に見える。『日本書紀』天武元年七月九日の条に「男依《おより》等、近江の将《いくさのきみ》秦友足《はたのともたり》を鳥籠山《とこのやま》に討《う》ちて斬りつ」とあるのは壬申《じんしん》の乱（六七二）の時、大海人皇子の軍が近江

鳥籠山　不知也川（芹川）

の軍を破った記事で鳥籠山が戦場となった。また平安時代の『延喜式』兵部に鳥籠駅家《とこのうまや》がみえる。鳥籠山の所在については、里根山、正法寺山、大堀山など諸説がたてられているが、通説としては彦根市大堀町にある大堀山（別名鞍掛山《くらかけ》）があげられている。不知哉川は大堀川（芹川《せりかわ》）とする説がもっとも有力である。大堀山（鞍掛山）は標高一四五メートルの低い山で、山ろくを芹川が流れ、そのすぐ近くを東山道が通っていた。大堀町には現在、「鳥籠山《ちょうろうざん》」の小字名が残っていることを付け加えておく。

物に寄せて思を陳《の》ぶ

犬上《いぬかみ》の　鳥籠《とこ》の山にある　不知也川《いさやがわ》　不知《いさ》とを聞《き》こせ　わが名告《の》らすな　（巻十一—二七一〇）

犬上の鳥籠の山を流れる不知也川の名のように、さあ知らないとおっしゃい。決して私の名を明かさないで下さい。

今あなたに声をかけていった男はだれかと聞かれても、私の名を決して知らせないでくれと、浮名の立つのをおそれて女に贈った歌である。前歌と同様、上三句は「不知」を導く序詞。歌枕として鳥籠山、不知也川がよく生かされている。「犬上」とあるのは、近江国の郡名で、現在の犬上郡、彦根市の地域を指す。

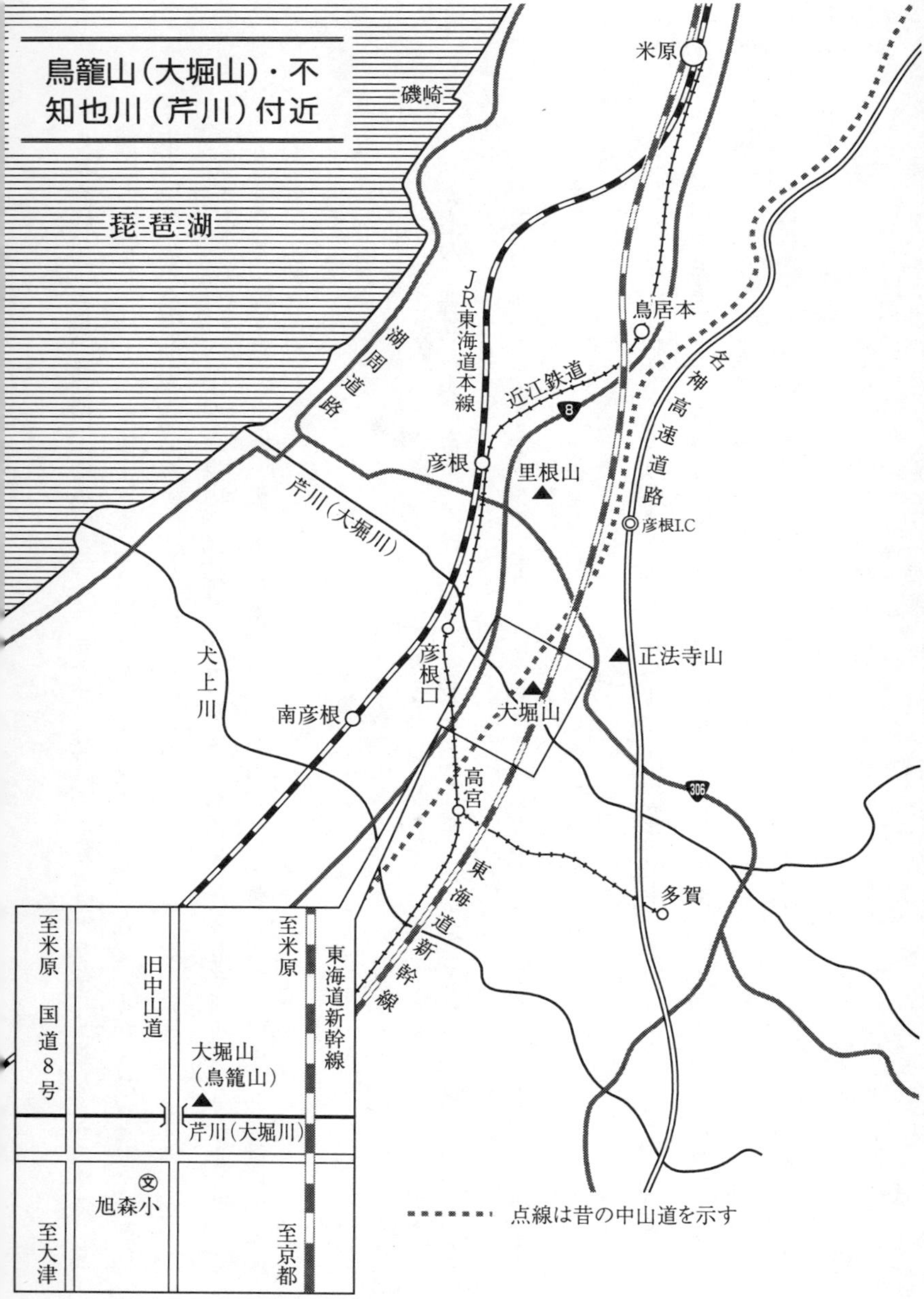
鳥籠山（大堀山）・不知也川（芹川）付近
琵琶湖
磯崎
米原
湖周道路
JR東海道本線
鳥居本
名神高速道路
近江鉄道
8
彦根
里根山
彦根I.C
芹川（大堀川）
犬上川
正法寺山
彦根口
大堀山
南彦根
高宮
306
東海道新幹線
多賀
至米原
国道8号
旧中山道
至米原
東海道新幹線
大堀山
（鳥籠山）
芹川（大堀川）
旭森小
至大津
至京都
点線は昔の中山道を示す

斐　太（肥田）

物に寄せて思を陳《の》ぶ

白真弓《しらまゆみ》　斐太《ひだ》の細江の　菅鳥《すがどり》の　妹に恋ふれか　眠《い》を寝《ね》かねつる　（巻十二―三〇九二）

斐太の細江に棲んでいる菅鳥《どり》のように、妻を恋しく思っているからか、眠ることもできなかったことだ。

この歌は、上三句までが序詞。白真弓は檀《まゆみ》と書く。古代、弓を作る材料にしたところから真弓といったらしい。そして弓を引くのヒから斐太にかかる枕詞とした。斐太という地名は大和、飛騨《ひだ》（岐阜）、近江の国などにあり、近江説では彦根市肥田町（旧愛知郡稲枝町）をあげている。斐―肥のヒ音は、いずれも上代仮名遣いの乙類の音を表し、甲類の音とはっきり区別しているところから肥田の地が想定される。

肥田は、宇曽川の中流左岸にある集落で、すぐ近くを中山道が通っている。『万葉集私注』に、「近江愛知郡の肥田は、古くからの名かどうかわからないが、その湖沼とすれば、細江といふにふさわしい」とある。そういえば、肥田の周辺には三津、沢、海瀬、長江など湖沼に関係のある地名が残っていて、この辺が湿地帯であったことを物語っている。

この地方に菅鳥が棲んでいたかどうか、地元の人はだれも知っていなかったが、古老の一人が、「子供のころは、たくさんの鳥がこのあたりに棲んでいたことを覚えている。―」と話してくれた。万葉歌に「斐太の細江の菅鳥」とうたう程だから、その当時かなり広く旅人に知られていた土地であったのであろう。

戦国時代には、この地に肥田城が築かれている。『愛智郡誌』によれば、永禄三年（一五六〇）肥田城主高野瀬秀隆は、浅井氏の味方をして、佐々木義賢に対して反旗を挙げたので、義賢は兵を出して秀隆のこもる肥田城を攻めた。城が堅固であったためい、周りに堤を築き、愛知川、宇曽川両流の水を引いて水攻めにしたと記されている。

宇曽川堤防に建つ肥田の万葉歌碑

沖つ島山（沖ノ島）

物に寄せて思を陳《の》ぶ

淡海《あふみ》の海　沖つ島山　奥まけて　わが思ふ妹《いも》が　言《こと》の繁けく　（巻十一—二四三九）

近江の海の沖の島のように、奥深く心に思っているあの娘《こ》について、人の噂が絶えぬことだ。（心配なことよ）

淡海の海　奥《おき》つ島山　奥まへて　わが思ふ妹が　言の繁けく　（巻十一—二七二八）

右の二首は、第三句目の一字「け—へ」が違うだけで他は全く同じ歌である。上の二句は「奥」を起こすための序詞である。

将来をかけて私が恋をしている女性は、色々と浮名の立つことよ。男のやりきれない気持ちと、こんな女だからこそ、魅力を感じるのだともとれる歌で、男の落ち着かない気持ちが出ている。

湖上交通の要港

沖つ島山（奥つ島山）というのは、一体今のどの島を指していたのか。これには諸説があって、そのきめ手となるものがない。しかし現在では「沖ノ島」を想定する説がもっとも有力視されている。

　琵琶湖は遠い昔、その水位が現在よりも高く、湖水は相当内陸に入り込んでいて、今日われわれが見る湖岸線とは大分違っていたようである。現在、陸続きになっている奥島や伊崎山、それに岡山(水茎岡)などは昔、湖中に浮かぶ島であったから、万葉びとはこれら周辺の島を総称して「沖ノ島」と呼んでいたのではないかと想像される。

　沖ノ島は「澳ノ島」とも書く。近江八幡市に属し、長命寺町の琵琶湖の沖合約一・五キロにある。周囲約六・八キロ、琵琶湖でもっとも大きな島である。その喉元《のどもと》の部分に沖島町の集落がある。戸数約一五〇戸の民家が湖畔べりに密集している。村の端から端まで歩いても二〇分とはかからないほどである。島への連絡は、近江八幡市白王町の堀切港から一日六往復の船便がある。

　沖ノ島は古い歴史をもつ島である。島にある奥津島神社(式内社)の社伝によると、元明天皇の和銅五年(七一二)に創建されたとあるから、相当古い時期に、この

沖島

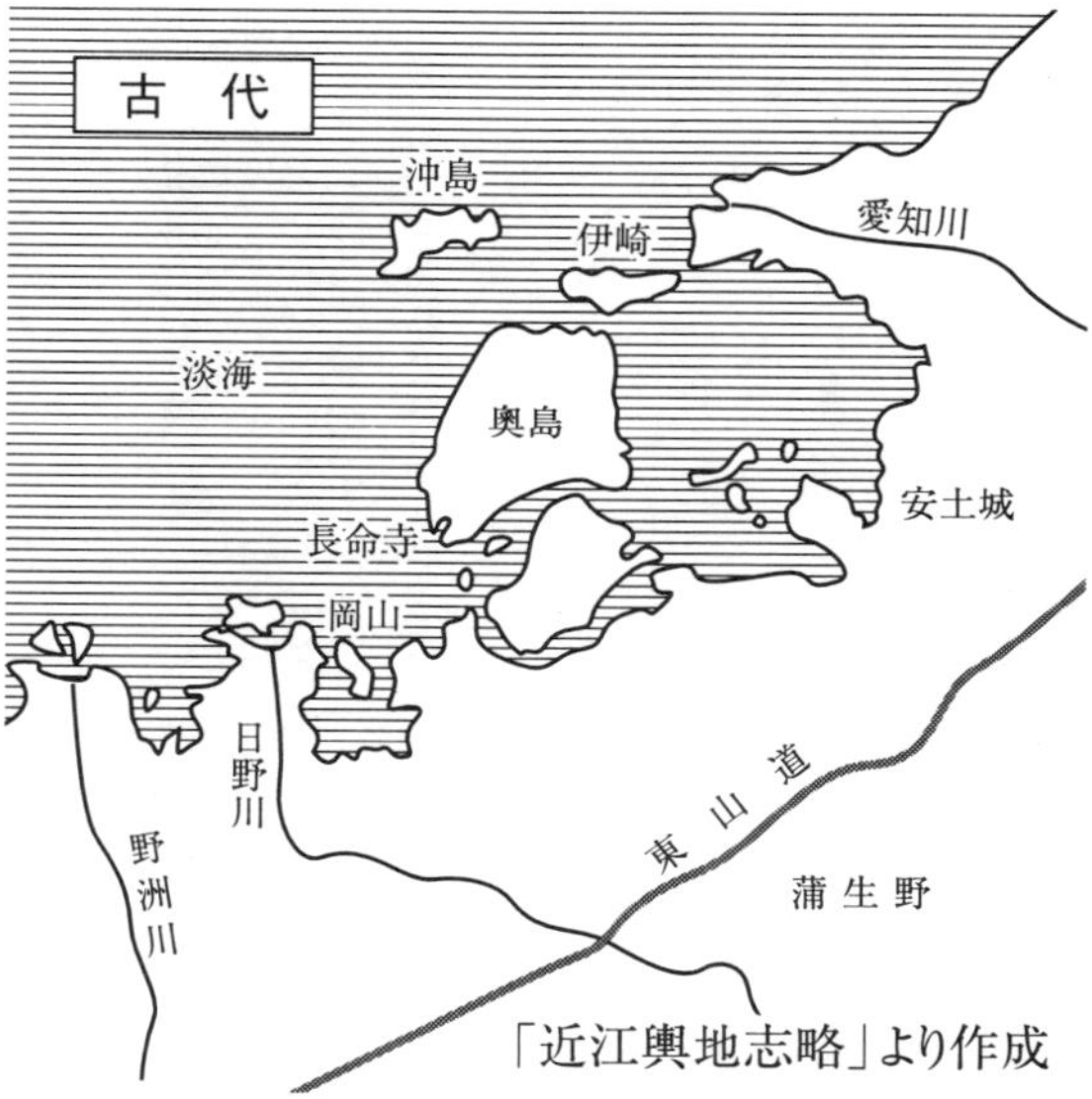
古代
沖島
伊崎
愛知川
淡海
奥島
安土城
長命寺
岡山
日野川
野洲川
東山道
蒲生野

「近江輿地志略」より作成

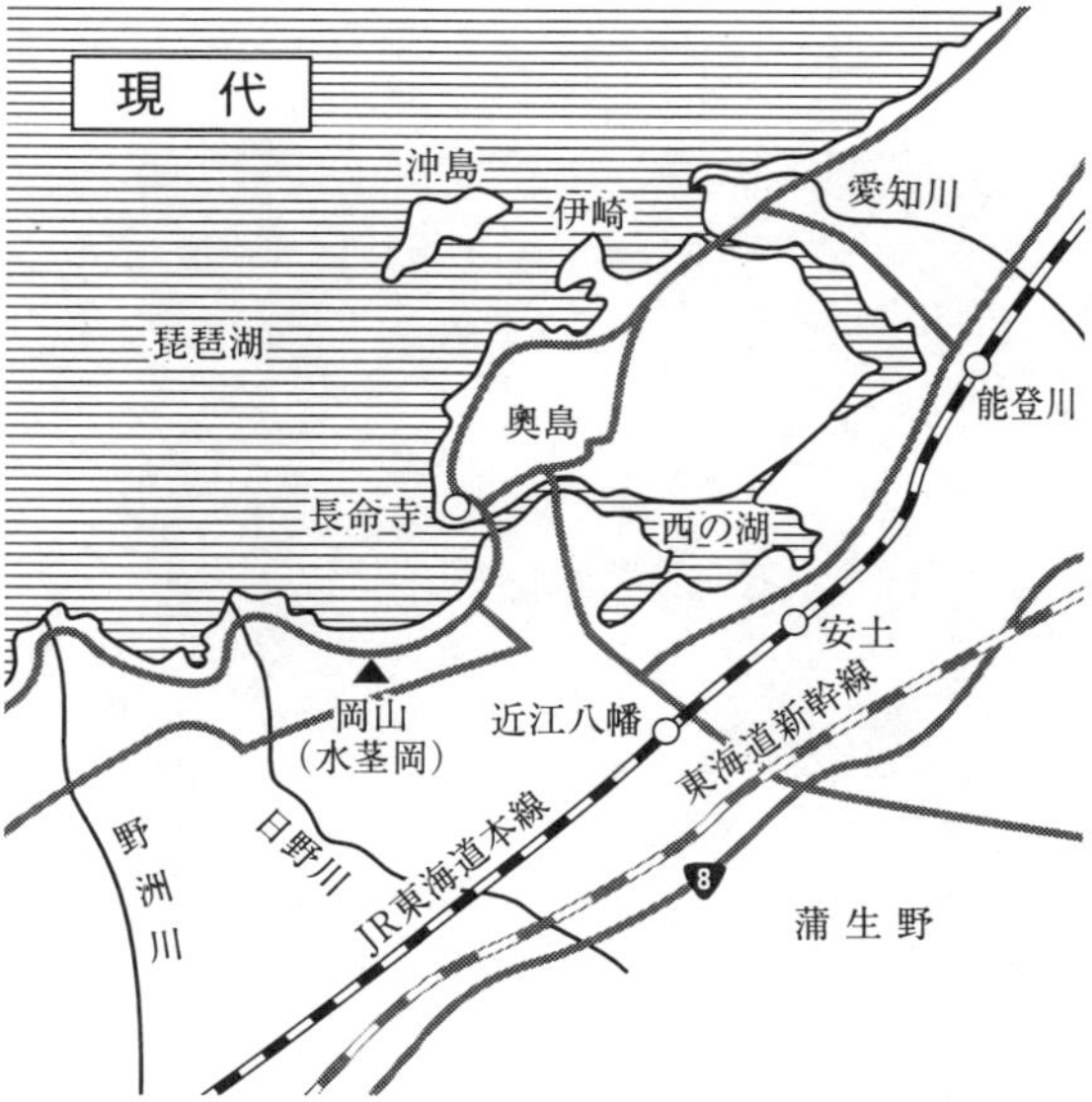
現代
沖島
伊崎
愛知川
琵琶湖
奥島
能登川
長命寺
西の湖
安土
岡山
(水茎岡)
近江八幡
東海道新幹線
日野川
JR東海道本線
8
野洲川
蒲生野

島へ移住してきたようである。また平安時代の中期に近江源氏の残党、源満仲（九一三〜九九七）の家来であった南源五秀光が初めてこの島に来て開発したのだともいわれるが、どちらにしても古くから沖ノ島が湖上交通や軍事上の要港であったことは事実である。

奥島の郁子《むべ》

沖ノ島の対岸にある奥島山の南ろくには、西国三十三所第三十一番の札所の古刹長命寺がある。長命寺から宮ケ浜へ湖岸の背後にある奥島山は、自然休養村に指定されており、天然記念物の「薁《むべ》」を産する。むべは普通「郁子《むべ》」と書き、アケビ科の一種で、トキワアケビともいわれ、秋になると結実する。果実は延命息災に効き目があるという。伝説によると、天智天皇が蒲生野《がもうの》遊猟の際この地に行幸され、老人の多いのを見て長命の秘決を聞かれたところ、郁子《むべ》の実を食べていると答えたことから、毎年郁子を宮中に献上することになったという。そのならわしは近年まで続いていたが、現在は行われていない。近江か

奥津島神社

ら郁子の貢納があったという記録は『延喜式』にも見え、かなり古くからこの奥島に薁供御人《むべくごにん》がいたものとみえる。ちなみに、長命寺という名が付けられた由来も、この郁子の話と何か関係がありそうである。

大中之湖遺跡

奥島山の東側に広がる大干拓地は、かつて県下最大の内湖といわれた大中之湖（周囲約一二・五キロ）であり、その東に小中之湖、南に西之湖があった。大中之湖の干拓が進められていた際に、大中之湖の南の湖底から、日本最古の農耕集落跡が発見された。発掘調査によると、この遺跡は縄文・弥生から鎌倉時代にかけての複合遺跡として重要なもので、静岡県の登呂《とろ》遺跡よりさらに二～三〇〇年ほど古いものであることが判明した。その出土物は、わが国の最古の祭事用木製の人形をはじめ、スキ・クワ・キネ・田下駄《たげた》などの木製農具、水田跡の柵列・八稜鏡・碧玉製管玉・火攅木《かさんぼく》など多数である。これらの出土品は、現在滋賀県立安土城考古博物館に保管されている。

大中之湖干拓地の南に隣接する西の湖は、周りが約五キロもあり、湖辺には葦が一面に生い茂り、アシのあいだをぬうようにして水路がいく筋も走っている田園風景は「春色安土、八幡の水郷」として、琵琶湖八景の一つになっている。

西の湖をはさんで東の安土山には、織田信長の築いた安土城址があり、西の八幡山には豊臣秀次（秀吉の甥）の築いた八幡城址と日蓮宗唯一の門跡寺院、瑞龍寺（村雲御所）がある。

八幡山頂に立つと琵琶湖が眼下に広がり、長命寺、水茎の岡、八幡城下町、蒲生野が一望の中に収められ絶景である。

水茎の岡（岡山）

羇旅にして作る

天霧《あまぎ》らひ　日方《ひかた》吹くらし　水茎《みずくき》の　岡の水門《みなと》に　波立ちわたる　（巻七—一二三一）

空に霧がかかり、日方《ひかた》風が吹いているらしい。水茎の岡の港に、波が一面に立っている。

悠紀の名所

右の歌は「水茎の岡」を詠んだ四首のうちの一首である。「水茎の岡」については、これまで二つの見方がある。一つは「水茎の」を岡の枕詞とする説と、いま一つは地名とする説とがある。水茎岡を地名とみるものは、①筑前（福岡県遠賀《おんが》郡芦屋町岡）②近江（滋賀県近江八幡市水茎町岡）の二つをあげているが、有力なのは近江説の方であろう。

水茎の岡の歌は、『万葉集』のほかに『古今和歌集』巻二十の大歌所御歌にもみえる。その「みづぐきぶり」（一〇七二番）の歌に、

水茎の岡のやかたに妹《いも》とあれと寝てのあさけの霜の降りはも

　岡の上の家で妻とわたしと寝て、明け方の霜の降り方のなんとまあ。

　この歌について、『大日本地名辞書』は「この歌は古今集大歌所の詠なれば、近江国悠紀《ゆき》方の名所たること推知すべし」とあり、水茎の岡を悠紀の名所とみている。悠紀とは大嘗祭《だいじょうさい》の時、新穀を献上する国郡のことである。ということは、水茎岡が広く知られ、人の往来もかなりあったものと想像される。

　「日方《ひかた》」というのは、風向の名である。『袖中抄《しゅうちゅうしょう》』には「ひかたは坤風《ひつじさる》(西南風)なり」とあり、『無名抄』の俊頼口伝《くでん》には「ひかたは巽風《たつみ》(東南風)なり」とあり、『鴻溝録』には「日方風(只風というは北風)なり」とある。また『全国方言辞典』をみると、地方によって風向きがそれぞれ違っていて、さだかではない。現在、滋賀県には日方《ひかた》という言葉は日常使われていないが、『滋賀県方言調査』(昭和三一―三四年調べ)によれば、日方は十月頃吹く巽《たつみ》(東南)風とあって、いずれの風向かはっきりしない。

　水茎岡は別名「岡山」といい、近江八幡市水茎《すいけい》町にある海抜一八七メートルの山である。この山は、かつて内湖や入江に隔てられて湖上に浮かぶ島であった。しかし長い歳月の間にその近くを流れる白鳥川、日野川によって砂州《さす》をつくり、いわゆる陸繋《りっけい》島となった。これが今の水茎岡(岡山)である。しかも岡山の東側にあった水茎内湖は、第二次大戦から戦後にかけて干拓地にされ、湖辺の様子はすっかり変わり、昔の面影はなくなった。ところで歌に詠まれた水茎岡の水門《みなと》(港)というのは、現在のどこに当たるか明らかではないが、昭和三十九年にこの水茎の岡の干拓地より古代の丸木舟が発見されていることを考えると、当時すでにこの内湖は船泊りには格好《かっこう》の場所であったものと想像されるので、港といっていたのはおそらく、大湖から内湖に通ずる入口をいったのであろう。

岡山城

水茎の岡は、昔は美しい小島であったから歌に詠まれたのは当然のことだが、歴史的にも古い土地である。室町時代の末頃、管領細川政元の家督相続争いが、十代将軍足利義稙《たね》と十一代将軍義澄の将軍職の争いに発展し、義澄は都を追われて、近江にのがれた。坂本から湖上を渡って長命寺に逃げ、水茎岡山城の九里氏を味方に頼んだ。永正五年（一五〇八）のことである。義澄に加勢した九里氏・伊庭氏の連合軍と、義稙に味方する近江の豪族佐々木六角氏とが対立し、以後永正十七年（一五二〇）まで争いが

水茎の岡

続いた。その間に義澄は岡山城で歿している。永正八年（一五一一）義澄の子の義晴（のち十二代将軍となる）が岡山城で生まれている。永正十七年には、岡山城内にたてこもる九里・伊庭氏の城兵は、佐々木氏の居城の観音寺城に攻撃をかけ、黒橋付近で両軍の合戦となった。戦果は九里三重郎が戦死し、岡山城はついに落城した。

秋の歌

黄葉《もみち》を詠む

雁《かり》がねの　寒く鳴きしゆ　水茎の　岡の葛葉《くずは》は　色づきにけり　（巻十―二二〇八）

雁《かり》が寒々と鳴いてから、水茎の岡の葛葉は色づいてきたことよ。

右の歌は、水茎の岡の木の葉が色づきはじめ、日一日と秋の深まりを感じる歌である。歌材に雁や葛葉を配しているところが、いかにも秋になったという感じを与える。万葉時代、水茎の岡の湖辺部は低湿地帯で沼や入江が多く、雁や鶴などの渡り鳥の飛来地であった。

物に寄せて思を陳《の》ぶ

水茎《みづくき》の　岡の葛葉《くずは》を　吹きかへし　面知《おもし》る子等が　見えぬ頃かも　（巻十二―三〇六八）

水茎の岡の葛葉を、風が吹き返して白い裏面が人目につくように、はっきり顔を知っているあの娘が、一向に見えないこのごろだなあ。

右の歌は恋歌である。初めから第三句までが「面知る」を導くための序詞。面知るの解釈に二通りある。一つは、風が吹くと葛葉が裏返って、白い毛の生えている葉が見えるので面白であり、その面白から面知る（相手の顔を知る）とかけたと解する見方と、今一つは葛葉の裏返って、裏を見せるので、裏見であり、その裏見から恨《うら》みとかけたと解する見方がされている。この歌は両方の意味をもっている。すなわち、顔見知りの女性が、近ごろ一向にやって来ないのを恨みに思っていると、男はそう言いたいのであろう。早くあの娘《こ》を自分のものにしたいという気持ちが、この歌の裏にうかがえる。

類歌に、

神《かみ》の如《ごと》聞ゆる瀧《たぎ》の白波の面知《おもし》る君が見えぬこのころ　（巻十二―三〇一五）

がある。

蒲生野

天皇、蒲生野《かまふの》に遊猟《みかり》したまふ時、額田王の作る歌

あかねさす　紫野《むらさきの》行き　標野《しめの》行き　野守《のもり》は見ずや　君が袖振る　（巻一—二〇）

皇太子《ひつぎのみこ》の答へましし御歌

紫草《むらさき》の　にほへる妹《いも》を　憎《にく》くあらば　人妻ゆゑに　われ恋ひめやも　（巻一—二一）

紀に曰はく、天皇七年丁卯、夏五月五日、蒲生野に縦猟《かり》したまふ。時に大皇弟《ひつぎのみこ》・諸王《おほきみたち》・内臣《うちつまへつきみ》と群臣《まへつきみたち》、悉皆《ことごと》に従《おほみとも》そといへり。

（額田王）紫草の植えてある野を行き、その標《しめ》を張った野を行きなさって、野守が見ているではありませんか。あなたが袖をお振りになっているのを。

（皇太子）紫草のように美しいあなたを憎いと思うくらいなら、人妻であるあなたにどうして恋をしましょうか。

大海人皇子と額田王の相聞歌

右の二首の歌は、左註にあるように、天智七年（六六八）五月五日（太陽暦では六月二十日前後）、近江の蒲生野に、天智天皇が皇族はじめ、文武百官を従えて盛大に薬猟《くすりがり》が行われた時に、額田王と大海人皇子との間にかわされたのがこの相聞歌《そうもんか》である。天智七年といえば、中大兄皇子（のちの天智天皇）が大和の飛鳥から近江大津に都を移して、正式に即位した天智天皇となった、その翌年のことである。

薬猟と呼ばれる宮廷行事は、古く中国から伝来したもので、わが国では推古天皇の時代に始まる。『日本書紀』の推古十九年（六一一）五月五日の条に、大和の菟田野《うだの》において薬猟が行われたという記録が見える。薬猟の行われる当日、男子は馬に乗って鹿を追い、その若角（袋角・鹿茸《ろくじょう》ともいう）を切りとり、女子は野原で薬草を摘む。実際は今日の屋外リクリエーションのようなものであったといわれる。この日の薬猟には天智天皇をはじめ、弟の大海人皇子その妃鸕野《うの》皇女（のちの持統天皇）、群臣、女官が参加した。その一行の中にはもちろん額田王、藤原鎌足もいた。

額田王という女性は、『日本書紀』の天武二年の条によると、鏡王《かがみのおおきみ》の娘とある。父の鏡王は、一説には近江国蒲生郡の鏡山を本拠にして湖東一円

船岡山の万葉歌碑

に勢力を持っていた百済系渡来豪族とみられている氏族である。額田王は、はじめ大海人皇子（のちの天武天皇）に嫁《とつ》いで十市《とおち》皇女（大友皇子の妃・葛野王の母）を生んだが、のち天智天皇に召された人である。彼女には鏡王女《かがみのおおきみ》と呼ぶ姉がいた。鏡王女は、はじめ天智天皇に愛されていたが、のちに藤原鎌足の正妻となった人である。しかし、夫の鎌足は蒲生野遊猟の翌年（天智八年）十月、大津宮で亡くなった。悲しみにあけくれていた鏡王女は、ある日しばらく会《あ》わずにいた妹の家を訪ねた。その時に作ったのが有名なふたりの唱和歌（巻四―四八八・四八九既述）である。姉妹とも歌をよくし、なかでも妹の額田王は才媛の女流歌人として有名で、数多くの歌を残している。右の歌はそのうちの一首で、万葉相聞歌の代表的な作品である。

さて大海人皇子に贈った額田王の歌の内容であるが、まず「あかねさす」は「日、昼、紫」にかかる枕詞。「紫野」は紫草《むらさき》（中国伝来の草）の生えている野を指す。万葉時代には紫草は貴重な染料で、その根か

蒲生野遊猟の陶板（船岡山）

ら紫色の染料をとった。紫草は各地でさかんに栽培された。「標野」は標を立てて一般の人々の立ち入りを禁止した野のことで、いわゆる御料地のことである。「野守」はその番人。「君」は大海人皇子を指す。「袖振る」とは恋人同志の間に行われた行為で、肉体は離れていても相手の魂をよび寄せて結びついていようとする願いからでた行為であった。

この蒲生野の遊猟は、大海人皇子にとって額田王に近づくまたとない機会であった。彼女にしても大海人皇子はかつての夫であり、自分に十市皇女を生ませた初めての恋人である。ところが兄の天智天皇によって二人の仲は引き裂かれた。しかし大海人皇子は今も限り無い恋慕の情を抱き続けている。彼女は彼の大胆にも袖を振る姿を見て、そんなに袖を振ってては人目につくではありませんか。と皇子の不用心な動作をとがめながらも、彼女の胸のうちを隠すことはできず、激しく弾《はず》んでくるのを覚えるのであった。

「紫野行き、標野行き」という言葉が二度も使われることによって、右に行き、左に行く皇子をじっと捕《と》えて離さない額田王の姿が目に浮かぶ。

額田王の控え目に詠んだのに対して、大海人皇子の答歌は大胆で堂々としており、何のおそれも持たない歌いぶりである。額田王に恋などしてはいけない自分であることは百も承知している。し

妹背の里の像（竜王町）

かも人妻に言い寄ることの危険も知っている。にもかかわらず、「君が好きなんだ。」と言わしめるものはなにか。彼の心を捕《とら》えて離さないのは一体何か。それは「紫草のにほへる妹」であり、高き教養と気品ある女だからである。しかも人妻だからこそ、恋をせずにはいられない、それは心の奥深くから出た真情であろう。この歌は禁じられた愛の告白であって、決して即興的に詠んだものではないと思われる。

この歌を夫である天智天皇はどう見たであろうか。そこには天皇の弟に対する激しい怒りと、複雑な嫉妬《しっと》があったに違いない。そして、それを裏付けるがごとき事件が同じ年に起きている。『大織冠伝』によると、大津宮の高殿で催された宴《うたげ》の席上、何があったのかわからないが、突然大海人皇子が激昂《げきこう》して、そばの長槍を持って敷板につき立てた。怒った兄天智は弟を捕え、殺そうとしたが藤原鎌足がなかにはいり、その場はなんとか事なきを得たという事件があった。額田王もこの宴に同席していたものと思われる。この出来事は、蒲生野遊猟の直後のことだという。この時、大海人皇子は四十歳前後の男盛りであり、額田王は三十五、六歳であった。

天智天皇と弟の大海人皇子の不和は今に（近江朝で）始まったことではない。話はさらにさかのぼるが、二人がまだ皇子であったころ、額田王をめぐって妻争いをしたことがある。いわゆる例の「大和三山」にかけて詠んだ歌がそれである。

香具山《かぐやま》は　畝火《うねび》を《を》愛しと　耳梨《みみなし》と　相《あひ》あらそひき　神代より　斯《か》くにあるらし　古昔《いにしへ》も
然《しか》にあれこそ　うつせみも　孋《つま》を　あらそふらしき
天智天皇（巻一—一三）

この歌の解釈に諸説があるが、畝傍山を女山（額田王）にたとえ、香具山、耳成山をそれぞれ男山（中大兄皇子、大海人皇子）にたとえ、ひとりの女をめぐって二人の男が争ったとみる、いわゆる「妻争い」の歌だとするのが通説となっている。愛する額田王は兄に奪われ、いままた宴席での出来事があって、兄弟の仲はこれまで以上に険悪となっていった。しかしここに予想もしないことが続いて起きた。

蒲生野遊猟が行われた翌年（六六九）の秋、天智天皇が片腕ともしていた藤原鎌足が亡くなり、翌々年には天智天皇が大津宮で亡くなるという、非常事態を近江朝廷は迎えた。

予期していたごとく、翌年六七二年六月、ついに日本史上最大の内乱が近江を舞台に展開された、すなわち壬申《じんしん》の乱（既述）である。その原因が皇位継承にあったことは事実であったが、その遠因には額田王をめぐる兄弟の不和にあったという説が強い。

あかねさす蒲生野

蒲生野は、湖東のほぼ中央部に広がる平野をいうが、狭義では八日市市《ようかいちし》、近江八幡市、安土町《あづち》にまたがる一画の地域をいう。『近江輿地志略』には「辻村、金屋村、中野村、今在家村、今堀村、北今在家村、東破塚村《こぼしづか》、蛇溝村、布施村、稲垂村、三屋（三津屋）村、蒲生野、此近辺を総て蒲生野といふ。往古は以上の民村なく、荒漠たる原野なりといふ。或いは六本野、蒲生野、蓹荻野《たら》、遺邇野《ひも》、紫野、しめ野、うね野、皆蒲生野の事なり。」とあり、相当広い地域をいっていたようである。しかし

『滋賀県小字取調書』(明治十五年)によると、次の地域に「蒲生野」の名がみえる。
(現自治体名)

①八日市市市辺町蒲生野口
　八日市市市辺町小蒲生野
②八日市市野口町蒲生野、蒲生野口
③八日市市三津屋町蒲生野
④八日市市上平木町蒲生野
⑤近江八幡市西生来《しょうらい》町蒲生野
⑥近江八幡市末広町上蒲生野、下蒲生野
⑦安土町内野蒲生野

これをみると、少なくとも古代人が蒲生野と呼んでいたのは市辺、三津屋、上平木、西生来、南野、内野のあたり一帯を指していたものと考えられる。蒲生野遊猟から数えて一三〇〇年にあたる昭和四十三年五月、市辺町の船岡山(一四〇メートル)の山頂に、額田王と大海人皇子の相聞歌碑が蒲生野を守る人たちによって建てられた。歌は万葉仮名で巨岩

蒲生野全景

に刻み込まれてある。船岡山へは近江鉄道市辺駅に下車して五分ぐらいで着く。

船岡山から南へ少し行くと、市辺押磐皇子《いちのべのおしはのみこ》の墓がある。『古事記』『日本書紀』によると、安康天皇の三年（四五五）、天皇は従兄《いとこ》市辺押磐皇子《いちのべのおしはのみこ》（履中天皇の皇子）に皇位を譲ろうとしたが、それを知った大泊瀬皇子《おおはつせのおおじ》（允恭天皇の同母弟、のちの雄略天皇）が自ら皇位につかんとして皇子を近江の来田綿蚊屋《くたわたかや》野《の》（今の蒲生野、日比野附近の野か）に誘い出し殺害した事件がある。大泊瀬皇子は即位して雄略天皇となったが、次の清寧天皇に皇子がなかったので播《はり》磨《ま》国に身を隠していた市辺皇子の遺児億計王、弘計王を天皇に迎えた。すなわちのちの顕宗《けんそう》・仁賢《にんけん》の両天皇である。この八日市市市辺町にある墓は市辺押磐皇子の埋葬地として明治八年陵墓に指定された。

また玉緒山のふもとには有名な「布施《ふせ》の溜《ため》」がある。この溜池は古代、朝鮮からの渡来人が潅漑用として造ったものだと伝えられる。平安時代の『梁塵《りょうじん》

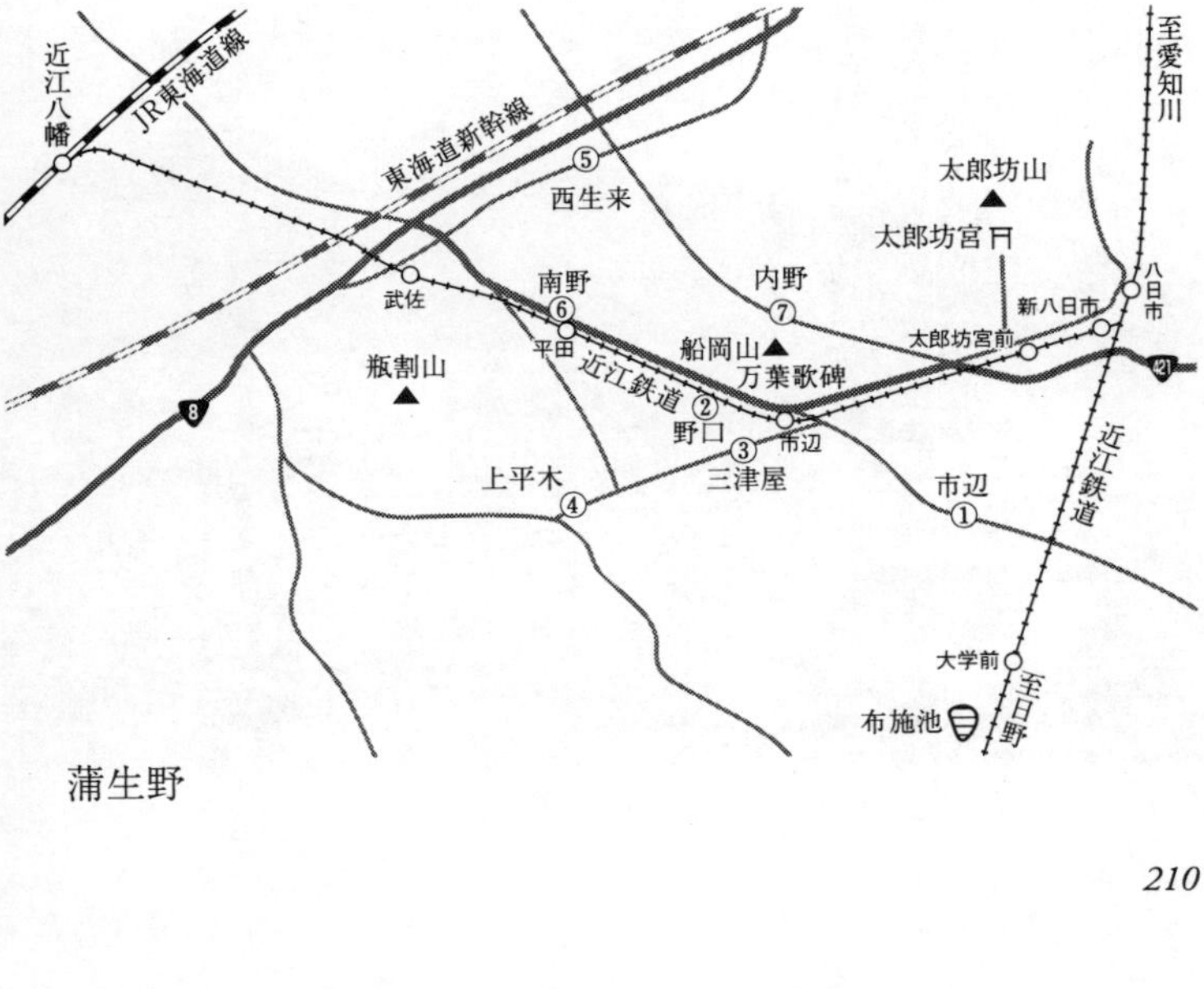

蒲生野

秘抄《ひしょう》』（巻二の雑）の中に、「近江にをかしき歌枕《うたまくら》、老曽《おいそ》、轟《とどろき》、蒲生野、布施の池、安吉《あき》の橋、伊香具《いかご》野、余呉《よご》の湖《うみ》、志賀の浦に、新羅《しらぎ》が建てたりし持佛堂の金《かね》の柱《はしら》、云々」として出ているところをみると、蒲生野の布施の池が近江の名所の一つになっていたことがわかる。

蒲生野の奥、布引山の丘陵地には、推古朝（五九二—六二八）に聖徳太子の創建と伝えられる古刹石《いし》塔《どう》寺がある。現在は天台宗の寺院である。広い庭の中央には重要文化財の石造三重宝塔がある。別称阿《あし》

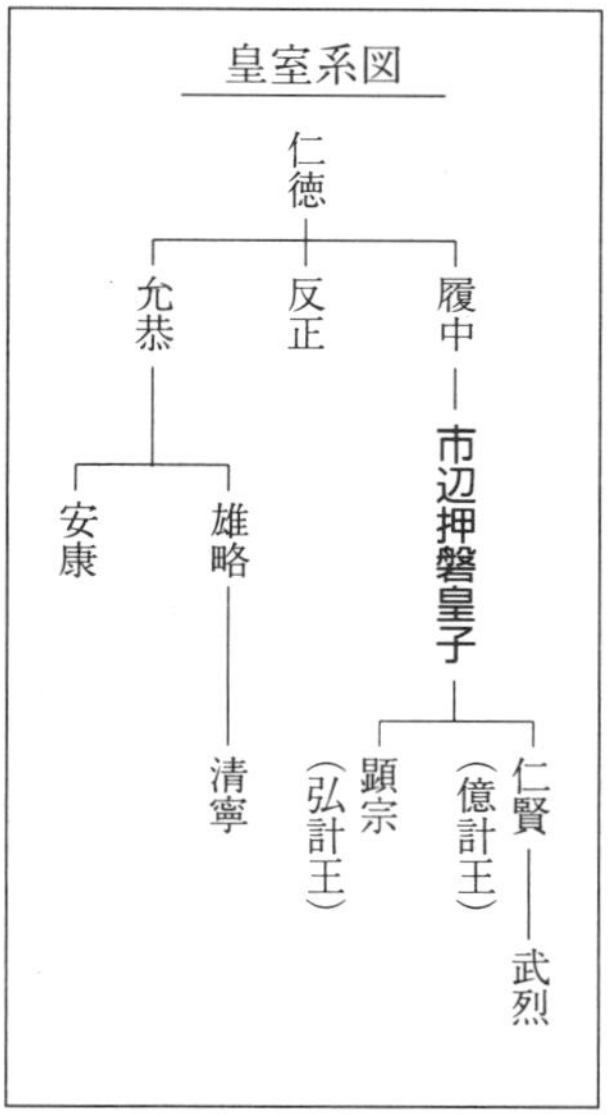

布施の溜池

育王塔《よかおう》と呼ばれ、その周りに数千の五輪石塔群が林立する。『大日本地名辞書』によると、こう記されている。「按ずるに、この古石塔は天智帝の時、当郡に配置の百済人の造立にあらずや。」とあって、百済の亡命者によって造られたと推測されている。昔はかなり大きな寺院であったそうだが、織田信長の兵火にかかって伽藍を焼失し、現在の寺を残すだけとなった。

渡来文化の里

湖東の平野部はかなり古くから渡来人との関係の深かったところで、日本海側の若狭・越前を経由しての朝鮮半島からの渡来はかなり頻繁に行き来されていた。史書に渡来のことが最初にみえるのは四世紀のはじめである。いわゆる天日槍《あめのひぼこ》の集団渡来である。『日本書紀』垂仁《すいにん》三年の条に「新羅王子《しらぎのおうじ》天日槍来朝《まい》けり」とあるそれである。実際はこれよりもずっと早く稲作がわが国に伝えられた紀元前三世紀の頃から彼我の交流があったようである。それから何回にもわたって日本へやってきている。ことに近江朝のころは、百済系の人々が大量に日本にやってきた時期でもある。彼らは近江の蒲生《がもう》・神崎《かんざき》・愛知《えち》のあたり一帯を本拠にして、新しい知識と技術をもって積極的に開発した。今もこの地方に、渡来人ゆかりの地名や社寺など多くの遺跡や伝承が残っているのも、往時の繁栄を物語るものであり、中でも竜王町、蒲生野には他所に比べて古代の渡来人の職業集団に関係があるとみられる地名がかなり多く残っている。

竜王町《りゅうおう》では、綾戸《あやと》、駕輿丁《かよちょう》、須恵《すえ》、鏡《かがみ》、弓削《ゆげ》、薬師《くずし》……などあり、蒲生町《がもう》では、鋳物師《いものし》、鈴《すず》、綺田《かばた》……などがある。まさに蒲生野は新羅、百済の入り混ざった地方であった。『日本書紀』の中から渡来の記事をあげることにする。

○天智二年（六六三）九月の条に「日本の船師《ふないくさ》、及び佐平余自信《さへいよじしん》・達率木素貴子《だちそちもくそくゐし》・谷那晋首《こくなしんす》・憶礼福留《おくらいふくる》、并《あはせ》て国民《くにのたみども》等、弖礼城《てれさし》に至る。明日、船発《た》ちて始めて日本に向ふ」

○天智四年二月の条に「百済国《くだら》の官位《つかさくらい》の階級《しな》を勘校《かんが》ふ。仍《なお》、佐平福信《さへいふくしん》の功《いたはり》を以《も》て、鬼室集斯《きしつしゅうし》に小錦《しょうきん》下《げのくらい》を授く。復《また》、百済の百姓《たみ》男女四百余人を以て、近江国の神前郡《かんざきのこほり》に居《お》く。」

○天智五年十月の冬に「百済の男女二千余人を以て、東国に居く。凡《すべ》て緇《ほうし》と素《しろぎぬ》と択《えら》ばずして、癸亥《みづのとのゐ》（百済滅亡の年）の年より起りて、三歳《みとせ》に至るまでに、並に官《おおやけ》の食《くい》を賜へり。」

○天智八年十二月の条に「佐平余自信・佐平鬼室集斯等、男女七百余人を以て、近江国の蒲生郡《がもうのこおり》に遷《うつ》し居《お》く。又大唐《もろこし》、郭務悰《かくむそう》等二千余人を遣《まだ》せり。」

このように、天智天皇の条をみただけでも神崎郡に四〇〇余人、蒲生郡に七〇〇余人、東国に二〇〇〇余人を配置している。これはあくまで公的な数字であるから、実際はこれよりはるかに多くの亡命者を迎えたものと推測される。

これらの渡来人の中には、百済の貴族や要人、学者、技術者たちが多く含まれていた。近江朝の学《ふみの》職頭《つかさのかみ》（今の文部大臣クラス）に就いた鬼室集斯をはじめ、法官大輔（今の法務次官）の沙宅紹明《さたくしょうめい》、兵法家の木素貴子《もくそくゐし》、谷那晋首《こくなしんしゅ》等は高級官僚として政治に参与し、許率母《きょそつも》、鬼室集信、角福牟《ろくふくむ》等は五経《ごきょう》、薬学、陰陽《おんみょう》道の専門家など近江朝文化の発展に大きな役割を果たした人たちであった。宮廷では、これら渡来学者の影響をうけて漢詩文を作る気運が高まり活発化する。はじめて「大学」が設けられたのもちょうどこのころである。

天智天皇の長子の大友皇子は文武両道に秀いで、渡来文化の新知識を積極的に学んだ人である。皇子が二十三歳頃の時、詩歌の宴に百済《くだら》亡命の学士を賓客として多数招いていたことが、わが国最古の漢詩集の『懐風藻《かいふうそう》』（七五一年成立）のなかにみえる。

学職頭《ふみのつかさのかみ》にあった鬼室集斯は晩年、官を退いて蒲生野の小野《この》（蒲生郡日野町）に隠棲し、ここで亡くなったと伝えられている。彼は、百済の都のあった扶余《ぷよ》の出身である。竜王山のふもとの小野集落には鬼室集斯を祭る鬼室神社と墓がある。

鬼室集斯の墓所（日野町小野）

湖南——三上山周辺

吾妹子に
またも近江の
野洲の川
安眠も寝ずに
恋ひ渡るかも

巻十二―三一五七

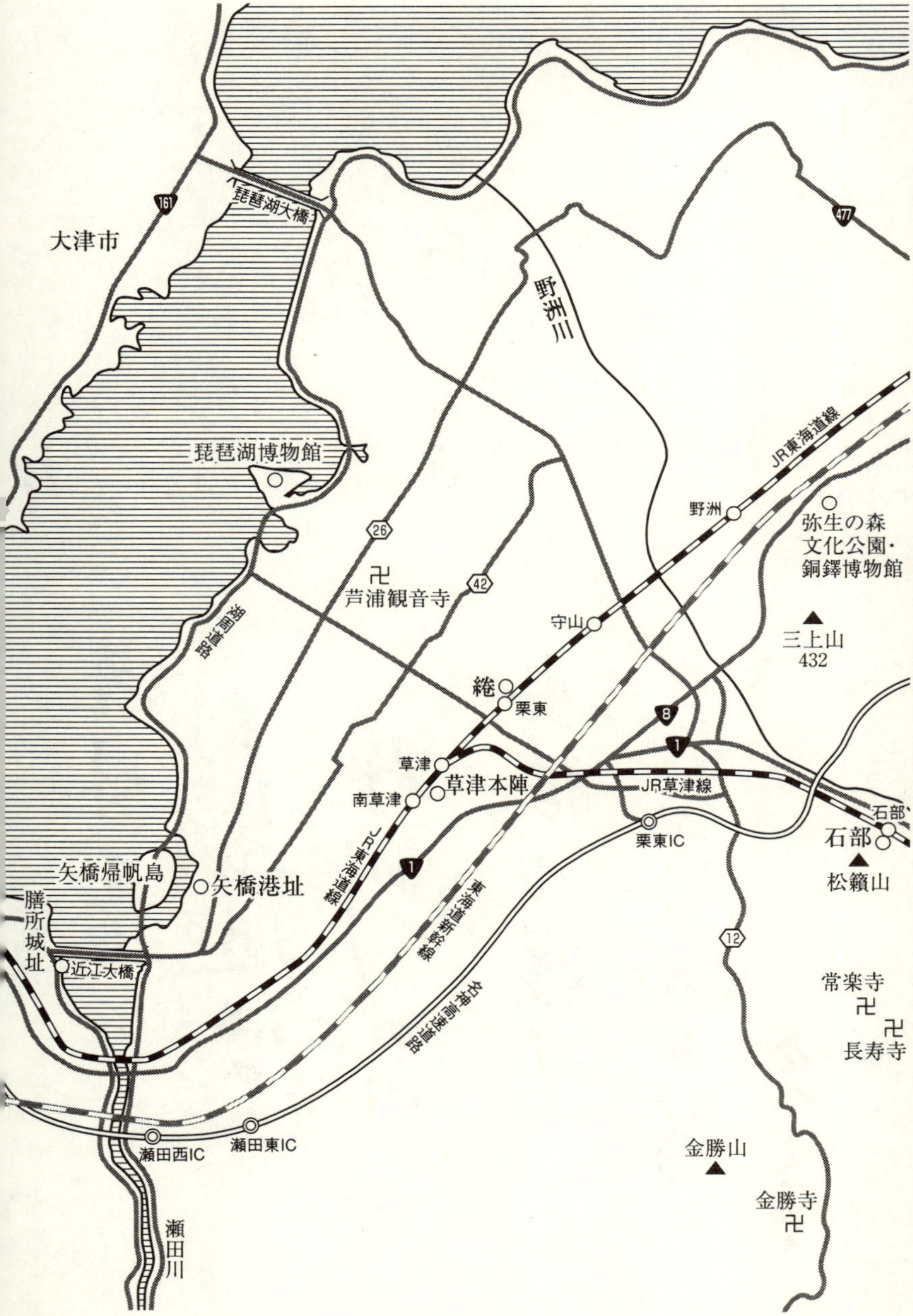

大津市
161
琵琶湖大橋
477
野洲川
琵琶湖博物館
JR東海道線
野洲
弥生の森
文化公園・
銅鐸博物館
26
芦浦観音寺
42
湖岸道路
守山
三上山
432
綣
栗東
8
1
草津
草津本陣
JR草津線
南草津
石部
石部
栗東IC
松籟山
JR東海道線
矢橋帰帆島
矢橋港址
1
東海道新幹線
膳所城址
近江大橋
12
常楽寺
名神高速道路
長寿寺
瀬田西IC
瀬田東IC
金勝山
金勝寺
瀬田川

安河（野洲川）

羈旅《きりょ》に思を発《おこ》す

吾妹子《わぎもこ》に　またも近江《おふみ》の　野洲《やす》の川　安眠《やすい》も寝《ね》ずに　恋ひ渡るかも　（巻十二—三一五七）

わが妻にまたも会うという近江の野洲川の名のように、安らかに眠ることもしないで私は恋いつづけていることだよ。

湖東の大河

初めから第三句までは「安眠《やすい》」を導く序詞、すなわち近江と会う身とをかけ、さらに近江の野洲川が「安眠《やすい》」にかかっている。序を二重に使って調子のよいものにしている。この歌は、作者が旅にあってしみじみと妻を思って詠んだもので、妻を思う心がよく出ている。

古くから歌枕として詠まれた野洲川は、鈴鹿山地を源流とする全長六〇キロ余に及ぶ県下最大の河である。下流で南北に分流して天井川《てんじょう》となって琵琶湖にそそいでいたため、しばしば暴《あば》れ川となって、流域一帯に被害を与えてきた。そこで南北二流を一本にまとめる計画が進められ、昭和四十六年に着工、五十四年の六月、野洲川の新川（放水路）は完成し、通水が始まった。新水路は長さ約五キロ、川幅約三六〇メートルあり、最大流量は毎秒四五〇〇トンという。

改修工事中の四十九年に、河床部になる服部《はっとり》地区（守山市）から弥生《やよい》・奈良・平安の時代にかけての大規模な集落の複合遺跡「服部遺跡」が発見されて話題になった。また野洲川のほとりは、壬申の乱（六七二）の戦場でもあった。『日本書紀』の天武の条に「壬寅《みづのえとら》（七月十三日）に、男依《をより》等《ら》、安河《やすのかは》の濱《ほとり》に戦ひて大きに破りつ。」「丙午《ひのえうま》（七月十七日）に、栗太《くるもと》の軍《いくさ》を討ちて追ふ。辛亥《かのとのゐ》（七月二十二日）に、男依等瀬田《せた》に到《いた》る。」と記している。

三上山と野洲川

矢橋

草に寄す

淡海《あふみ》のや　矢橋《やばせ》の小竹《しの》を　矢着《やは》かずて　まことありえめや　恋しきものを（巻七―一三五〇）

近江の矢橋の小竹で矢を作らないでいるように、ほんとにあの人を妻にしないでいられるでしょうか。こんなに恋しいものを。

矢橋の渡し

この歌は相手の女を篠《しの》にたとえて詠んだ恋の歌である。作者は弓矢の愛好者であったか、またはかつてこの地を通ったことのある人でもあろうか。小竹《しの》は篠竹《しのだけ》のこと、篠芽《しのめ》ともいい茎を用いて矢を作る。「矢はかずて」は矢につくらずにという意味。矢橋は現在の草津市矢橋町である。地名の由来は、「矢矧《やは》ぐ」・「矢作《やは》ぐ」の意味からきていると伝えれる。矢橋は「八橋、矢走、矢馳、箭橋、矢早瀬、野馬瀬」とも書く。万葉時代、矢橋の湖辺は篠竹《しのだけ》が一面に生えて、矢竹の産地として広く知られていたらしい。古くは、葦《あし》の茎を用いて矢を作っていたが、平安時代以降は竹篦《たけの》を用いた。

矢橋は、近江八景にも「矢橋の帰帆」としてあげられ、古来、多く歌に詠まれている。

にほてるややはせの渡りする船をいくそ度見つ瀬田の橋守　『堀川百首』

ささ波や矢橋の舟の出でぬまに乗り遅れじといそぐ徒人《かちびと》　『夫木集』

また『今昔《こんじゃく》物語』（巻十七）に「箭橋《やはせ》の津に海人《あま》多く有《あり》て、魚《いを》を捕《とらへ》て商《あきな》ふ」がみえる。

矢橋は、湖南の代表的な港で、大津と矢橋を結ぶいわゆる対岸交通の渡船場として栄えた。当時の人は、大和を旅立って宇治を過ぎ、逢坂山を越えて大津に出ると、そのまま陸路、瀬田川を渡り湖東に向かうか、または大津の港から約六キロの湖上を渡って矢橋の港に着き、東海道、あるいは中山道へと旅路についた。この地方の俗謡に「瀬田へ廻れば三里の廻り、ござれ矢橋の舟にのろ」とうたわれているように、船路の方が瀬田回りの陸路より短いため、利用する旅人が多く「矢橋の渡し」は、行き交う船で賑わっていた。しかし、かつて旅人の目を楽しませた矢橋の港も、今では雑草の茂みに包まれてすっかりさびれ、往時の名残りをとどめているものはわずかに港跡の石組みや常夜燈が残っているだけである。

矢橋の沖合に県下最大の規模といわれる流域下水道の処理場――矢橋帰帆島――がある。

矢橋港趾

綜麻形（綣）

へそがたの　林のさきの　狭野榛《さのはり》の　衣《きぬ》に着くなす　目につくわが背《せ》　（巻一─一九）

綜麻形《へそがた》の林のはずれの野萩が、着物に染まりついて離れないように、目について離れないわが背の君よ。

この歌は、「額田王の近江国に下りし時作る歌、井戸王《ゐのへのおほきみ》すなはち和ふる歌」という題詞のある三首のうちの一首である。この歌が作られたのは、都が大和から近江の大津に移された天智天皇の六年（六六七）の春のことである。額田王が近江に下って行く途中、三輪山を見て作ったという歌に答えて、井戸王が唱和した歌がこの歌である。しかし左注は、この歌は、額田王の歌に唱和したものとは考えれないといっている。ここでは左注には従わず、題詞を重んじて一七・一八の歌は額田王、一九の歌は井戸王の歌とする。

歌意から推測して、井戸王が女性であることはまず間違いないところだが、その出身や身分については全くわかっていない。彼女について言えることは、額田王の一行に従っていた側近の一人であったということである。

住みなれた大和を離れることは、額田王にとって確かにつらかったであろうが、先に大津に着かれた天皇のことを思うと、むしょうに心がはずんでくる。そのうえ、近江は彼女の生まれた故郷でもあった。井戸王にしても同じこと、大和を離れることは悲しいことだが、天皇に従ってひと足先に近江に行った夫を思うと矢も盾もたまらなかったのであろう。額田王が大和への惜別の情を詠んだので、それに答えて、井戸王は近江にひかれる思いを詠んだのである。井戸王は、かつて近江に旅をした時に、綜麻《へそ》（綣）のあたりを通ったことがあったのか。それとも人に聞いて知っていたのか、いずれにしても「綣《へそ》」の土地を知っていたようである。

東山道―綣

「綜麻《へそ》」は地名で、「綣《へそ》」と書く。所在地について諸説があるが、現在は一般に近江説がいわれている。綣は草津から守山宿へ向かう中山道沿いにある古くからの土地で、今の栗太《くりた》郡栗東《りっとう》町の綣である。南の東海道と志那の港を結ぶ街道の交叉点でもあり、人の往来の多かったものと考えられる。

このあたりはどんどん新興住宅が建ち並び、田園の風景はすっかり変わり、昔日の面影はない。

石辺山

物に寄せて思を陳《の》ぶ

白真弓《しらまゆみ》　石辺《いそべ》の山の　常磐《ときは》なる　命なれやも　恋ひつつをらむ　（巻十一―二四四四）

石辺の山の常磐のように、永久に変わらぬ命であろうか、そうではないのだから、どうして恋しく思っているだけで過ごすことができよう。

右の歌は、石に寄せて詠んだ恋の歌である。石辺の山は、いつまでも変わることなくあるが、それにひきかえ限りあるわが身には、どうしてあなたに会わずに恋しく思っているだけで暮らせるものでしょうか。とても我慢できないという気持ちを詠んだのである。

白檀弓《しらまゆみ》は、白木のマユミの木で作った弓のことで、その弓を射るのイから石辺のイにかけて枕詞とした。

東海道―石部宿

石辺《いそべ》山は、甲賀郡石部《いしべ》町の「磯辺山」をいう説があるが、地図には磯部山、石辺山そのいずれの山も見当たらない。『大日本地名辞書』には「古は磯部と曰へりとぞ—（中略）—南嶺を磯辺と曰ふ、即ち金勝山の尾なり」とあり、また石部は古くは「いそべ」とも呼んでいるので、石部《いそべ》鹿塩上《かしおのかみ》神社（式内社）の裏山の松籟《しょうらい》山を石辺にあてる説がある。

『古今和歌集』のなかに、

梓弓《あづさゆみ》いそべのこまつたが世にかよろづよかねてたねをまきけん

とある歌の「いそべ」は、石部のことをいったものか。

石部は東海道に沿って繁栄した宿場町で、草津の宿から約十二キロにある。草津や土山に比較すると宿場の規模は小さかったが、それでも江戸時代後期の最盛期には本陣に、旅籠屋六二軒があったという。

石部町JR駅前の万葉歌碑

紫香楽宮《しがらきのみや》—天平期の内乱

あをによし寧楽《なら》の京師《みやこ》は咲く花の薫《にほ》ふがごとく今盛りなり　（巻三—三二八）

この歌は、大宰少弐《だざいのしょうに》であった小野老《おののおゆ》が奈良の都をたたえて詠んだものである。この歌が作られた時代は、聖武天皇の治世の天平年間（七二九—七四八）のはじめのころで、藤原氏の隆盛期にあたり、天平文化の華やかな時代であった。

しかし実際は、氏族の対立や天変地異が起こり、社会的に非常に不安定な時期であった。すなわち干魃《かんばつ》、飢饉《ききん》、大地震、疫病などが相ついで起こり、中でも天平七年（七三五）、九州で発生した天然《てんねん》痘《とう》は、平城京の中に大流行し、ついに藤原不比等《ふひと》の息子たち、武智麻呂《むちまろ》（南家）、房前《ふささぎ》（北家）、宇合《うまがい》（武家）、麻呂《まろ》（京家）の四兄弟も次々に天然痘にかかってこの世を去った。政治の実権を握っていた藤原氏にとっては大打撃を受けたのである。『続日本紀』（巻十二）に、「公卿《くぎょう》以下天下の百姓《ひゃくせい》。相継いで没死すること、あげて計《かぞ》ふべからず。近代以来いまだこれあらざるなり。」と書いている。

そして藤原氏に代わって実権を握ったのが、反藤原氏的性格をもった橘諸兄《たちばなもろえ》（光明皇后の異父兄）である。しかも唐から帰国したばかりの僧正玄昉《げんぼう》、吉備真備《きびのまきび》は、朝廷の信頼を得て大きな発言権をもつようになり、新しい政権の顧問として活躍することになる。

これらの中央政界の動きに対して、強い反感をもっていた九州大宰《たざい》府次官の藤原広嗣《ひろつぐ》（宇合の子）は、天平十二年（七四〇）九月、ついに玄昉、真備の政界からの追放を要求して、反乱を起こした。内乱は朝廷に大きな衝撃を与えた。争乱は二カ月余りで鎮圧され、広嗣は肥前国（佐賀県）松浦郡で処刑された。

この内乱の最中に、聖武天皇の伊賀・伊勢・近江への行幸がある。九州での挙兵の報を聞いて平城京を離れたという見方があるが、善戦している時に、なぜ都を脱出せねばならなかったのか。天皇の身辺に不穏な動きがあったとも考えられない。凶作、地震、疫病と不安が続く中での行幸であるだけに、不審な点が多い。

その後、都は恭仁《くに》、紫香楽《しがらき》、難波《なには》と変わり平城京は約五年間天皇不在の状態が続いた。反乱平定の直後、天皇は山背国相楽郡恭仁の地に、新たに都の造営をはじめさせた。この地が新都に決まったいきさつははっきりとしないが、一説には相楽郡に橘諸兄

紫香楽宮跡

の別荘があったために、彼がすすめたともいわれる。恭仁は久邇とも書き、現在の京都府相楽郡加茂町瓶原《みかのはら》の地をいう。

恭仁京造営の際に詠んだ歌が『万葉集』(巻六)にみえる。そのなかに、

今造《つく》る久邇《くに》の都は山川の清《さや》けき見ればうべ知らすらし　大伴家持　(巻六—一〇三七)

三日《みか》の原布当《ふたぎ》の野辺を清みこそ大宮所《おほみやどころ》定めけらしも　(巻六—一〇五一)

泉川ゆく瀬の水の絶えばこそ大宮所移ろひ往《ゆ》かめ　(巻六—一〇五四)

いずれも、新都を誉めて詠んだ歌である。

そして天平十四年(七四二)春、恭仁京と近江国甲賀郡信楽を結ぶ約三〇キロの道が開かれると、さらにこの紫香楽の地に離宮の造営がはじめられた。聖武天皇はなぜ恭仁京の建設を中止させてまで、造営の決意をされたのか。その真意のほどが全くわからないが、記録によると、翌十五年に、紫香楽への行幸がたびたび行われている。(年表参照)

ところが、明けて天平十六年(七四四)正月、聖武天皇の一人息子の安積王《あさか》(当時十七歳)が、恭仁京で突然亡くなるという事件が起きた。疑惑につつまれた急死であった。この事件に関する安積王《あさか》の死を暗示するような歌が『万葉集』にみられる。

紫香楽行幸とその前後

注：（　）内の数字は月日を示す

年号	西暦	記　　　　事
天平7	735	玄昉、吉備真備帰朝（3.10）
		天然痘九州に流行（8.23）
10	738	橘諸兄右大臣となる（1.13）
12	740	藤原広嗣九州に叛乱（9.3）
		聖武天皇伊勢行幸（10.29）
		広嗣斬られる（11.1）
		恭仁京の遷都（12.6）
		恭仁京行幸（12.15）
14	742	恭仁京より近江の甲賀郡に道を通ず（2.5）
		離宮を近江の紫香楽に造らせる（8.11）
		聖武天皇紫香楽行幸第1回（8.27～9.4）
		聖武天皇紫香楽行幸第2回（12.29～翌年1.2）
15	743	聖武天皇紫香楽行幸第3回（4.3～4.16）
		墾田永世私財法発布（5.27）
		聖武天皇紫香楽行幸第4回（7.26～11.2）
		盧舎那仏造立発願の詔の発布（10.16）
		恭仁京造営停止（12.26）
16	744	難波行幸（1.11）
		聖武天皇紫香楽行幸第5回（2.24～7.8）
		難波を都とすることを宣告（2.26）
		紫香楽宮の西北の山に火事（4.13）
		甲賀寺（紫香楽）に盧舎那仏像の骨柱建つ（11.3）
17	745	紫香楽宮の地新京となる（1.1）
		紫香楽宮の東の山に火事（4.11）
		聖武天皇官人に何処を都とすべきかを問う（5.2）
		都を平城京に復す（5.11）
		難波宮行幸（8.28）
		藤原仲麻呂（恵美押勝）近江守となる（9.4）

吉川弘文館「人物叢書」より抜粋

たまきはる命は知らず松が枝《え》を結ぶ情《こころ》は長くとぞ思ふ　（巻六―一〇四三）

寿命のことはわからない、無事を祈るために松の枝を結ぶ気持ちは命長かれと思うばかりだ。

右の歌は、安積王と親交のあった大伴家持《おおともやかもち》が同年正月に詠んだもので、暗殺説を裏付ける歌だという見方がある。

この事件があったあと、天皇はまたも、都を難波の地に移すことを宣告する。同年秋には、甲賀寺に大仏像の骨柱が出来上がり、天皇みずから縄を引かれたと『続日本紀』に書いている。

そしてその年も暮れ、翌十七年（七四五）になると、紫香楽離宮の周辺では原因不明の山火事が頻々《ひんぴん》と発生したり、また干魃《かんばつ》が続いたりして、民衆の動揺は大きかった。『続日本紀』によると、「この時、甲賀の宮空《むな》しくして人なし、盗賊《とうぞく》充斥もまた滅せず、よって諸司および衛門の衛士等を遣わして、官物を収めしむ。」という記事があり、かなり緊迫した空気であったことがうかがわれる。そこで天皇は群臣を集めて「いづれの処をもってか京《みやこ》とせん」と聞いたところ、みな平城に都すべしと答えたので都はもとの平城京に帰った。天平十七年五月のことである。紫香楽の宮はわずか二年数カ月の短い命で、歴史の上から消えていったのである。

紫香楽宮跡は、信楽町黄瀬《きのせ》の内裏野《だいりの》（寺野）と呼ばれている丘陵地にある。昭和の初期に発掘調査が行われ、その遺構から三百余個の礎石が発見された。その礎石の配置が伽藍様式の金堂・講堂・僧房・経楼・鐘楼・大門などであるところから、離宮のあった構内に、のち国分寺甲賀寺（甲可寺造仏所）が建てられた可能性が強いものと見られている。

また、紫香楽宮跡より一キロ離れた勅旨（信楽町）に保良宮《ほらのみや》跡と伝えられる所がある。天平宝字五年（七六一）に平城京の修復が行われた時に、淳仁天皇が一時的に離宮を設けられた所で、現在保良宮にゆかりのある玉桂寺（開祖僧行基）が建立されている。この寺の背後の丘陵を地元の人は「保良山」と呼んでいる。保良宮跡は大津市国分《こくぶ》付近にもあって、さだかでない。

千数百年の歴史と伝統をもつ信楽町は、陶器の町として有名である。その起源に諸説があるが、紫香楽宮の造営の折に、瓦を焼いたのが信楽焼の始まりとされている。宮跡の周辺の山ろくには古い窯跡が多く残っている。そして信楽焼が本格的に生産されるようになったのは、鎌倉時代の中ごろのことだと伝えられる。

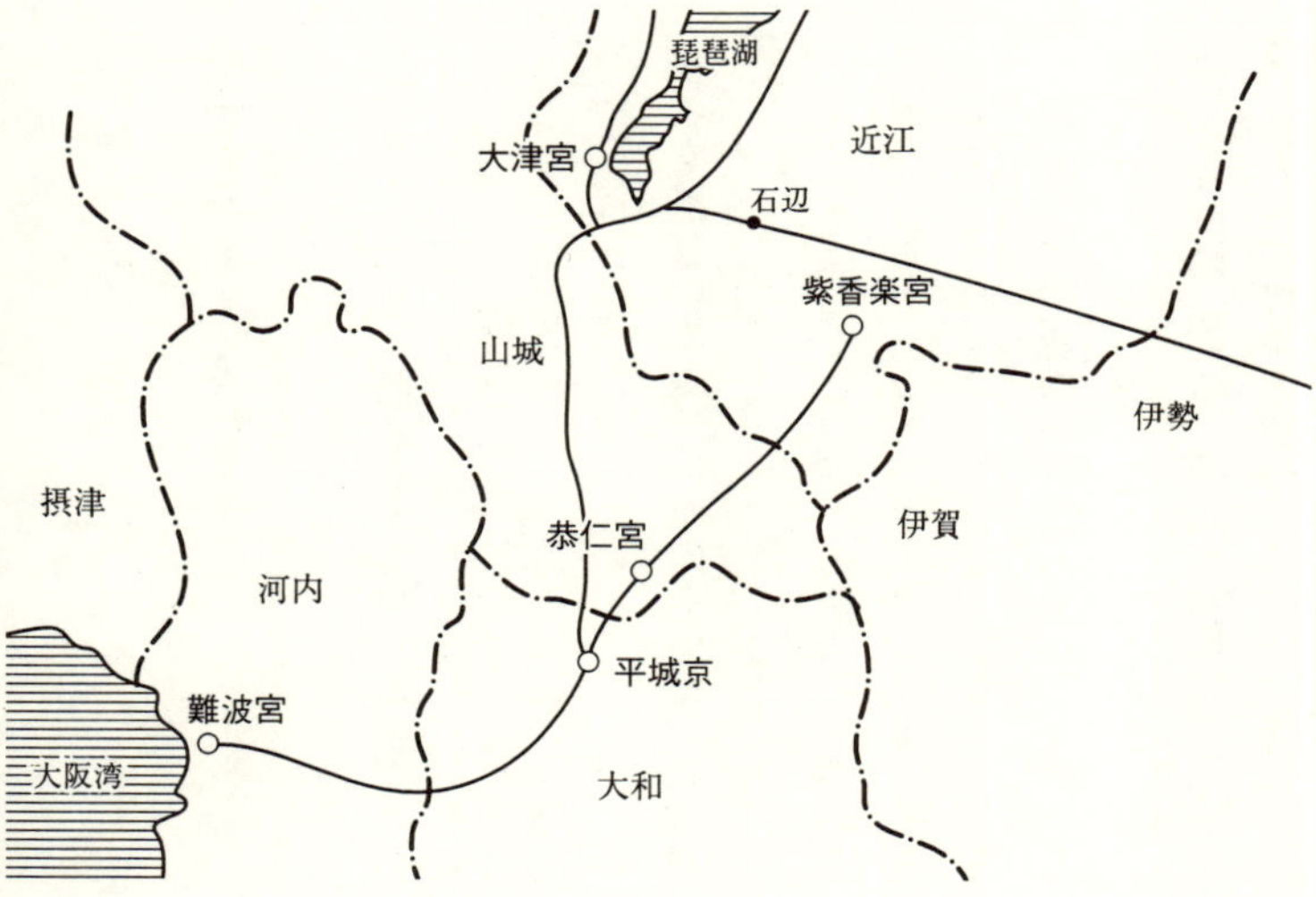

淡海の海

淡海の海夕波千鳥汝が鳴けば
情もしのに古思ほゆ

柿本人麻呂　巻三—二六六

近江路

淡海の海沖つ白波知らねども
妹がりといはば七日越え来む

巻十一—二四三五

古代主要道と琵琶湖の概要

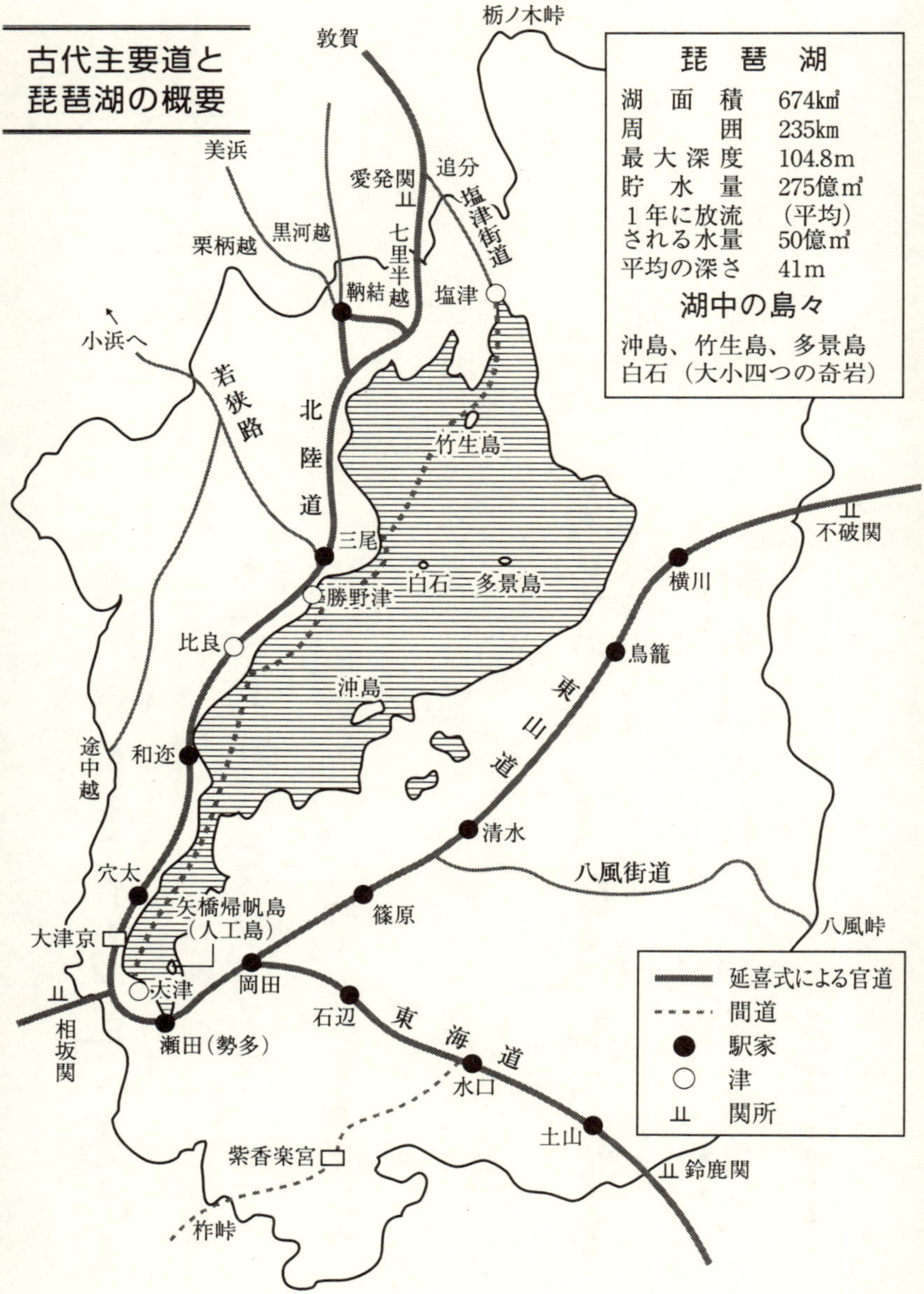

琵琶湖	
湖面積	674km²
周囲	235km
最大深度	104.8m
貯水量	275億m³
1年に放流される水量	（平均）50億m³
平均の深さ	41m

柿本朝臣人麿の歌一首

淡海《あふみ》の海《うみ》　夕波千鳥　汝《な》が鳴けば　情《こころ》もしのに　古《いにしへ》思ほゆ　（巻三―二六六）

近江の海の夕波の上を群れ飛んでいる千鳥よ。お前が鳴くと、心もしおれて志賀の都の昔のことがしみじみと思われることよ。

夕波千鳥

この歌は先の近江の荒都を詠んだ歌（巻一―二九、三〇、三一）と同じ時に作ったと思われる歌で、天智天皇の大津の宮の栄えた「古」をしのんで詠んだ作である。人麻呂が近江の荒都を懐古した歌のなかで、もっとも印象に残る歌である。

夕暮れの湖の波のまにまに群れ飛んでいる千鳥の声を聞くと、人麻呂は華やかだった近江朝廷のころのことが思い出されて息づまるような悲しさを覚えるのであった。壬申の乱（六七二）から二十年近く経た今もなお、忘れようとしても、忘れることができない複雑な思いが人麻呂の胸の中にも、宮廷の人々の心の中にもあった。

羇旅にして作る

近江の海　湊《みと》は八十《やそ》あり　いづくにか　君が船泊《は》て　草結びけむ　（巻七―一一六九）

近江の海には港はたくさんあるが、どこの港であなたの船は停泊して、草を結んだことであろうか。

八十の湊

今夜の船の泊《とま》りはどこにしようかと探しているうちに、いつの間にか湖上はとっぷり日が暮れてしまった。旅立つ前に、近江の湖の話をしてくれた友人のことを、ふと思い出して詠んだのがこの歌であろう。

「草結ぶ」というのは、草や木の枝を結んで旅の無事を祈った上代の風習をいう。「いづくにか」の句に、作者の旅に対する心細さがよくでている。

海に寄す

淡海《あふみ》の海　波かしこみと　風守り　年はや経《へ》なむ　漕ぐとはなしに　（巻七―一三九〇）

近江の海は波が恐ろしいからといって、風の吹きぐあいをうかがって、年が経《た》ってしまうのであろうか。舟をこぎ出すこともしないで。

この歌は、人の噂を「波」にたとえて詠んだものである。人の噂を気にして、一向に二人の恋が進まないことにあせりを感じた作者は、いくじのない自分を腹立たしく思うのであった。類歌に、

島伝《しまづた》ふ足速《あはや》の小舟風守り年はや経なむ逢ふとはなしに　（巻七―一四〇〇）

がある。

物に寄せて思を陳《の》ぶ

淡海《あふみ》の海　沖つ白波　知らねども　妹がりといはば　七日越え来《こ》む　（巻十一―二四三五）

近江の海の沖の白波のように、波の行く方《え》はわからないけれども、あなたの許《もと》にというなら七日かかってもやって来ましょう。

恋の歌

この歌は、波に寄せて詠んだ恋歌である。初めから「白波」までは「知ら」を導く序詞。「妹がり」とは恋人のいる所という意味である。「知らねども」は相手の住居がわからないという意味のほかに、波の行く方（将来のこと）がわからないという意味もある。ここでは後者であろう。「七日」は実数をいうのではなく、日数を重ねることの意味。たとえ幾日かかろうと、女の許にとあらばどんなに苦しい旅になろうと、会いに行きます。会ったあと、将来どうなるかわからないが、今はそんなこと考える暇なんかないと言っている。この歌について沢瀉久孝氏は、「特定の人があって詠んだのでなく、民謡として作られたもの」といわれている。

物に寄せて思を陳《の》ぶ

近江の海　沖漕ぐ船に　碇《いかり》おろし　かくれて君が　言《こと》待つわれぞ　（巻十一―二四四〇）

近江の海の沖をこぐ船に、碇を下して港にかくれているように、ひそかにあなたのたよりを待っているわたしです。

初めから三句までが「かくれ」にかかる序詞。歌の上の句は自然を詠み、下の句は心を詠んでいる。人目につかないように家にひき籠《こも》って、女の返事の来るのをじっと待っている男のせつない気持ちが出ている歌である。

物に寄せて思を陳《の》ぶ

淡海の海　沈着《しづ》く白玉　知らずして　恋せしよりは　今こそ益《まさ》れ　（巻十一—二四四五）

近江の海に沈んでいる白玉のように、その人をよく知らないで恋していた時よりは、深い仲になった今の思いのまさっていることよ。

この歌は、白玉を女性にたとえて詠んだものである。初めから三句までが「知ら」を導く序詞。相手がどんな女かよく知らないうちに思慕するようになった。そして今こうして女に会って、互いに許し合ってからは、いっそう恋しくなった。なかなか実感のこもった歌である。類歌に、

白玉を纏《ま》きて持ちたり今よりはわが玉にせむしれる時だに　（巻十一—二四四六）

右の二四四〇、二四四五番の二つの歌は、同じ作者が詠んだ歌のようである。

物に寄せて思を陳《の》ぶ

淡海の海　辺《へた》は人知る　沖つ波　君をおきては　知る人も無し　（巻十二―三〇二七）

近江の海の岸辺はだれでも知っているが、沖の波はあなたをおいては知る人もありません。

波に寄せて詠んだ恋の歌である。私のうわべはだれでも知っているが、私の本当の胸のうちを知っているのはあなたのほかにはありません。何もかもあなたに打ち明けたのだから―。女のいじらしい気持ちがうかがえる歌である。

寓意歌

雑《ざふ》歌《か》

近江《あふみ》の海　泊八十《とまりやそ》あり　八十島の　島の崎崎《さきざき》　あり立てる　花橘を　末枝《ほつえ》に　黐《もち》引き懸《か》け　中つ枝《え》に　斑鳩《いかるが》懸《か》け　下枝《しづえ》に　ひめを懸け　己《な》が母を　取らくを知らに　己《な》が父を　取らくを知らに　いそばひ居るよ　斑鳩《いかるが》とひめと　（巻十三―三二三九）

近江の海には、港はたくさんある。たくさんの島の崎々に立っている花橘の上の枝には鳥モチをつけ、中の枝にはイカルガをおとりにかけ、下の枝にはヒメをおとりにかけて、イカルガとヒメの父や母を捕らえようとしているのも知らずに、戯れ合っていることよ。イカルガとヒメが。

親鳥が捕らえられるのも知らずに、夢中に遊んでいるイカルガとヒメを詠んだ寓意《ぐうい》の歌である。イカルガとヒメをだれにたとえているのか、作歌事情が明らかでないからどのような諷刺にもとれるが、近江の海と歌い出しているので近江と何か関係のある人物を指していることは事実のようだ。

この事について『万葉集古義』は「大海人皇子（のちの天武天皇）が吉野に入山した後、大友皇子（天智の子）は叔父の大海人皇子を打倒しようと、こっそりと軍備を増強していたころ、高市皇子・大津皇子（いずれも天武の子）は大友皇子の策略を知らず、無心に遊んでいるのをみて、大海人皇子に好意をもつ家来が二人の皇子にさとした歌がこれである」と書いている。

壬申の乱の起こる前年の近江朝廷の不穏な動きを諷刺している歌である。

恋緒《れんしょ》を述ぶる歌一首

妹《いも》もわれも　心は同《おや》じ　副《たぐ》へれど　いや懐《なつか》しく　相見れば　常初花《とこはつはな》に　心ぐし　眼《め》ぐし
もなしに　愛《は》しけやし　吾《あ》が奥妻《おくづま》　大君の　命畏《みことかしこ》み　あしひきの　山越え野行《ぬ》き　天離《あまざか》
る　鄙治《ひなをさ》めにと　別れ来《こ》し　その日の極《きは》み　あらたまの　年往《ゆ》き返《がへ》り　春花の　移《うつ》ろふ
までに　相見ねば　甚《いた》も為方《すべ》なみ　敷栲《しきたへ》の　袖反《かへ》しつつ　寝《ぬ》る夜落《お》ちず　夢《いめ》には見れど

現《うつつ》にし　直《ただ》にあらねば　恋しけく　千重に積《つも》りぬ　近くあらば　帰りにだにも　打ち行きて　妹が手枕《たまくら》　指《さ》し交《か》へて　寝ても来《こ》ましを　玉桙《たまほこ》の　路《みち》はし遠《とほ》く　関さへに　隔《へな》りてあれこそ　よしゑやし　縁《よし》はあらむそ　霍公鳥《ほととぎす》　来鳴かむ月に　いつしかも　早くなりなむ　卯《う》の花の　にほへる山を　外《よそ》のみも　振り放《さ》け見つつ　近江路《あふみぢ》に　い行き乗り立ち　青丹《あをに》よし　奈良の吾家《わぎへ》に　ぬえ鳥《どり》の　うらなけしつつ　下恋《したご》ひに　思ひうらぶれ　門に立ち　夕占問《ゆふけと》ひつつ　吾《あ》を待つと　寝《な》すらむ妹を　逢ひて早見む　（巻十七―三九七八）

妻も私も同じ気持ちである。一緒にいてもいっそう慕わしく、顔を見るといつも初めて見る花のように、心が曇り、眼が曇ることもない。いとしい私の大切な妻よ。天皇のご命令を慎んで受けて、山を越え野を行き、遠く離れた地を治めんとて、別れて来たその日からずっと、年は改まり、春の花が散るころまでも会わないので何とも致し方なく、夢で会えるようにと着物の袖を折り返して寝ると毎晩、夢には見るけれど、現実には直接会うことはないので、恋しさは幾重にも積もった。近かったらちょっと出かけて行って、妻と手枕をさし交わして寝ても来るのだが、道は遠く、関所も間《あいだ》にあるので仕方がない。えい、なんとでもなれ。何か手段はあるだろう。ホトトギスの鳴く四月に早くならないかなあ。卯の花の美しく咲く山を遠くからでも見やりながら、近江路を馬に乗って行き、奈良のわが家で嘆きつづけて、心の中で思いしおれて門《かど》に立ち、夕占を聞きながら、私の帰りを待って寝ているであろう妻に、早く会いたいものだ。

恋緒（恋しい思い）

大伴郎女＝大伴旅人―大伴家持
大伴坂上郎女（家持の叔母）―坂上大嬢＝大伴家持

「右は、三月二十日の夜の裏《うち》に、忽に恋の情《こころ》を起して作れり。大伴宿禰家持のなり。」と左注のある歌である。家持が越中（今の富山県）の国守に任ぜられたのは、天平十八年（七四六）六月のことで年三十歳であった。左注の三月二十日とは赴任した翌年の春三月をいい、その四月に家持は、正税帳使（朝廷に官稲の収支決算を報告する使）として一時帰京を命ぜられている。この歌は帰京が決まった直後に、都に残してきた妻（坂上大嬢）に会えることを喜んで詠んだものである。

越中守時代（七四六―七五一）の五年間は、彼の生涯の中でもっとも多くの歌を作った時期である。ひとり都を離れて見知らぬ土地にやってきた家持がはじめて経験するものは、北国特有の自然のきびしさであり、妻と別れてすごす切なさであり、大病をわずらって知った人間の運命のはかなさであった。これらの体験が人間的にも、作歌の上にも彼を大きく成長させたことは、この作品からも知ることができる。

敷栲―「袖」の枕詞。玉桙―「道」の枕詞。関―「愛発《あらち》の関」を指す。「袖返す」とは、袖を返して寝ると、思う人に会えるという俗信が古代にあった。「夕占問《ゆふけと》ひ」とは、夕方街頭に立って行き来する人の話を聞いて吉凶を占うこと。

旋頭歌

青《あを》みづら　依綱《よさみ》の原に　人も逢はぬかも　石走《いはばし》る　淡海県《あふみあがた》の　物がたりせむ

（巻七―一二八七）

依綱の原で誰かに会わないかなあ。近江の物語をしように。

この歌は、五七七、五七七の六句からなるいわゆる旋頭歌《せどうか》と呼ばれる歌である。歌の中心はもちろん第三句目の「人も逢はぬかも」にある。近江の旅からの帰り道、だれひとり会うこともない心細さから詠んだものであろう。だれかに話しかけたい気持ちがよく出ている歌である。

青角髪《あをみづら》は「依綱」にかかる枕詞。依綱という地名は三河《みかは》、摂津《せっつ》、河内《かわち》の国などにあって、どこかはっきりしない。しかし近江からそう遠くない地であることはいえる。『和名抄』に三河国（今の愛知県）碧海郡依綱郷とある地をいう説が有力なようである。石走る―「近江」の枕詞。「近江県《おおみあがた》」は近江の一地方という意味であり、県は七世紀のはじめごろ全国的に設けられた行政区画の名、県は国の下に属していた。

以上、近江に関係のある万葉の歌一〇八首をあげたが、そのほかに近江の歌ではないかと思われる歌があるので次にあげる。

春日蔵《かすがのくら》の歌一首

照る月を　雲な隠しそ　島かげに　わが船泊てむ　泊知《とまり》らずも　（巻九―一七一九）

照る月を雲よ隠さないでくれ。島陰にわたしの舟を着けるその場所もわからないから。

右の一首は、或本には「小弁」の作といふ。

この歌の直前にある巻九の一七一七、一七一八番の歌がいづれも近江を詠んだ歌であるので、この歌もたぶん近江の歌でなかろうかと思われる。しかし作歌事情がはっきりせず、地名も出てこないので判断がしにくいが、歌全体が、穏やかなイメージをもつところから、琵琶湖の竹生島を詠んだものではなかろうか。

比叡山から琵琶湖を望む

古代の若狭路をさぐる

旧若狭路の推定図

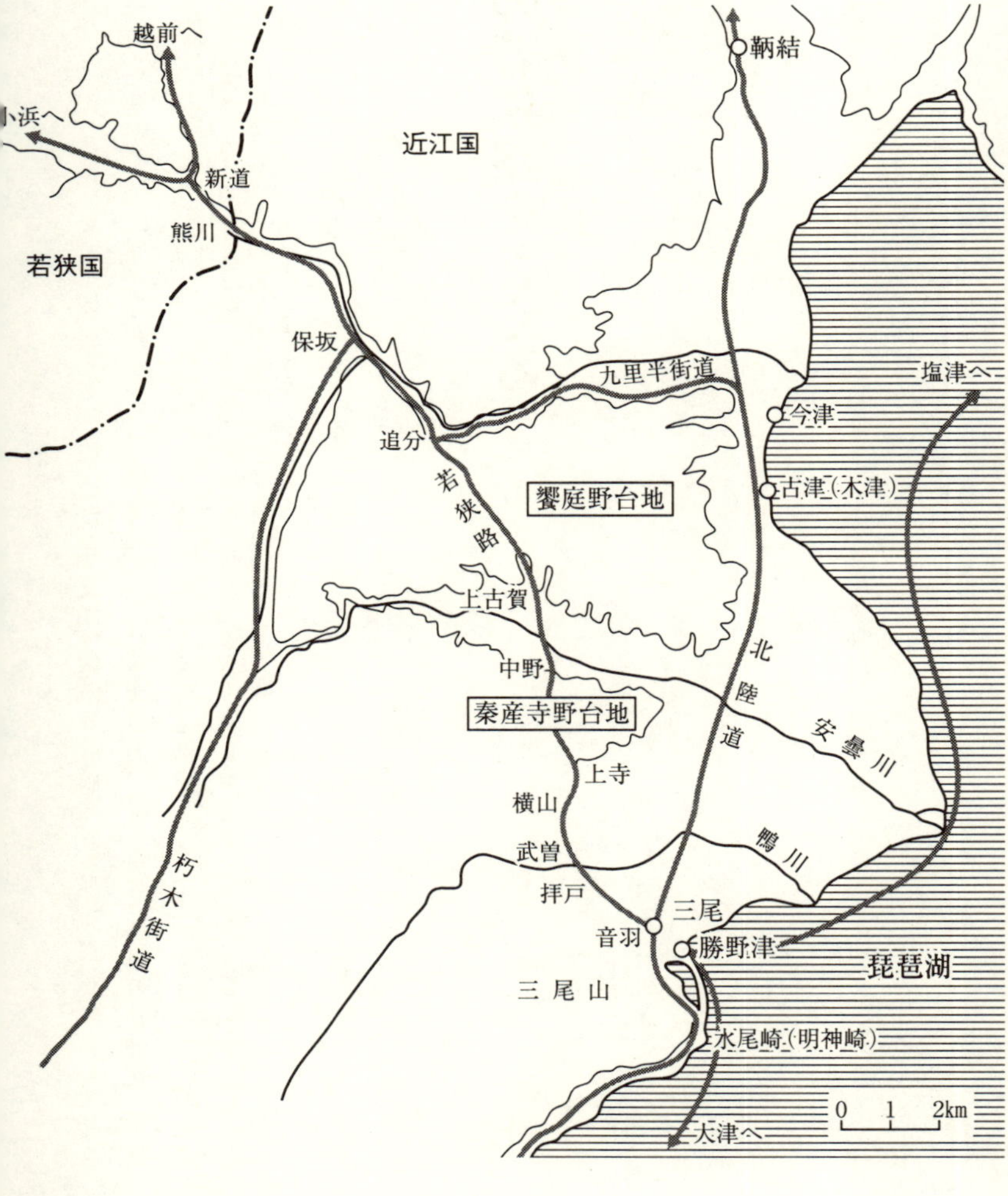

越前へ
小浜へ
新道
熊川
若狭国
近江国
保坂
九里平街道
追分
若狭路
饗庭野台地
上古賀
中野
秦産寺野台地
上寺
横山
武曽
拝戸
音羽
三尾山
朽木街道
鞆結
今津
古津（木津）
北陸道
安曇川
鴨川
三尾
勝野津
琵琶湖
塩津へ
水尾崎（明神崎）
大津へ
0 1 2km

琵琶湖の西岸沿いを南北に走る北陸道（旧西近江路）は、畿内と北陸諸国を結ぶ最短路として早くから拓かれ、往き来のはげしい道であった。高島郡内には北陸道沿いに三尾（高島町音羽）、鞆結《ともゆい》（マキノ町石庭）の二駅が設置され、越前との国境には愛発関が置かれた。陸路だけでなく、湖上交通についても、「大津—勝野津—塩津」の西回り航路が発達し、その中継基地として勝野津があり、水陸交通の要衝の地であった。

一方、若狭から近江を経て、大和への道も古くから拓かれていた。高島の勝野津を経由して、船路で大津に向かうか、陸路、北陸道を南進して大津にはいった。勝野津は塩津と同様に、貢納物輸送その他の物資集積港であったことは『延喜式』に「北陸道諸国ノウチ若狭ノ国ハ、陸路、勝野津ヨリ大津ニ至ル船賃云々」とあって、若狭からの官物が旧若狭路を通って、勝野津に到り、ここから大津まで湖上運漕されていたことがわかる。

しかし若狭路といえば、一般に九里半街道がいわれているが、この道は、古代には人の往来も少なく、間道にすぎなかった。若狭と勝野津を結ぶ陸路は、現在のところ文献、資料がなく、その経路は不明とされている。そこで調査の順序として勝野津と若狭を結ぶいくつかの道について実地踏査した。その結果は、北陸道から分かれて、若狭に向かう地点を探すと、まず(1)木津（新旭町）付近から。(2)熊野本（新旭町）付近から。(3)田中（安曇川町）から。(4)音羽（高島町）付近から。の三つの道があげられる。

(1)〜(3)の道は、饗庭野を縦断あるいは横断して追分に出る道であり、(4)の道は、(1)〜(3)とは異なり、勝野津から山沿いで泰山寺野、饗庭野の二つの台地を横切って、同じく追分に出る道である。そこで地図上に各地点から追分までを線引きすると、最短路は⑷の道であることがわかる。それはこれまでにも指摘されているところであるが、勝野津からさきの道はどこを通っていたのか、何の手がかりもなく、不明とされてきた。

そこで⑷の道が、旧若狭路の出発地点であったと推定して実地調査した。郡内の各町村の地籍図を調べ、旧道の手がかりとなる「小字名」をたよりに、実際に古道を歩いてみた。

音羽（高島町）を出発し、三尾山麓に沿って拝戸、武曽、横山を通り、上寺（安曇川町）から泰山寺野台地を横切り、中野に下りる。さらに安曇川を渡り、上古賀にはいる。谷川沿いの山路を饗庭野台地に出て追分（今津町）に至る。

ここまでの、区間ごとの距離と徒歩による所要時間を参考までにあげる。

音　羽――上　寺	約三・七キロ
上　寺――中　野	三・五キロ
中　野――上古賀	一・三キロ
上古賀――追　分	四・六キロ

総距離　一三・一キロ
所要時間　約三時間

以下実施踏査したことについて具体的に述べる。（第21図参照）

三尾崎（現・明神崎）を北側にまわり、三尾山の東麓と香取海（浦）（現・乙女ヶ池）にはさまれた狭い山路を抜けると、急に視界が広がり、高島平野に出る。「勝野の原、勝野津」はすぐそこにある。

北陸道と旧若狭路の分岐する地点が音羽付近で、この辺りに「三尾駅」があったと推定される。その理由としては、
(1)「字限図」をみると、音羽には、「榎木元・元森・塚原・馬塚」などの地名があること。(2)この付近は谷川の水の便や駅子の住居、駅馬の飼育などに適していた土地であること。(3)低湿地の勝野地区に較べて、音羽は一段と土地が高くなっていること。(4)音羽集落の北端から、水がめや円面硯(奈良期のもの)が発掘されていること。(5)音羽――永田――鴨――三尾里の道筋が北陸道(旧西近江路)であったこと。などが推定の根拠となる。

不思議なことに、音羽の長谷寺にある観音は、霊験あらたかな馬の守護神として古くから信仰があり、毎年七月九日の「獄山《だけさん》まいり」の日には、近郷農家では、農耕馬を連れて参詣する人で賑わっていた。今も競馬の騎手が時たま訪れているという。それは馬頭観音信仰によるものかと思われ、この付近

山麓を通っていた旧若狭路

高島町（音羽・拝戸・武曽・横山地区）の地籍図

点線は旧若狭路想定線　実線は西近江路想定線

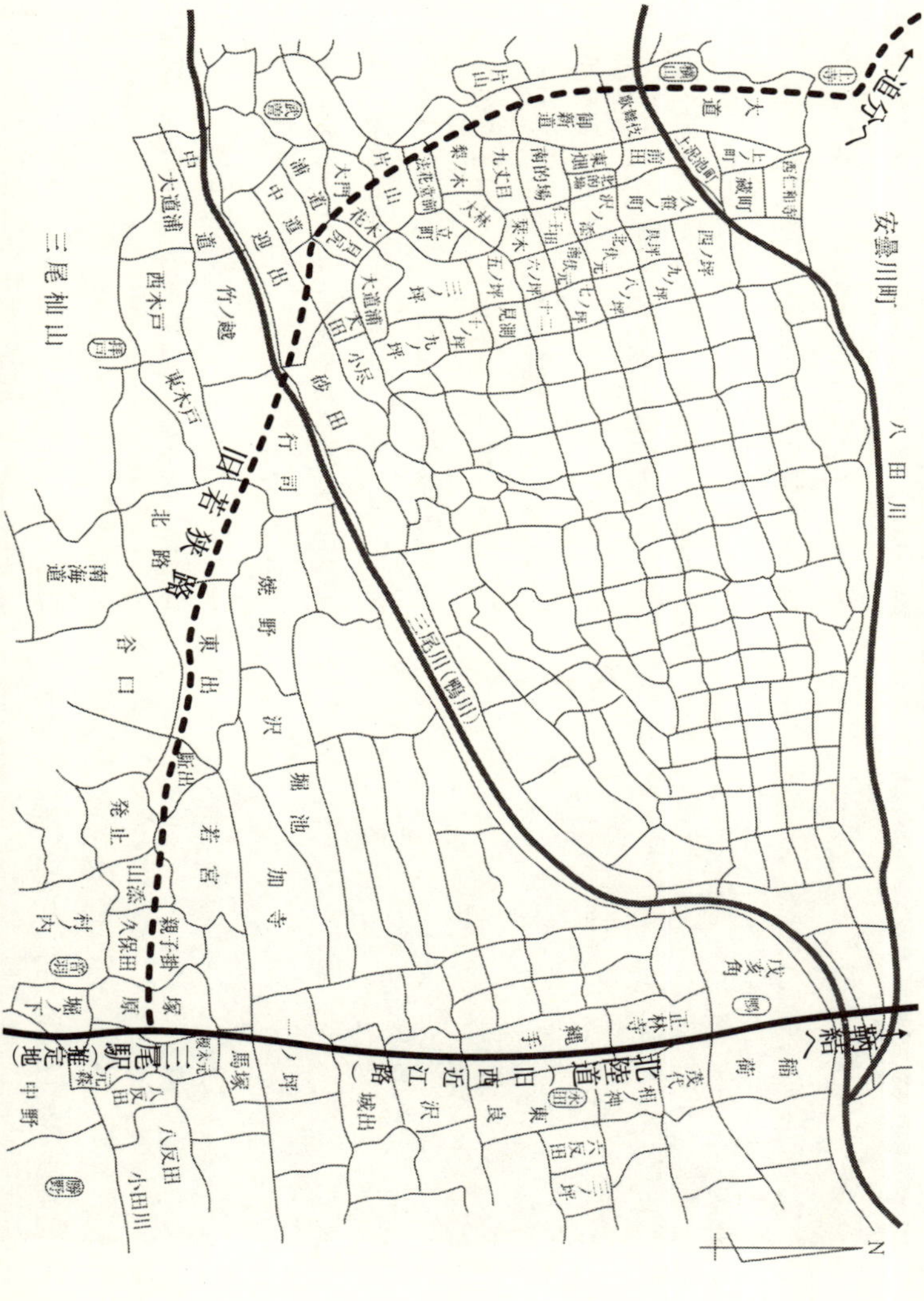

に古代「駅家《うまや》」があったこととも深く関係しているように思われる。「延喜式」にみえる勝野津~三尾駅の間は、数百メートルの距離にあり、「駅家」として地理的にも、自然の条件が整っている。

「地籍図」の小字名をたよりに、音羽から上寺までを辿ると、「大道・大道浦・中道・北路・大門」などの地名が残っている。この道筋こそ若狭の国府に通じる道ではなかったか。さらに追分までの最短路を想定すれば、上寺—上古賀—饗庭野の線が最も妥当な道と考えられる。

上古賀から饗庭野にあがる地点にも「大道」なる地名があり、清水谷、茶屋谷、天川《あまかわ》谷の三本の谷筋があるが、そのうち天川谷の道が旧若狭路として最も有力と思われる。

道筋の集落の古老の話をまとめると、昭和の初期までは、小浜と高島との交流は多く、饗庭野台地を通っていた。海産物の行商や縁組みによる人の往き来も多く、また若狭の恵比寿講詣り、高島の白《しら》鬚《ひげ》神社の祭りなどにも、この道をよく利用していたという。九里半街道より、この道が若狭への最短路であった。

追分から若狭への道を進むと、保坂を経て、熊川(福井県遠敷郡上中町)に着く。さらに行くと、小浜への道と敦賀への道に分かれる。新道集落から末野にはいり、若狭湾の海岸に出ると、「美弥駅」(現・美浜町)に着く。越前の敦賀まではひとときである。敦賀で北陸道と旧若狭路が合流して北陸地方へと通じる。

『万葉集』に若狭の地を詠んだ歌がある。

かにかくに人は言ふとも若狭道の後瀬の山の後も逢はむ君　（巻四―七三七）

坂上大嬢

若狭にある三方の海の浜清みい行き帰らひ見れど飽かぬかも　（巻七―一一七七）

この歌は、若狭路を往き来した途次に詠んだものであろう。

この路はまた、古代にあっては重要な渡来経路の一つで、朝鮮半島から日本海を渡り、若狭湾に上陸した人たちが、若狭路あるいは北陸道を通って、大和にはいる、いわゆる国際的ルートとして大きな役割をはたしてきた。

文化の伝播とは、多くの人々の渡来によってもたらされたものである。近江朝の時代は、百済からの亡命者を大量に迎え入れたこともあって、大陸文化の影響を受け、文学の面においても大幅に進展することにもなった。北陸道（旧西近江路）についても、少し触れておきたい。高島町の音羽から高島郡を南北に縦走して越前に向かう道沿いには、神社や遺跡、伝承地など数多く並んでいる。

まず南の方から長田神社（式内社）、鴨遺跡（郡衙跡）、鴨稲荷山古墳、志呂志神社（式内社）が線上にあり、鴨川の天皇橋を渡り、三尾里（安曇川町）にはいる。継体天皇の伝承地である胞衣塚《えな》があり、そのあたりの地名に、「御殿、料理街道、金の舞」などが残っている。続いて箕島神社（式内社）がある。約三キロほどの間に、古代遺跡、古地名、伝承地など多く、古代の道と何か深い関係があるものと思われる。

旧西近江路をさらに北進すると、「鞆結駅《ともゆい》」（マキノ町石庭）に達する。ここから野坂山地を越えて、敦賀に向かう道として、⑴一般的に言われている愛発越えの道 ⑵黒河《くろこ》越え（マキノ町・白谷―敦賀）の道があるが、⑵の道は八王子川に沿って、比較的緩やかな坂道を越えてゆく道で、敦賀へは最も近道でもある。古代の人は、この道を頻繁に通ったと思われる。

黒河越えの道は、今日あまり話題になっていないが、今後の研究課題として残るものと考える。

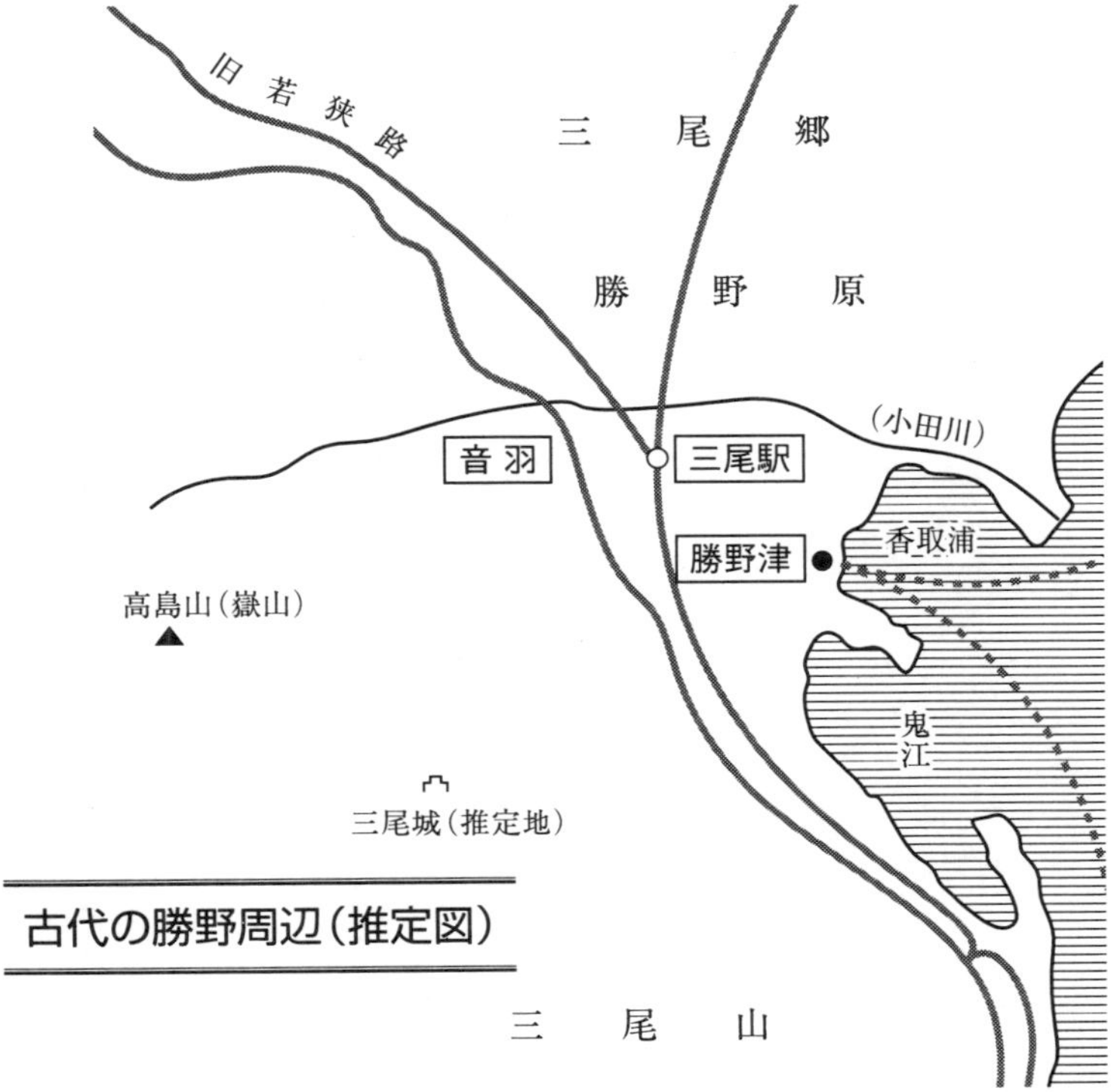

古代の勝野周辺（推定図）

「蝦夷《えみし》饗宴の場・」を万葉歌から考える

饗場野台地とその周辺

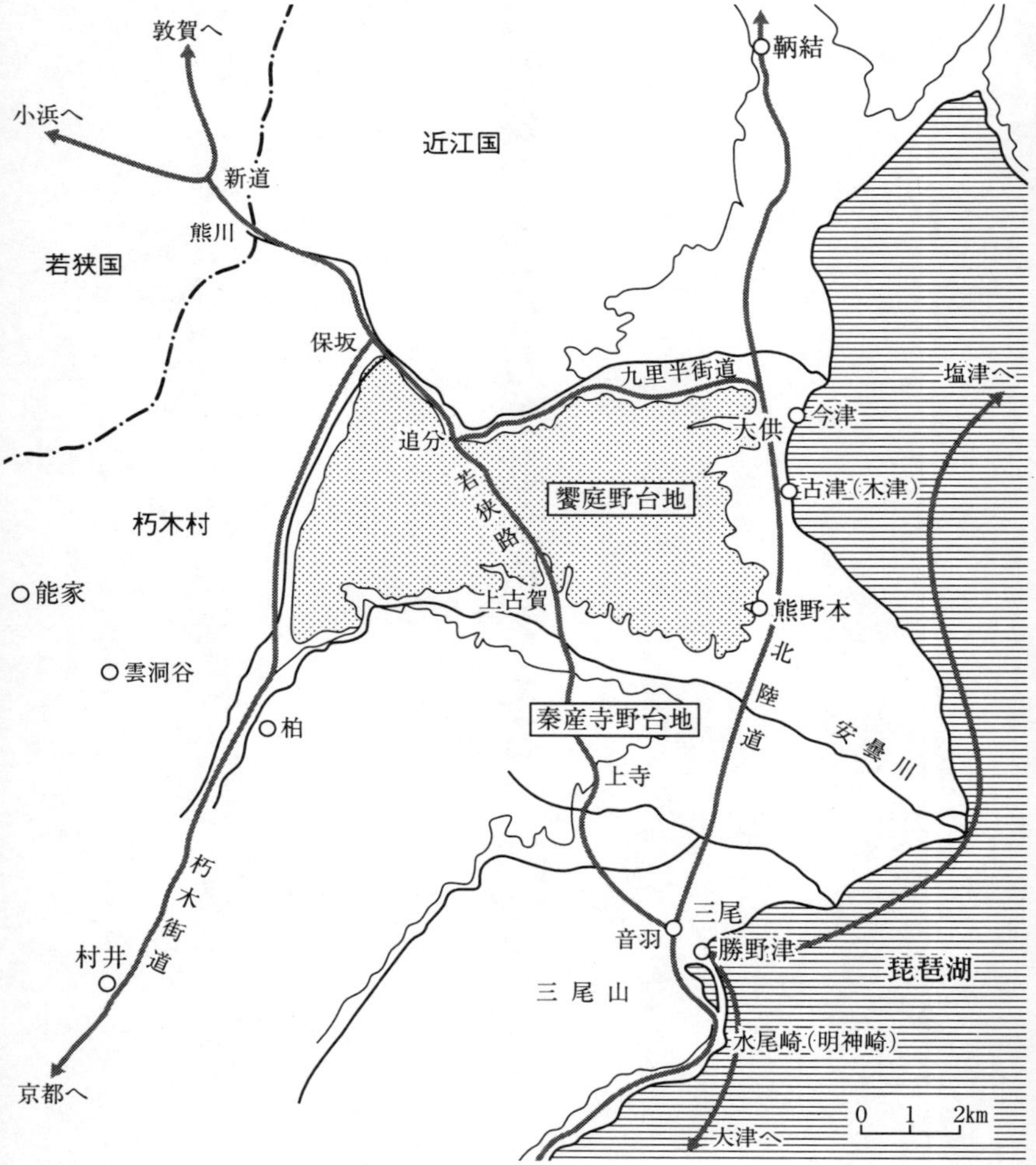

敦賀へ
小浜へ
近江国
新道
熊川
若狭国
保坂
九里半街道
追分
若狭路
饗庭野台地
朽木村
能家
上古賀
雲洞谷
柏
秦産寺野台地
上寺
朽木街道
村井
京都へ
鞆結
今津
大供
古津(木津)
熊野本
北陸道
安曇川
塩津へ
三尾
音羽
勝野津
琵琶湖
三尾山
水尾崎(明神崎)
大津へ
0 1 2km

大御舟泊ててさもらふ高島の三尾の勝野の渚し思ほゆ　（七―一一七一）

天皇の御船が風待ちしている高島の三尾の勝野の渚が思いやられるという歌である。当時官船のことを「赤の赭船」といった。目印のために船体に赤い土を塗っていたのでその名が付けられた。高市黒人の歌に、

旅にして物恋しきに山下の赤のそほ船沖に漕ぎ見ゆ　（三―二七〇）

とある。

『万葉集』の中で「大御舟」を詠んだ歌は、巻二―一五一・一五二、巻七―一一七一の三首である。そのいずれもが近江で詠んだものである。この歌はそのうちの一首で、ほかの二首は大津京の唐崎の湖畔で詠んでいる。大和から近江の大津の地に都が移された大宮人たちは、琵琶湖の風景が珍しく、大和では味わえない船遊びに興じる日々であったことは十分想像される。波の静かな日には遠くまで湖上遊覧を楽しんだことであろう。

『万葉集』巻一―七の額田王の歌の左註に「戊申の年（六四八）に比良の宮に幸す。」とあり、また『日本書紀』の斉明天皇五年（六五九）三月の条には「庚辰の、天皇、近江の平浦に幸す。」の行幸の記事がある。「比良宮」の所在は現在不明としているが、現在の滋賀郡志賀町比良の地であった

ことは間違いない。おそらく遊覧をかねての行幸であろう。

話がそれたが、さきの「大御舟泊ててさもらふ……」（七―一一七一）の歌について、これまで湖上遊覧として解釈されてきたが、単なる船旅ではなく、湖北へ向かう任務を持っていたのではないか。

そこで考えられることは、当時東北地方に勢力をもっていた蝦夷《えみし》は、大和朝廷に対して従属関係ができておらず、そのため蝦夷征伐をたびたび行ってきた。

蝦夷の饗応についても、朝廷では蝦夷に対して緊張感や警戒心もあったと思われる。饗応の場として、遷都したばかりの大津の地を避けて、湖北の地を選んだとしても不思議ではない。この事に関して『日本書紀』の中から蝦夷に関する記事をあげてみる。（年代不同）

(1) 斉明四年（六五八）四月「阿倍臣（比羅夫）、船師一八〇艘を率て、蝦夷《えみし》を伐つ。齶田《あぎた》、渟代《ぬしろ》、二郡の蝦夷、望《おせ》り怖ぢて降《したが》はむと乞ふ。」…中略…「遂に有間浜に、渡嶋の蝦夷等を召し聚《つど》へて、大きに饗《あへ》たまひて帰す。」

(2) 斉明五年（六五九）三月「阿倍臣を遣して、船師一八〇艘を率て、蝦夷国を討つ。」

(3) 斉明元年（六五五）七月「難波の朝《みかど》にして、北の蝦夷九十九人、東《あずま》の蝦夷九十五人に饗《あへ》たまふ。」

(4) 斉明四年（六五八）三月「甘檮丘《あまかしのおか》の東の川上に、須弥山を造りて、陸奥《みちのく》と越《こし》との蝦夷に饗たまふ。」

(5) 斉明四年(六五八)七月「蝦夷二〇〇余、闕《みかど》に詣でて朝献《ものたてまつ》る。饗賜ひて贍給《にぎはへ》ふ。」

(1)、(2)は蝦夷征伐の記事であり、(3)、(4)、(5)は朝廷への献上、饗応の記事である。七世紀半ばの斉明女帝(天智天皇の母)のころは、蝦夷は「まつろはぬ民」として見ており、征伐軍を派遣している。しかし従属者や献上者に対しては、饗応の宴をたびたび催している。

天智天皇の大津京時代にも、蝦夷に饗応していた記事が『日本書紀』にみえる。

(6) 天智七年(六六八)七月(近江遷都の翌年)「蝦夷に饗たまふ。」

(7) 天智一〇年(六七一)八月(天智死去の三ヶ月前・「壬申の乱」の前年にあたる)「壬午《十八日》に蝦夷に饗賜ふ。」

大津京は、都城としていまだ整備されていない時期である。国外の情勢を見ても、日本は「白村江《はくすくのえ》の戦」(六六三年)で唐・新羅の軍に敗北し、また高句麗が唐・新羅の軍に攻められ滅ぼされた年(六六八)が、大津遷都の翌年でもあった。そうした情勢の中で、近江朝廷が蝦夷を饗応する理由もあったのであろう。朝貢の人々へのねぎらいか。従属を誓わせるための饗宴であったと思われる。

ところで、天智七年と一〇年の二回にわたる蝦夷饗応の場所は大津の地か、それとも他の地で行われたか。さきほど述べた遷都の翌年は宮殿や諸々の施設が十分出来ておらず、また都の治安を守る必要があったことなど。政情の不安を乗り越える時期であり、蝦夷(集団)を無視できない厳しい状況におかれていたことが想像される。大胆な仮説ではあるが、北陸に接する湖北の高島を饗応の地に選んだのではないかと推測している。

前述の蝦夷関連記事(3)にあるように、都から遠く離れた難波に饗応の場を設けていることからして、高島の地が考えられたとしても不思議ではない。

饗応の地としてふさわしい所となれば、「饗庭《あえば》」という地名をもつ地域があがってくる。すなわち饗庭野台地である。

「饗庭」は饗応の場所を示す語で、「大庭《おほば》に饗《あへ》たまふ」という意味がある。饗応に関係のある地名を饗庭野台地に求めてみると、饗庭野台地の琵琶湖に面した東麓の緩傾斜地に「大供」という集落があり、そこに「見晴（見張りの誤りか）、大門、天皇」などという地名が今も残っている。

標高二二〇～二五〇メートルの饗庭野台地は、東西約七キロ、南北約五キロの洪積台地で、その面積約二二〇〇ヘクタールの広大な原野である。（現・陸上自衛隊饗庭野演習場）かつては大和から若狭を結ぶ最短路

上古賀から饗庭野への道

が饗庭野台地を横断していた。いわゆる最古の旧若狭路と推定される。

現在、若狭街道と言われる九里半街道（現・国道三〇三号）が発達したのは中世以降のことである。

饗庭野は、別称熊野山という。熊野山の周辺の集落の上古賀（安曇川町）・木津《こうつ》（新旭町）・藺生《ゆう》（今津町）には、熊野山の地主神を祀る熊野神社（式内社）があり、また饗庭野の東麓を通る北陸道（西近江路）沿いには熊野本という集落もある。熊野本は饗庭野にはいる東の登り口で、縦断して追分に出る道でもあった。

饗庭野を旧若狭路が横断していたこと。東麓を北陸道が通っていたこと。「饗庭」に関係の深い地名が残存していること。そして北陸・若狭に最も近い地であったこと。など考えると、蝦夷を饗応した場所として、「饗庭」の地名が残されたものと思われる。

「大御船泊ててさもらふ高島の三尾の勝野の渚し思ほゆ」（巻七―一一七一）の歌は、蝦夷饗応のための船旅にある夫の身を案じて詠んだものと考えられないか。蝦夷は饗庭野に足止めされ、饗応を受けたが、そのなかには、長く逗留して、交易の仕事をする者もあり、またしだいにこの地域になじみ、この地に住居を構える者もあったと考えられる。

饗庭野の西に位置する朽木《くつき》村の山間集落は、そのことを推測させる珍しい地名が現在も残っている。朽木谷を縦走している朽木街道は、京都と若狭（小浜）を結ぶ最短路で、西近江路の裏街道とも、また「鯖《さば》街道」とも呼ばれている。若狭湾で獲れた生鯖を都へ運んだ道であり、若狭の魚介類や遠く北海道の海産物を運んだ道で、いわゆる交易ルートであった。この道を往き来した人々がこの地に残した地名とも考えられる。主なる地名を次にあげると、

地名	集落名	地名	集落地
エベツ	雲洞谷	ブチヤ谷	村井
カムラ	〃	シイレ	小川
フロデン	能家	トツロケ	〃
ツイド	〃	イヤノ	柏
ワスラタン	〃	イヤ谷	〃
セリダ	〃	オンダン	小入谷
ニコンポ	〃		

地名だけでは、蝦夷が集団として、この地方に住んでいたという証拠とはならないまでも、一つの仮説として提示し、今後の課題としたい。

大津市の近江神宮では、毎年六月三十日に天智天皇ゆかりの「饗宴祭」が行われる。万葉時代の食品（鯎《うぐい》（別名あかはら）・蜆・鮒鮨・鶏・真鴨・菱の実・蜂蜜など）を古代の神饌として今も供えている。天智天皇が「まつりごと」のたびに、遠来の使者や臣下をもてなした神事がそのまま現在も続いているのであろう。

饗庭野を詠んだと思われる万葉集の歌について

大葉山霞たなびきさ夜ふけてわが船泊てむ泊《とまり》知らずも　碁師（巻九―一七三二）

この歌と同じ歌が、巻七―一二二四に出ている。「大葉山」の所在は、紀伊説と近江説があるが、定説はない。歌の配列から推測して、近江説の立場をとりたい（既述）。その理由として、(1)同じ碁師の詠んだ歌に、

思ひつつ来れど来かねて水尾が崎真長の浦をまたかへり見つ　（巻九―一七三三）

碁師の歌は、集中二首だけであり、この歌は「水尾崎・真長浦」を詠んでいる（既述）。二首とも同じ旅の中で、作歌したものと考えている。(2)「大葉山」は万葉仮名で「祖母山、母山」と表記している。「大葉山」は字の示すように、大きな木の葉をふせたようにみえる山ということで、それに該当する山となると、高島郡内では、まず饗庭野台地が頭に浮かぶ。

饗庭野台地は、陸路の旅では歌の情景はつかめないが、遠く湖上より見ると「大葉山」と呼ぶにふさわしい姿に見える。

上の二首の歌は、碁師の一行が塩津を船出して、次の碇泊地となる高島の勝野津をめざして漕いでゆく船上の作とみている。一日の船旅の行程としては、勝野津で夜を迎える頃である。そして「思ひつつ来れど来かねて三尾崎……」（巻九―一七三三）の歌は翌日に詠んだ歌だと考えている。

巻末資料

万葉時代区分略年表

（数字は天皇歴代　○印は女帝）

区分	西暦	年号	天皇	都	関連事項	代表歌人
伝誦歌の時代 仁徳（三四二）—推古天皇（六二二）	588		崇峻32	倉椅柴垣宮	百済より僧・寺工・瓦博士・鑪盤博士・画工を贈られる。	磐姫皇后
	593	推古 1	㉝推古	豊浦宮	廐戸皇子（聖徳太子）立太子となる。難波四天王寺建立。	雄略天皇
	596	4			飛鳥寺（法興寺）建立。	
	603	12		飛鳥小墾田宮	聖徳太子憲法十七条をつくる。法隆寺建立。	聖徳太子
	607	15			小野妹子ら隋に派遣。	
	622	30			聖徳太子死す。(49)	
第一期 舒明天皇（六二九）—壬申の乱（六七二）	629	舒明 1	34舒明		舒明天皇即位。	舒明天皇
	630	2		飛鳥岡本宮	第1次遣唐使派遣。	
	640	12		厩坂宮		
	641	13		百済宮	舒明天皇没す。(49)	斉明天皇
	642		㉟皇極	飛鳥小墾田宮	皇極天皇即位。蘇我入鹿執政。	
	643			飛鳥板蓋宮	蘇我入鹿、山背大兄王を襲い自害させる。	
	645	大化 1	36孝徳	難波長柄豊崎宮	中大兄皇子、鎌足ら蘇我入鹿を暗殺、蝦夷自害。	
	646	2			「大化改新の詔」発す。	
	655	斉明 1	㊲斉明（皇極重祚）	飛鳥板蓋宮	皇極天皇重祚す。	
	656	2		後飛鳥岡本宮	斉明天皇　紀の湯に行幸。	
	658	4			有間皇子謀反、紀伊藤白坂で絞殺（19）。	有間皇子
	661	7			百済救援のため出兵（難波出帆）。斉明天皇　筑前の朝倉宮で没す（68）。	
	663	天智 2	38天智		白村江で唐・新羅の連合軍と戦い大敗す。	額田王
	664	3			冠位26階を制定。	鏡王女
	667	6			大津宮に遷都。	中大兄皇子
	668	7		近江大津宮	天智天皇即位。蒲生野に遊猟。崇福寺建立。	大海人皇子
	669	8			山科野に遊猟。藤原鎌足死す。	藤原鎌足
	670	9			戸籍（庚午年籍）を作る。法隆寺焼失。	倭大后

	671	10			大海人皇子出家し吉野に入る。天智天皇没す。(46)	
	672	壬申	39 弘文		壬申の乱起こる。大友皇子自害。	
第二期　天武天皇即位（六七三）―平成遷都（七一〇）	673	天武 2	40	飛鳥浄御原宮	天武天皇即位。不破関設置。	
	678	7	天		十市皇女急死。(31？)	
	679	8			龍田山、大坂山に関所を設置。	高市皇子
	682	11	武		記紀編纂着手。	柿本人麻呂
	686	朱鳥 1	㊶		天武天皇没す。(56)大津皇子謀反、逮捕され刑死。(24)	高市黒人 大伯皇女
	689	3	持		戸籍（庚寅年籍）を作る。草壁皇子死す。	大津皇子
	690	4	統		持統天皇即位。藤原宮地視察。	持統天皇
	694	8		藤原宮	諸国に巡察使を派遣。	
	696	10	42		高市皇子死す。(43)	志貴皇子
	697	11	文		文武天皇即位。	春日老
	699	13			諸国に巡察使を派遣。	
	701	大宝 1			大宝律令制定。第 7 次遣唐使派遣。	穂積皇子
	702	2	武		持統天皇没す。(58)	但馬皇女
	707	慶雲 4	㊸		この頃、高松塚古墳築造か。文武天皇没す。(25)	
	708	和銅13	元		近江で初めて銅銭（和同開珎）発行。国司設置。	石川郎女
	710	3	明		平城京に遷都。	
第三期　平城遷都（七一〇）―天平五年（七三三）	712	5			『古事記』成る。	笠　金村
	713	6			『風土記』を作らせる。	
	716	霊亀 2			山上憶良伯耆守となる。	山上憶良
	717	養老 1	㊹		第 8 次遣唐使派遣。阿倍仲麻呂随行。	大伴旅人
	718	2	元		養老律令撰定。	小野　老
	720	4			『日本書紀』成る。	高橋虫麻呂
	723	7	正		三世一身法制定。	湯原王
	724	神亀 1			聖武天皇即位。	長屋王
	729	天平 1			長屋王の変。光明皇后立つ。	大伴坂上郎女
	731	3			大伴旅人死す。(67) 第 9 次遣唐使派遣。	山部赤人
	733	5				

	733	5			山上憶良死す。(74) 『出雲国風土記』成る。	
第四期　天平五年（七三三）―天平宝字三年（七五九）	738	10	45 聖武		中臣宅守越前国に配流。	
	740	12		恭仁宮	藤原広嗣の乱起こる。	大伴家持
	741	13			国分寺建立の詔。	笠　女郎
	742	14		（紫香楽宮）	近江紫香楽に離宮造る。	狭野茅上娘子 中臣宅守
	743	15			墾田永世私財法を公布。大仏建立の詔発す。	
	744	16		難波宮	難波宮に遷都。	大伴池主
	745	17		平城宮	大伴家持、越中守に赴任す。	防人ら
	749	天平勝宝 1	㊻ 孝謙		東大寺大仏成る。	
	752	4			東大寺大仏開眼会。 第10次遣唐使派遣。	
	754	6			唐僧鑑真和尚来朝。	
	758	天平宝字 2	47 淳仁		藤原仲麻呂に恵美押勝の名を賜う。	
	759	3		（保良宮）	唐招提寺建立。家持万葉集巻20巻末の歌を詠む。保良宮造営着手。	
	762	6			良弁石山寺を建立。	
	764	8	㊻ 称徳		恵美押勝の謀反	
	784	延暦 3	50 桓武		長岡京に遷都。	
	785	4			大伴家持死す。	
	786	5			南滋賀に梵釈寺造営。	
	789	8			不破、愛発、鈴鹿三関廃止さる。	
	794	13		平安宮	平安遷都。	
	797	16			『続日本紀』成立。	

※所収の記事は、主に「万葉集」の題詞、「日本書記」、「続日本紀」に拠った。

万葉関係皇室系図　1

○の中の数字は天皇歴代を示す。

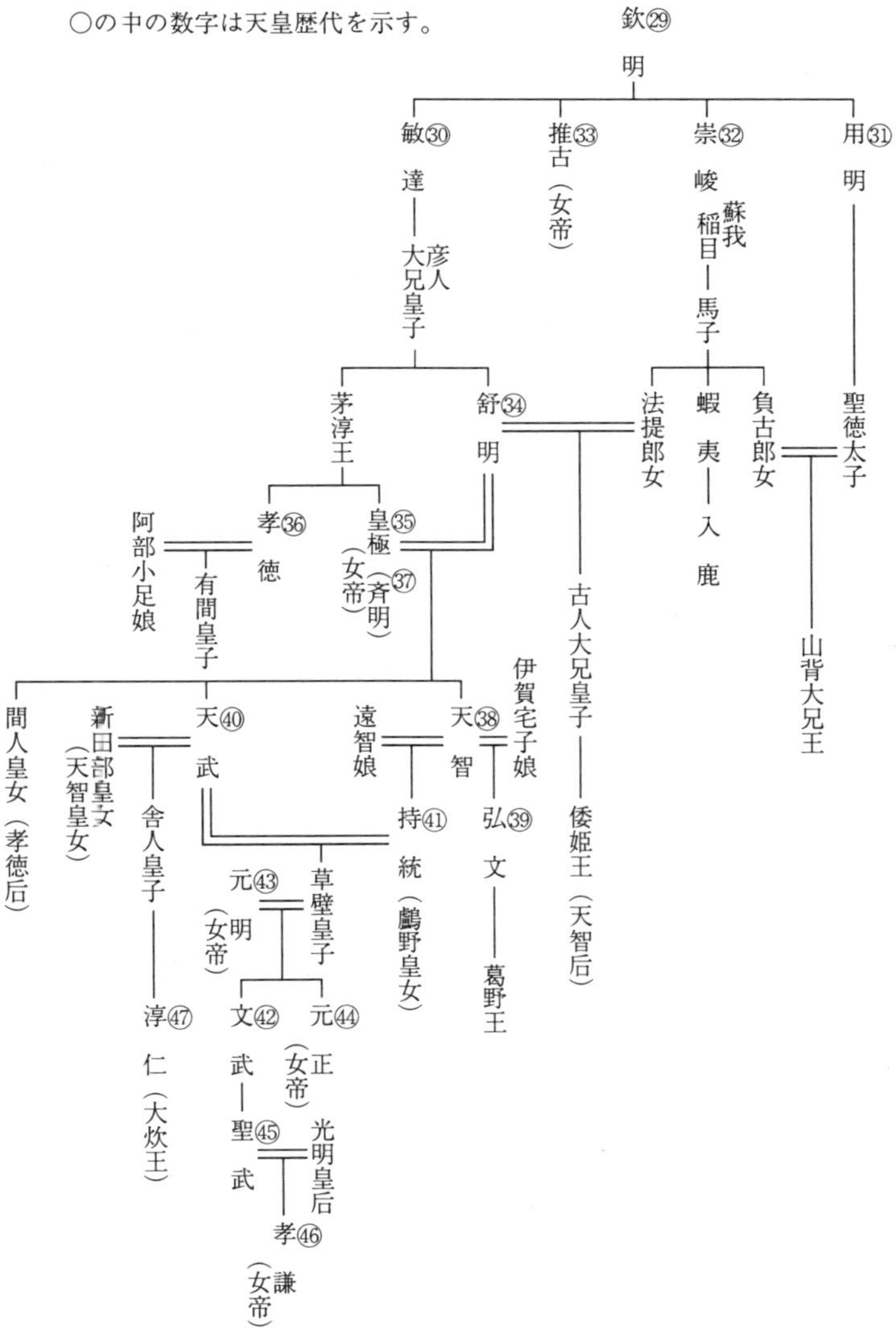

天智天皇系略系図 2

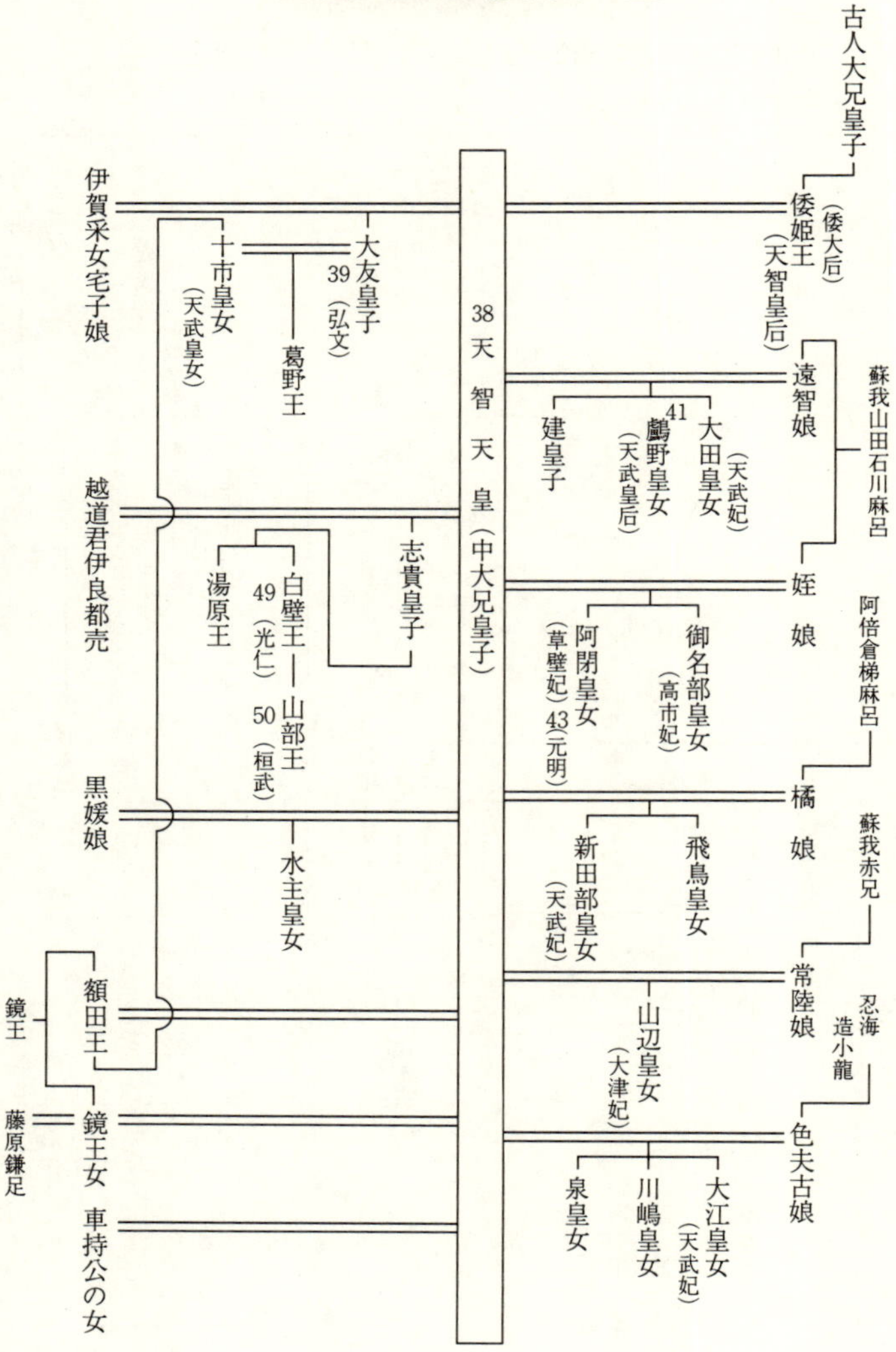
古人大兄皇子
倭姫王（倭大后）（天智皇后）
蘇我山田石川麻呂
遠智娘
姪娘
阿倍倉梯麻呂
橘娘
蘇我赤兄
常陸娘
忍海造小龍
色夫古娘
38 天智天皇（中大兄皇子）
大田皇女（天武妃）
41 鸕野皇女（天武皇后）
建皇子
御名部皇女（高市妃）
阿閇皇女（草壁妃）43（元明）
飛鳥皇女
新田部皇女（天武妃）
山辺皇女（大津妃）
大江皇女（天武妃）
川嶋皇女
泉皇女
伊賀采女宅子娘
大友皇子 39（弘文）
十市皇女（天武皇女）
葛野王
越道君伊良都売
志貴皇子
白壁王 49（光仁）
山部王 50（桓武）
湯原王
黒媛娘
水主皇女
額田王
鏡王
鏡王女
藤原鎌足
車持公の女

天武天皇系略系図 3

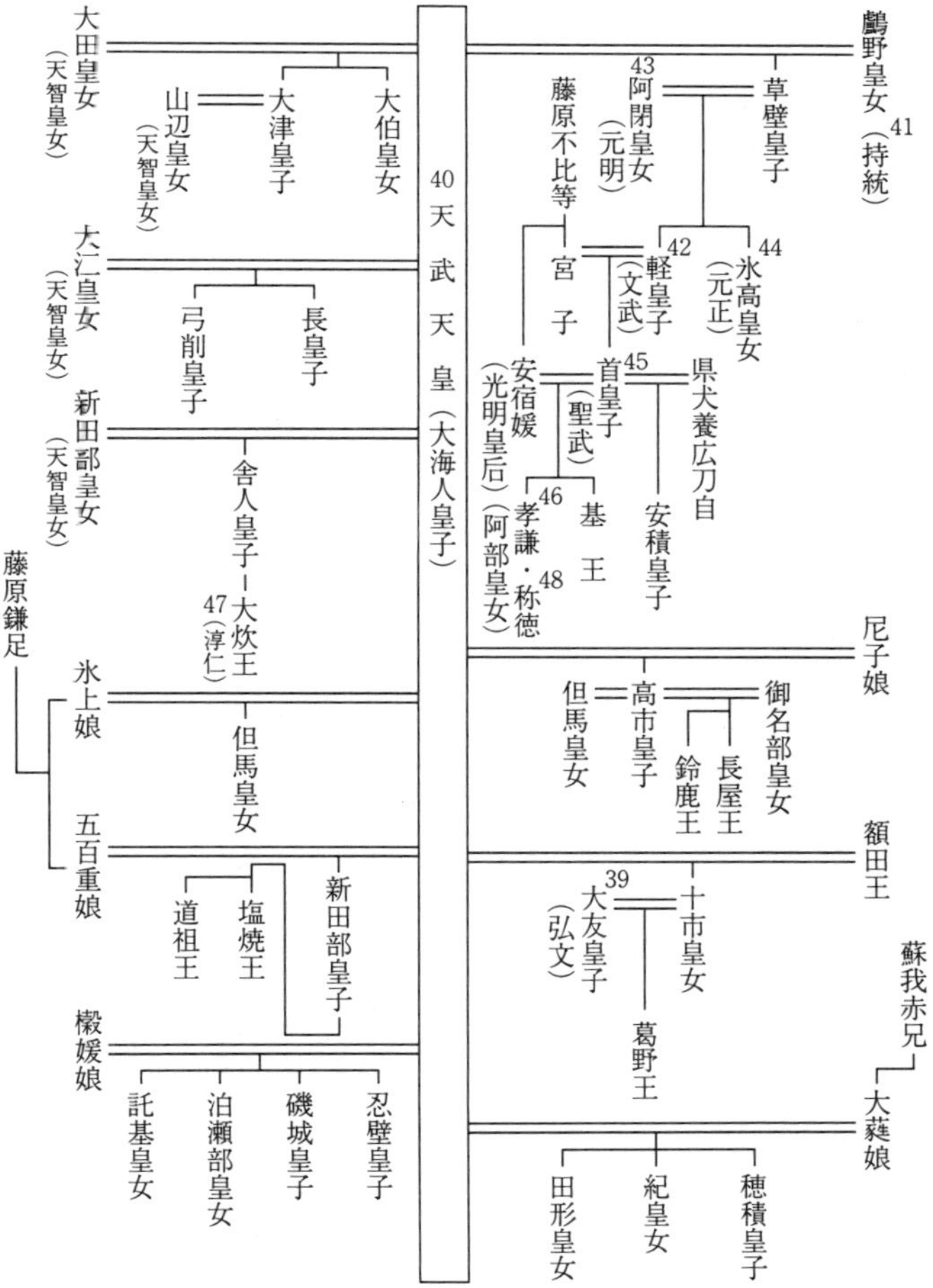

鸕野皇女（持統）41
草壁皇子
43 阿閇皇女（元明）
藤原不比等
42 軽皇子（文武）
44 氷高皇女（元正）
宮子
45 首皇子（聖武）
県犬養広刀自
安宿媛（光明皇后）
46 孝謙・称徳 48（阿部皇女）
基王
安積皇子
40 天武天皇（大海人皇子）
大田皇女（天智皇女）
大津皇子
大伯皇女
山辺皇女（天智皇女）
大江皇女（天智皇女）
長皇子
弓削皇子
新田部皇女（天智皇女）
舎人皇子
47 大炊王（淳仁）
藤原鎌足
氷上娘
但馬皇女
五百重娘
新田部皇子
塩焼王
道祖王
尼子娘
高市皇子
御名部皇女
但馬皇女
長屋王
鈴鹿王
額田王
十市皇女
39 大友皇子（弘文）
葛野王
蘇我赤兄
大蕤娘
穂積皇子
紀皇女
田形皇女
榖媛娘
忍壁皇子
磯城皇子
泊瀬部皇女
託基皇女

十干

木《き》（甲（え） 乙（と））

火《ひ》（丙（え） 丁（と））

土《つち》（戊（え） 己（と））

金《か》（庚（え） 辛（と））

水《みづ》（壬（え） 癸（と））

十二支

子（ね） 丑（うし） 寅（とら） 卯（う） 辰（たつ） 巳（み） 午（うま） 未（ひつじ） 申（さる） 酉（とり） 戌（いぬ） 亥（ゐ）

干支表

1	甲子	きのえね
2	乙丑	きのとうし
3	丙寅	ひのえとら
4	丁卯	ひのとう
5	戊辰	つちのえたつ
6	己巳	つちのとみ
7	庚午	かのえうま
8	辛未	かのとひつじ
9	壬申	みづのえさる
10	癸酉	みづのととり
11	甲戌	きのえいぬ
12	乙亥	きのとゐ
13	丙子	ひのえね
14	丁丑	ひのとうし
15	戊寅	つちのえとら
16	己卯	つちのとう
17	庚辰	かのえたつ
18	辛巳	かのとみ
19	壬午	みづのえうま
20	癸未	みづのとひつじ
21	甲申	きのえさる
22	乙酉	きのととり
23	丙戌	ひのえいぬ
24	丁亥	ひのとゐ
25	戊子	つちのえね
26	己丑	つちのとうし
27	庚寅	かのえとら
28	辛卯	かのとう
29	壬辰	みづのえたつ
30	癸巳	みづのとみ
31	甲午	きのえうま
32	乙未	きのとひつじ
33	丙申	ひのえさる
34	丁酉	ひのととり
35	戊戌	つちのえいぬ
36	己亥	つちのとゐ
37	庚子	かのえね
38	辛丑	かのとうし
39	壬寅	みづのえとら
40	癸卯	みづのとう
41	甲辰	きのえたつ
42	乙巳	きのとみ
43	丙午	ひのえうま
44	丁未	ひのとひつじ
45	戊申	つちのえさる
46	己酉	つちのととり
47	庚戌	かのえいぬ
48	辛亥	かのとゐ
49	壬子	みづのえね
50	癸丑	みづのとうし
51	甲寅	きのえとら
52	乙卯	きのとう
53	丙辰	ひのえたつ
54	丁巳	ひのとみ
55	戊午	つちのえうま
56	己未	つちのとひつじ
57	庚申	かのえさる
58	辛酉	かのととり
59	壬戌	みづのえいぬ
60	癸亥	みづのとゐ

参考文献

日本古典文学大系『万葉集』岩波書店
日本古典文学全集『万葉集』小学館
武田祐吉『万葉集全註釈』角川書店
土屋文明『万葉集私注』筑摩書房
沢潟久孝『万葉集注釈』中央公論社
鑑賞日本古典文学『万葉集』角川書店
日本古典鑑賞講座『万葉集』角川書店
土屋文明『万葉紀行』筑摩書房
犬養　孝『万葉の風土』正・続　塙書房
犬養　孝『万葉の旅』社会思想社
北山茂夫『万葉の時代』岩波書店
斉藤茂吉『万葉秀歌』岩波書店
山本　健吉
池田弥三郎『万葉百歌』中央公論社
木俣　修『万葉集—時代と作品』NHK出版協会
土橋　寛『万葉開眼』NHK出版協会
中西　進『万葉の世界』中央公論社
寺田　透『万葉の女流歌人』岩波書店
滋賀アララギ会『萬葉の近江』白川書院
藤井五郎『近江の万葉』第一法規出版
松田　修『万葉の花』芸艸社
上田正昭『帰化人』中央公論社
門脇禎二『采女』中央公論社
藤井五郎『万葉地名考』滋賀文教短期大学紀要九号
藤岡謙二郎『日本歴史叢書　25』吉川弘文館
藤岡謙二郎編『古代日本の交通路』大明堂
日本古典文学大系『日本書紀』岩波書店
国史大系『続日本紀』吉川弘文館
日本古典文学大系『懐風藻』岩波書店
佐佐木信綱『万葉集事典』平凡社
原田敏丸
渡辺守順『滋賀県の歴史』山川出版
林屋辰三郎他『新修大津市史・古代』大津市役所
『角川日本地名大辞典　25　滋賀県』角川書店
『朽木村志』朽木村教育委員会

〈附記〉
本文中の万葉集歌は、日本古典文学大系（岩波書店）を用いた。

あとがき

わが国最古の歌集である『万葉集』は、日本の数多い古典のなかでも、最も広く知られている書物であり、だれでもが一度は口ずさんだ記憶があるのではなかろうか。柿本人麻呂の近江で詠んだ格調高い、雄渾な歌に、

淡海の海夕波千鳥汝が鳴けば心もしのに古思ほゆ　（巻三―二六〇）

私が万葉集の魅力に惹かれた最初の歌である。

『万葉集』は不思議な魅力をもっている。万葉びとの歌ごころは、日本人の心の底に滔々と流れている抒情の世界の原点といえる。さらに、歌に詠まれた万葉の故地を自分の足で踏み、その土地の風土、歌の背景にある歴史を知ることの喜びは、万葉集への親近感を深め、古代への想いをかきたてるものがある。

私は万葉の旅に出かけることが多い。近江はむろんのこと、大和、紀伊をはじめ北陸、東北、遠くは対馬、五島にも足をのばした。

旅先で感じるのは、机上での歌の理解や鑑賞とは、おのずと違うものがあり、味わいを深くする。しかも万葉の故地は、訪れる季節や時刻、その日の天候によって、歌の情趣がずいぶん違ってくる。だから万葉の故地は、幾度同じ地をたずねても、見飽きることなく、現代人の目や心に清鮮さと、万葉の世界の深さをみせてくれる。

あとがき

近江で詠まれた万葉歌は、約百数首を数える。しかし地域開発の波が全国に押し寄せ、万葉風土の景観も、美しい自然の風物も早いテンポで変容しつつある。十七年前に私は、万葉故地や古い歴史的景観を失ってはならないと、近江の万葉故地をたずね歩き、その折々の土地の人々の話や、風景などをカメラにも収め、拙著『近江の万葉』を上梓した。

その後、歳月を経て自然の景観も変貌し、年表や本文の記述にも、訂正、加筆すべき点が多々あることに気付き、機会があれば改訂したいと願っていた。

今回サンライズ出版から、新しく出版してはどうかとの話があり、見直しのよい機会でもあり本書を刊行することとなった。万葉集に興味をもち、万葉歌を愛する人たちに少しでも、見易く、わかり易いものにすることを念頭にまとめてみた。より多くの人に親しんでいただけることを切に願っている。

このたびの出版にあたり、日本画家の鈴木靖将氏、書家の猪飼閑雲氏には、一方ならぬご協力を賜り、本書に華を添えて頂き、またサンライズ出版の岩根社長および浜谷裕彦氏には大変お世話になった。心よりお礼申し上げたい。

二〇〇〇年　啓蟄

藤井五郎

淡海を詠んだ万葉歌の索引

・長歌の表記は、冒頭部分六句までにとどめた。

【あ行】

あかねさす　紫野《むらさきの》行き　標野《しめの》行き　野守は見ずや　君が袖振る　（巻一—二〇）　額田王……203
秋山の　したへる妹　なよ竹の　とをよる子らは　いかさまに　思ひをれか　（巻二—二一七）　柿本人麿……73
葦べには　鶴《たづ》が音《ね》鳴きて　湖風《みなとかぜ》　寒く吹くらむ　津乎《つを》の崎はも　（巻三—三五二）　若湯座王……165
あぢかまの　塩津を指して　漕ぐ船の　名は告《の》りてしを　逢はざめやも　（巻一一—二七四七）　未詳……150
率《あども》ひて　漕ぎ行く船は　高島の　阿渡の水門《みなと》に　泊《は》てにけむかも　（巻九—一七一八）　高市黒人……132
相坂を　うち出《い》でて見れば　淡海の海　白木綿花《しらゆふはな》に　波立ち渡る　（巻一三—三二三八）　未詳……34
淡海路の　鳥籠《とこ》の山なる　不知哉《いさや》川　日《け》のころごろは　恋ひつつもあらむ　（巻四—四八七）　崗本天皇……187
近江の海　沖漕ぐ船に　碇《いかり》おろし　かくれて君が　言《こと》待つわれぞ　（巻一一—二四四〇）　未詳……235
淡海の海　沖つ白波　知らねども　妹がりといはば　七日越え来《こ》む　（巻一一—二四三五）　未詳……235
淡海の海　沖つ島山　奥まけて　わが思ふ妹が　言《こと》の繁けく　（巻一一—二四三九）　未詳……193
淡海の海　沈着《しづ》く白玉　知らずして　恋せしよりは　今こそ益《ます》れ　（巻一一—二四四五）　未詳……236
近江の海　泊《とまり》八十《やそ》あり　八十島の　島の崎崎　あり立てる　花橘を　（巻一三—三二三九）　未詳……237
淡海の海　波かしこみと　風守り　年はや経《へ》なむ　漕ぐとはなしに　（巻七—一三九〇）　未詳……234
淡海の海　辺《へた》は人知る　沖つ波　君をおきては　知る人も無し　（巻一二—三〇二七）　未詳……237
近江の海　湊は八十《やそ》あり　いづくにか　君が船泊て　草結びけむ　（巻七—一一六九）　未詳……233
淡海の海　夕波千鳥　汝《な》が鳴けば　情《こころ》もしのに　古《いにしへ》思ほゆ　（巻三—二六六）　柿本人麿……233

淡海のや　矢橋《やばせ》の小竹《しの》を　矢着《やは》かずて　まことありえめや　恋しきものを　（巻七—一三五〇）　未詳……219
天数《あまかぞ》ふ　大津の子が　逢ひし日に　おほに見しかば　今ぞ悔しき　（巻二—二一九）　柿本人麿……74
天霧《あまぎ》らひ　日方《ひかた》吹くらし　水茎の　岡の水門《みなと》に　波立ちわたる　（巻七—一二三一）　未詳……198
天の原　振り放《さ》け見れば　大君の　御寿《みいのち》は長く　天足《あまた》らしたり　（巻二—一四七）　倭姫王……87
天地を　嘆き乞ひ祷《の》み　幸《さき》くあらば　また還《かへ》り見む　志賀の韓崎　（巻一三—三二四一）　穂積老……81
霰《あられ》降り　遠江《とほつあふみ》の　吾跡川楊《あとかはやなぎ》　刈りつとも　またも生ふとふ　吾跡川楊《あとかはやなぎ》　（巻七—一二九三）　未詳……134
霰降り　遠つ大浦に　寄する波　よしも寄すとも　憎からなくに　（巻一一—二七二九）　未詳……145
あをによし　奈良山過ぎて　もののふの　宇治川渡り　少女《をとめ》らに　相坂山に　（巻一三—三二三七）　未詳……34
青旗《あをはた》の　木幡《こはた》の上を　かよふとは　目には見れども　直《ただ》に逢はぬかも　（巻二—一四八）　倭姫王……87
青みづら　依網《よさみ》の原に　人も逢はぬかも　石走《いはばし》る　淡海県《あがた》の　物がたりせむ　（巻七—一二七八）　未詳……240
伊香山《いかごやま》　野辺に咲きたる　萩見れば　君が家なる　尾花し思ほゆ　（巻八—一五三三）　笠金村……161
鯨魚《いさな》取り　淡海の海を　沖放《さ》けて　漕ぎ来る船　辺《へ》附きて　漕ぎ来る船　（巻二—一五三）　倭姫王……94
磯の崎　漕ぎ廻《た》み行けば　近江の海　八十《やそ》の湊に　鵠多《たづさは》に鳴く　（巻三—二七三）　高市黒人……183
何処《いづく》にか　舟乗しけむ　高島の　香取の浦ゆ　漕ぎ出来る船　（巻七—一一七二）　未詳……122
何処にか　われは宿らむ　高島の　勝野の原に　この日暮れなば　（巻三—二七五）　高市黒人……114
犬上の　鳥籠《とこ》の山にある　不知也《いさや》川　不知《いさ》とを聞こせ　わが名告《の》らすな　（巻一一—二七一〇）　未詳……189
古《いにしへ》に　ありけむ人の　求めつつ　衣《きぬ》に摺《す》りけむ　真野《まの》の榛《はり》原　（巻七—一一六六）　未詳……99
古の　人にわれあれや　ささなみの　故き京を　見れば悲しき　（巻一—三二）　高市古人……59
夢《いめ》のみに　継《つ》ぎて見えつつ　小竹島《しのしま》の　磯越す波の　しくしく思ほゆ　（巻七—一二三六）　未詳……130
妹もわれも　心は同じ　副《たぐ》へれど　いや懐《なつか》しく　相見れば　常初花《とこはつはな》に　（巻一七—三九七八）　未詳……238
うつせみし　神に堪《あ》へねば　離《さか》り居て　朝嘆く君　放《さか》り居て　わが恋ふる君　（巻二—一五〇）　婦人……92
味酒《うまさけ》　三輪の山　あをによし　奈良の山の　山の際《ま》に　い隠るまで　（巻一—一七）　額田王……45

馬ないたく　打ちてな行きそ　日《け》ならべて　見てもわが行く　志賀にあらなくに　（巻三—二六三）刑部垂麿……76
後《おく》れ居《ゐ》て　恋ひつつあらずは　追び及《し》かむ　道の隈廻《くまみ》に　標結《しめゆ》へわが背　（巻二—一一五）但馬皇女……67
大君の　命畏《みことかしこ》み　見れど飽かぬ　奈良山越えて　真木積《まきつ》む　泉の川の　（巻一三—三二四〇）未詳……81
大葉《おほば》山　霞たなびき　さ夜ふけて　わが船泊《は》てむ　泊《とまり》知らずも　（巻七—一二二四）碁師……136
大船に　楫《かぢ》しもあらなむ　君無しに　潜《かづき》せめやも　波立たずとも　（巻七—一二五四）未詳……78
大船の　香取の海に　碇《いかり》おろし　如何なる人か　物思はざらむ　（巻一一—二四三六）未詳……122
大御船《おほみふね》　泊《は》ててさもらふ　高島の　三尾の勝野の　渚《なぎさ》し思ほゆ　（巻七—一一七一）未詳……118
思ひつつ　来《く》れど来《き》かねて　水尾が崎　真長の浦を　またかへり見つ　（巻九—一七三三）碁師……121

【か行】

かからむの　懐《こころ》知りせば　大御船　泊《は》てし泊《とま》りに　標結《しめゆ》はましを　（巻二—一五一）額田王……93
如是《かく》ゆゑに　見じといふものを　楽浪《ささなみ》の　旧き都を　見せつつもとな　（巻三—三〇五）高市黒人……66
風をだに　恋ふるは羨《とも》し　風をだに　来《こ》むとし待たば　何か嘆かむ　（巻四—四八九）鏡王女……52
雁《かり》がねの　寒く鳴きしゆ　水茎の　岡の葛葉《くずは》は　色づきにけり　（巻一〇—二二〇八）未詳……201
君待つと　わが恋ひをれば　わが屋戸の　すだれ動かし　秋の風吹く　（巻四—四八八）額田王……52
草枕　旅行く人も　行き触らば　にほひぬべくも　咲ける萩かも　（巻八—一五三二）笠金村……161
今朝行きて　明日は来なむと　言ひし子が　朝妻山に　霞たなびく　（巻一〇—一八一七）未詳……181
ここにして　家やも何処　白雲の　たなびく山を　越えて来にけり　（巻三—二八七）石上卿……77
高湍《こせ》にある　能登瀬の川の　後も逢はむ　妹にはわれは　今にあらずとも　（巻一二—三〇一八）未詳……168
子らが名に　懸けの宜《よろ》しき　朝妻の　片山岸に　霞たなびく　（巻一〇—一八一八）未詳……181

【さ行】

ささ浪の　大山守《おほやまもり》は　誰がためか　山に標結《しめゆ》ふ　君もあらなくに　（巻二—一五四）　石川夫人……95

ささなみの　国つ御神の　心さびて　荒れたる京　見れば悲しも　（巻一—三三）　高市古人……59

楽浪の　志賀さざれ波　しくしくに　常にと君が　思ほせりける　（巻二—二〇六）　置始東人……69

楽浪の　志賀津の白水郎《あま》は　われ無しに　潜《かづき》はな為《せ》そ　波たたずとも　（巻七—一二五三）　未詳……78

楽浪の　志賀津の浦の　船乗りに　乗りにし心　常忘らえず　（巻七—一三九八）　未詳……79

楽浪の　志賀津の子らが　罷道《まかりぢ》の　川瀬の道を　見ればさぶしも　（巻二—二一八）　柿本人麿……74

ささなみの　志賀の辛崎　幸《さき》くあれど　大宮人の　船待ちかねつ　（巻一—三〇）　柿本人麿……55

ささなみの　志賀の大わだ　淀《よど》むとも　昔の人に　またも逢はめやも　（巻一—三一）　柿本人麿……55

ささなみの　連庫山《なみくらやま》に　雲居れば　雨そ降るちふ　帰り来わが背　（巻七—一一七〇）　未詳……110

楽浪の　比良山風の　海吹けば　釣する海人《あま》の　袖かへる見ゆ　（巻九—一七一五）　槐本……109

さざれ波　磯越道《いそこしぢ》なる　能登湍河《のとせ》　音のさやけさ　激《たぎ》つ瀬ごとに　（巻三—三一四）　羽多小足……167

さ夜深《ふ》けて　夜中《よなか》の方に　おぼぼしく　呼びし舟人　泊《は》てにけむかも　（巻七—一二二五）　未詳……127

狭野方《さのかた》は　実にならずとも　花のみに　咲きて見えこそ　恋の慰《なぐさ》に　（巻一〇—一九二八）　未詳……178

狭野方は　実になりにしを　今さらに　春雨降りて　花咲かめやも　（巻一〇—一九二九）　未詳……178

塩津山　うち越え行けば　我が乗れる　馬そ爪《つま》づく　家恋ふらしも　（巻三—三六五）　笠金村……154

階立《しなた》つ　筑摩左野方《つくまさのかた》　息長《おきなが》の　遠智《をち》の小菅《こすげ》　編《あ》まなくに　い刈り待ち来《き》　（巻一三—三三二三）　未詳……179

白菅《しらすげ》の　真野の榛原《はり》　心ゆも　思はぬわれし　衣に摺《す》りつつ　（巻七—一三五四）　未詳……99

白真弓《しらまゆみ》　石辺《いそべ》の山の　常磐《ときは》なる　命なれやも　恋ひつつをらむ　（巻一一—二四四四）　未詳……223

白真弓　斐太《ひだ》の細江の　菅鳥の　妹に恋ふれか　眠《い》を寝かねつる　（巻一二—三〇九二）　未詳……191

そらみつ　倭《やまと》の国　あをによし　奈良山越えて　山代《やましろ》の　管木《つつき》の原　（巻一三—三二三六）　未詳……32

【た行】

高島の　阿渡川波は　騒くとも　われは家思ふ　宿《やどり》悲しみ　（巻九―一六九〇）　未詳……131
高島の　阿戸《あと》白波は　さわくとも　われは家思ふ　廬《いほり》悲しみ　（巻七―一二三八）　未詳……131
高島の　阿渡の水門《みなと》を　漕ぎ過ぎて　塩津菅浦　今か漕ぐらむ　（巻九―一七三四）　小弁……133
旅なれば　夜中を指して　照る月の　高島山に　隠らく惜しも　（巻九―一六九一）　未詳……127
玉襷《たまたすき》　畝火《うねび》の山の　橿原《かしはら》の　日知《ひじり》の御代ゆ　生《あ》れましし　神のことごと　（巻一―二九）　柿本人麿……55
託馬野《つくまの》に　生ふる紫草《むらさき》　衣に染め　いまだ着ずして　色に出でにけり　（巻三―三九五）　笠女郎……174

【な行】

なかなかに　君に恋ひずは　比良の浦の　白水郎《あま》ならましを　玉藻刈りつつ　（巻一一―二七四三）　未詳……108
鳰鳥《にほどり》の　息長川は　絶えぬとも　君に語らむ　言尽きめやも　（巻二〇―四四五八）　馬史国人……169

【は行】

人はよし　思ひ止むとも　玉鬘《たまかづら》　影に見えつつ　忘らえぬかも　（巻二―一四九）　倭姫王……90
冬ごもり　春さり来れば　鳴かざりし　鳥も来鳴きぬ　咲かざりし　花も咲けれど　（巻一―一六）　額田王……43
へそがたの　林のさきの　狭野榛《さのはり》の　衣《きぬ》に着くなす　目につくわが背　（巻一―一九）　未詳……221

【ま行】

大夫《ますらを》の　弓末《ゆずゑ》振り起せ　射つる矢を　後《のち》見む人は　語り継ぐがね　（巻三―三六四）　笠金村……154
真珠《またま》つく　越《をち》の菅原　われ刈らず　人の刈らまく　惜しき菅原　（巻七―一三四一）　未詳……180
真野の池の　小菅を笠に　縫はずして　人の遠名《とほな》を　立つべきものか　（巻一一―二七七二）　未詳……103
真野の浦の　淀《よど》の継橋《つぎはし》　情《こころ》ゆも　思へや妹が　夢《いめ》にし見ゆる　（巻四―四九〇）　吹芡刀自……101

三川《みつかは》の　渕瀬《ふちせ》もおちず　小網《さで》さすに　衣手濡れぬ　干《ほ》す児は無しに　（巻九―一七一七）　春日老………85
水茎の　岡の葛葉を　吹きかへし　面知《おもし》る子等が　見えぬ頃かも　（巻一二―三〇六八）　未詳………201
三輪山を　しかも隠すか　雲だにも　情《こころ》あらなも　隠さふべしや　（巻一―一八）　井戸王………46
紫草《むらさき》の　にほへる妹を　憎くあらば　人妻ゆゑに　われ恋ひめやも　（巻一―二一）　大海人皇子…203

【や行】

やすみしし　わご大王《おほきみ》　高照らす　日の皇子　荒栲《あらたへ》の　藤原がうへに　（巻一―五〇）　役民………19
やすみしし　わご大君の　大御船　待ちか恋ふらむ　志賀の辛崎　（巻二―一五二）　舎人吉年……93
やすみしし　わご大君の　かしこきや　御陵《みはか》仕ふる　山科の　鏡の山に　（巻二―一五五）　額田王………95
八田《やた》の野の　浅茅《あさぢ》色づく　有乳《あらち》山　峯の沫雪《あわゆき》　寒く降るらし　（巻一〇―二三三一）　未詳………158
山越えて　遠津《とほつ》の浜の　石《いは》つつじ　わが来るまでに　含《ふく》みてあり待て　（巻七―一一八八）　未詳………146
木綿畳《ゆふたたみ》　田上山の　さな葛《かづら》　ありさりてしも　今ならずとも　（巻一二―三〇七〇）　未詳………31
木綿畳　手向《たむけ》の山を　今日越えて　いづれの野辺に　廬《いほり》せむわれ　（巻六―一〇一七）　大伴坂上郎女…38

【わ行】

わが命し　真幸《まさき》くあらば　またも見む　志賀の大津に　寄する白波　（巻三―二八八）　穂積老………80
わが船は　比良の湊に　漕ぎ泊てむ　沖へな離《さか》り　さ夜更《ふ》けにけり　（巻三―二七四）　高市黒人……107
吾妹子《わぎもこ》が　袖をたのみて　真野の浦の　小菅《こすげ》の笠を　着ずて来にけり　（巻一一―二七七一）　未詳………102
吾妹子《わぎもこ》に　相坂山の　はだ薄《すすき》　穂には咲き出でず　恋ひ渡るかも　（巻一〇―二二八三）　未詳………39
吾妹子《わぎもこ》に　逢坂山を　越えて来て　泣きつつ居《を》れど　逢ふよしも無し　（巻一五―三七六二）　中臣宅守……36
吾妹子《わぎもこ》に　またも近江の　野洲《やす》の川　安眠《やすい》も寝ずに　恋ひ渡るかも　（巻一二―三一五七）　未詳………217

著者略歴

藤井五郎（ふじい・ごろう）

1926年滋賀県生まれ。立命館大学大学院修士課程修了。
上代文学専攻。
滋賀県立高校教諭を経て、現在滋賀文教短期大学講師。
万葉学会々員。淡海万葉の会前会長。
著書：「近江の万葉」（第一法規）
「日本歴史地名大系25」（平凡社）共著
塩の道・西近江路・若狭路など論文あり。

淡海万葉の世界

2000年4月1日　初版第1刷発行

著　者　藤　井　五　郎
発行者　岩　根　順　子
発行所　サンライズ出版
印　刷　サンライズ印刷株式会社
滋賀県彦根市鳥居本町655-1
TEL 0749-22-0627　〒522-0004

定価はカバーに表示しております。

© GORO FUJII
ISBN4-88325-067-9 C1092